ANDREAS STAMMKÖTTER
Goldkehlchen

GEHEIMNISVOLLE SAGENWELT Im Umfeld des weltberühmten Leipziger Thomanerchors ereignen sich seltsame Dinge: Das Grab Johann Sebastian Bachs in der Thomaskirche wird geöffnet und die rechte Hand des Komponisten entwendet. Am nächsten Morgen erkranken einige Mitglieder des Chores an einer Salmonelleninfektion. Da niemand bei der Polizei für derartige Vorfälle zuständig ist und die Ereignisse bereits hohe Wellen schlagen, werden die Kommissare Kroll und Wiggins mit den Ermittlungen betraut. Aber auch sie tappen zunächst im Dunkeln, bis zwei junge Thomaner, die auf eigene Faust ermitteln, eine wertvolle Spur finden. Die jungen Sänger heften sich an die Fersen des Täters. Doch ihnen unterläuft ein schwerwiegender Fehler, der sie und ihre Freunde in äußerste Gefahr bringt …

Dr. Andreas Stammkötter, Jahrgang 1962, lebt als Rechtsanwalt in Leipzig. Er war dort viele Jahre Dozent an der Fachschule für Bauwesen und ist Autor zahlreicher Fachveröffentlichungen.

ANDREAS STAMMKÖTTER
Goldkehlchen

Kriminalroman

Immer informiert

Spannung pur – mit unserem Newsletter informieren wir Sie
regelmäßig über Wissenswertes aus unserer Bücherwelt.

Gefällt mir!

Facebook: @Gmeiner.Verlag
Instagram: @gmeinerverlag
Twitter: @GmeinerVerlag

Besuchen Sie uns im Internet:
www.gmeiner-verlag.de

© 2013 – Gmeiner-Verlag GmbH
Im Ehnried 5, 88605 Meßkirch
Telefon 0 75 75/20 95-0
info@gmeiner-verlag.de
Alle Rechte vorbehalten
3. Auflage 2020

Lektorat: Claudia Senghaas, Kirchardt
Herstellung: Julia Franze
Umschlaggestaltung: U.O.R.G. Lutz Eberle, Stuttgart
unter Verwendung eines Fotos von: © AnitaE – Fotolia.com
Druck: Custom Printing, Warschau
Printed in Poland
ISBN 978-3-8392-1380-3

Die Geschichte ereignet sich im Thomanerchor Leipzig. Nahezu alle Besucher der Konzerte und Bewunderer des Chores kennen die jungen Sänger nur aus der Distanz zwischen Zuschauerraum und Chorempore. Es war mir ein Anliegen, das Leben im Chor diesen Menschen näherzubringen. Alle Personen sind frei erfunden. Sollte sich der eine oder andere Thomaner wiedererkennen, so ist dies mit einem zwinkernden Auge gewollt, natürlich habe ich die Charaktere überzeichnet. Die Handlung ist, wie in allen meinen Romanen, zumindest bis jetzt, meiner Fantasie entsprungen.

VOR DREI WOCHEN

Es war schon lange dunkel im Labor des Biologischen Institutes. Das Gebäude war menschenleer. Nur in einem Raum brannte noch Licht hinter den zugezogenen Rollos. Der Leiter des Labors hatte wie immer seine Arbeitskleidung an: weiße Gummischuhe, weiße Hose und weißer Kittel. Nur den obligatorischen Mundschutz, den er eigentlich immer trug, hatte er abgelegt. Er hatte dem Mann, der ihm jetzt gegenüberstand und neugierig auf das Reagenzglas starrte, gesagt, er dürfe auf keinen Fall vor Mitternacht herkommen. Im Institut arbeiteten engagierte Wissenschaftler, aber nach elf Uhr war eigentlich niemand mehr im Büro. Das wusste er. Er kannte schließlich die Versuchsreihen.

Er schwenkte das Reagenzglas mit der farblosen, leicht trüben Flüssigkeit. »Salmonellen sind keine harmlose Angelegenheit. Pass bloß auf, dass die Flüssigkeit nicht so lange liegen bleibt und verdünne sie großzügig.«

Er fühlte sich nicht wohl in seiner Haut. »Sei bitte ganz vorsichtig. Wenn jemand ein schwaches Immunsystem hat oder ein Kleinkind damit in Berührung kommt, kann die Sache ganz schlimm ausgehen!«

Sein Gegenüber hatte beide Hände in den Hosentaschen. Er wirkte sehr selbstbewusst. »Jetzt mach dir mal keinen Kopf. Ich sorge nur für ein bisschen Durchfall. Die Jungs sind alle gesund und Kleinkinder kommen da sowieso nicht rein.«

Die aufgesetzte Lässigkeit seines ungeliebten Gastes schien den Mann im weißen Kittel nicht zu beruhigen. Im Gegenteil. »Nimm das nicht zu leicht! Noch einmal: auf keinen Fall länger als zwei Tage liegen lassen und mit mindestens fünf Litern Flüssigkeit verdünnen. Ist das klar?«

Der Besucher nahm eine Hand aus der Hosentasche und betrachtete das Glas aufmerksam. »Entspann dich. Glaubst du etwa, ich habe Lust auf Ärger?«

Der Laborchef hängte den weißen Kittel an einen Haken. »Wir sehen uns nie wieder. Dabei bleibt es. Und jetzt sind wir endgültig quitt! Ein für alle Mal. Wenn ich deine Visage noch einmal sehe, kenne ich dich nicht. Der Rest ist mir dann auch scheißegal. Und wenn wir zusammen in den Knast gehen.«

Der Besucher lächelte zum ersten Mal. Es war kein fröhliches Lächeln, eher böse und kalt. »Ja, ja. Der Herr Professor. Der große Biologe. Der Überflieger an der Uni. Der allerliebste Familienvater. Ausgerechnet der begrabschte während des Studiums minderjährige Jungen. Und das auch noch gegen Geld.«

Er drehte sich um und sah dem Biologen direkt in die Augen. Sein Lächeln war verflogen. »Glaubst Du etwa, mir hat es Spaß gemacht, auf dem Strich mein Geld zu verdienen, weil ich sonst verreckt wäre?«

Er steckte das Fläschchen mit der Flüssigkeit in die Jackentasche und ging zur Tür. »Du wirst mich nie mehr wiedersehen. Typen wie du kotzen mich sowieso an! Das war schon immer so.«

SAMSTAGNACHMITTAG

Auf der Chorempore der Thomaskirche herrschte Hochbetrieb. Die Musiker des Gewandhausorchesters waren die Enge genauso gewohnt wie die vier Solisten. Die 1.800 Sitzplätze in der Kirche waren wie immer bis auf den letzten Platz besetzt. Vor der Kirche warteten die Reisebusse, um die Besucher, die nicht aus Leipzig kamen, wieder in ihre Städte zu bringen. Es war der letzte Samstag vor der Osterwoche. ›Komm süßes Kreuz‹, ein Stück aus Bachs Matthäuspassion, bildete den Abschluss der heutigen Motette. Gespielt wurde eine alte Fassung, zum Teil mit historischen Instrumenten, aus denen sich eine Gamba, ein mittelalterliches Cello, besonders hervortat.

Der Thomaskantor, Johann Batiste Geller, ein leicht untersetzter Mann, dem man ansah, dass er sich mehr der Musik als der körperlichen Ertüchtigung verschrieben hatte, dirigierte wie immer nur mit den Händen. Der Thomanerchor war in Bestform. Die Jungs, bekleidet mit den traditionellen Kieler Blusen, und die Männer in Konzertanzügen folgten mit konzentriertem Blick, der nur ab und zu auf die Noten abglitt, die sie in der Hand hielten, den Handbewegungen des Thomaskantors. Mit einer angedeuteten Kreisbewegung seiner Hände, die abrupt stoppte, befahl Geller den Stimmen und den Instrumenten zu schweigen. Die Vorstellung war zu Ende.

Die Musiker schlugen ihre Notenhefte zu. Die Solisten

wechselten entspannte Blicke und lächelten sich an. Sie waren zufrieden mit ihrer Leistung. In der Kirche herrschte Stille. Sicher hätten sich viele Zuhörer gern mit tosendem Applaus für die überwältigende Vorstellung bedankt, aber sie respektierten den Hinweis im Programmheft: ›Wir bitten, von Beifallsbekundungen abzusehen.‹

Die Augen der Thomaner waren gespannt auf ihren Kantor gerichtet. Dann kam die Erlösung. Ein kurzes Nicken mit einer leichten, nur für Eingeweihte erkennbaren Andeutung eines Lächelns. Der Kantor war zufrieden. Die nächsten Proben würden nicht allzu stressig werden.

Wie in einem alten Militärfilm, nachdem das Kommando ›Rühren‹ kam, legten die Thomaner ihre feierliche Haltung ab und fingen an zu reden. Jetzt waren sie nicht mehr die Sänger, die einen tadellosen Auftritt abliefern mussten. In Bruchteilen von Sekunden verwandelten sie sich wieder in die normalen Jungs, die sich nur durch die Kieler Blusen oder die Anzüge von anderen Gleichaltrigen unterschieden.

Die Kirche leerte sich langsam. In dem allgemeinen Aufbruch fiel es nicht auf, dass sich ein Besucher in der Pansakristei versteckte.

Georg Schießer, ein 14-jähriger Schüler der achten Klasse der Thomasschule, stieß seinem Klassenkameraden Paul Holzhund leicht seinen Ellenbogen in die Seite. »Lass uns schnell in die Stadt gehen, einen Latte trinken. Ich habe noch ein Date mit Pia und Linda abgemacht. Die waren heute auch hier. Aber sag den anderen nichts. Ich will nicht die ganzen Dummschwätzer dabeihaben. Schon gar nicht Ludwig.«

Paul war sofort im Bilde. »Wir sprinten jetzt in den Kasten und ziehen die Uniform aus. Treffpunkt Waschraum. Wenn die anderen fragen, sagen wir, wir würden noch zusammen den Geschichtsvortrag für Montag vorbereiten. Da will bestimmt keiner mitmachen.«

Georg Schießer stand vor dem großen Spiegel im Waschraum des Alumnats. Sein sportlich schlanker Körper war nur mit einer modernen Jeanshose bekleidet, bei der der hintere Teil des Gesäßes erst kurz vor den Kniekehlen endete. Er befeuchtete immer wieder seinen Kamm unter dem laufenden Wasserhahn, um sein schulterlanges, in trockenem Zustand lockiges Haar akkurat zu scheiteln. Als Paul hereinkam, hatte er das Adidas-Deo ›Cool Ice‹ bereits 40 Sekunden strapaziert. Er verstaute die Dose in seinem Kulturbeutel und griff nach einer Flasche Eau de Toilette ›Cool Water‹ von Davidoff. »Unfreiwillige Leihgabe meines Vaters. Ich hoffe, der flippt nicht aus, wenn er das rauskriegt!«

Paul war einen halben Kopf größer als Georg und nicht ansatzweise so schmal. Er ging regelmäßig ins Fitnessstudio, um seinen Körper in Form zu halten. Paul trug die gleichen Jeans wie Georg, sein Gesicht war rundlicher. Er hatte schwarze, dicke Haare, die der Justin-Bieber-Welle Tribut zollten. Er schnappte sich Georgs Kamm und versuchte unaufhörlich, seine Haare im seitlichen Bereich über den Ohren nach vorn zu kämmen. Als das nicht gelang, steckte er den Kopf unter den Wasserhahn.

Georg interessierte sich für das Styling seines Freundes nur am Rande. Nachdem jede Pore seines Oberkörpers mindestens dreifach mit Duftstoffen überlagert war, griff er zu einem Hawaiihemd, das faltenlos auf einem Bügel hing. »Geiles Teil! Das habe ich meinem Alten noch aus den Rippen geleiert.«

Paul war mit seiner Frisur, zumindest im feuchten Zustand, zufrieden. Nachdem er den Kamm weggelegt hatte, betrachtete er sein Gesicht im Spiegel. »Scheiße! Ein Pickel. Ausgerechnet jetzt.«

»Wo?«, fragte Georg mitfühlend.

»Hier! Direkt auf dem Kinn.«

»Kein Problem. Den drücken wir aus.«

»Bist du bescheuert? Das gibt Narben!« Paul kramte in seiner Karstadtplastiktüte rum. »Ich hab da noch was anderes.«

Nach kurzem Suchen holte er einen Abdeckstift heraus. »Der gehört eigentlich meiner Mutter.« Er schaute auf das Etikett. »L'Oréal. Ist das was Teures?«

»Scheißegal. Mach schon. Wir müssen los!«

SONNTAGMORGEN

Wie jeden Sonntag schloss Alfons Merkel, der Küster, um sechs Uhr die schwere Holztür am östlichen Seiteneingang der Thomaskirche auf. Der Gottesdienst begann erst um 9.30 Uhr, aber es gab vorher viel zu tun. Die Nächte waren in der vorösterlichen Zeit noch kühl, die Kirche musste geheizt werden. Alles musste hergerichtet werden, vom Altarraum bis zum letzten Sitzplatz.

Die Kirchentür öffnete sich mit einem Quietschen der Scharniere. Er nahm sich vor, beim nächsten Mal an das Öl zu denken. Mit einem Bündel roter Tulpen unter dem Arm, dem Altarschmuck für den heutigen Tag, betrat er das Gotteshaus.

Sein Gang war gebückt. Merkel hatte die siebzig gerade überschritten. Er befand sich eigentlich schon im Ruhestand, aber er war froh über diese verantwortungsvolle Aufgabe. Er war ein gläubiger Mensch und freute sich, durch diesen Dienst dem Herrgott für ein erfülltes Leben danken zu können. Und außerdem: Küster der Thomaskirche zu Leipzig. Das war doch was. Er liebte seine Berufung.

Er schaltete das Licht im Innenraum der Kirche an und blieb stehen. Irgendetwas stimmte hier nicht. Was, wusste er nicht. Er hatte keine Erklärung, es war eben nur so ein Gefühl. Er sah sich um, konnte jedoch nichts Auffälliges entdecken. Das hatte allerdings nicht viel zu bedeuten.

Die Operation des Grauen Stars sollte er nicht mehr allzu lange vor sich herschieben. Er schlurfte mit seinem Tulpenbündel zum Altarraum. Die Umrisse des Altars, der Bestuhlung sowie die großen Bilder wurden deutlicher. Durch das bunte Kirchenfenster drang schon das erste Tageslicht herein. Als er die erste der drei kleinen Stufen betreten hatte und in den Altarraum sehen konnte, stockte ihm vor Schreck der Atem. Er ließ die Blumen fallen und starrte wie gelähmt in den Innenraum. Als er hörte, wie die Seitentür der Kirche mit einem lauten Quietschen und einem dumpfen Knall ins Schloss fiel, glaubte er, sein Herz würde stehen bleiben. Er schloss die Augen und konzentrierte sich auf seinen Atem. Dann schlug er das Kreuzzeichen auf seine Brust. Dies war bei evangelischen Christen ungewöhnlich, aber ihm war danach. Langsam verließ die Starre seinen Körper. Als er glaubte, sich wieder einigermaßen bewegen zu können, ging er, so rasch ihn seine alten Füße tragen konnten, zum Pfarrhaus.

Hauptkommissar Kroll war schon aufgewacht. Er hatte bei offenem Fenster geschlafen, das Gezwitscher der Vögel hatte ihn geweckt. Deshalb ertrug er es auch gelassen, dass sich zu so früher Stunde sein Handy meldete. Er schaute auf das Display. Staatsanwalt Reis. Er drückte auf die Taste mit dem grünen Telefonhörer.

Der Staatsanwalt klang aufgeregt. »Komm doch mal in die Thomaskirche. Ich denke, das solltest du dir ansehen. Bis gleich.«

Kroll hatte keine Chance nachzufragen. Reis hatte schon

aufgelegt. Kroll stand auf und ging ins Bad. Wie immer, es war schon eine Angewohnheit, betrachtete er seinen durchtrainierten Körper im Spiegel. Kroll war alles andere als ein Muskelprotz, aber der Kampfsport, den er regelmäßig trieb, hatte für schön gezeichnete Muskeln gesorgt, und das Laufen verhinderte ein Anschwellen des Unterhautfettgewebes. Nicht schlecht für einen 45-Jährigen. Nachdem er die Dusche verlassen hatte, kämmte er mit einer Bürste seine dunkelblonden Haare zurück. Den Rest würde die Natur erledigen.

Vor den Eingängen der Thomaskirche war bereits das rotweiße Flatterband der Polizei angebracht. Vor jeder Tür standen zwei uniformierte Polizisten und sorgten dafür, dass niemand das Gotteshaus betreten konnte. Die Mitarbeiter der Spurensicherung in ihren weißen Overalls verrichteten ihre Arbeit im Altarraum. Staatsanwalt Reis stand vor dem Grab von Johann Sebastian Bach. Er nickte kurz in Krolls Richtung. Kroll glaubte seinen Augen nicht zu trauen, als er im Altarraum den Grund für die morgendliche Aufregung sah. Die schwere eiserne Grabplatte war zur Seite geschoben. Das Grab lag frei vor ihnen. Kroll schaute hinein. Der Deckel des Aluminiumsarges war abgehoben und lag neben dem unteren Teil. Nach seinem Tod im Jahre 1750 wurde Bachs Leichnam zunächst auf dem Leipziger Spitalfriedhof der Johanniskirche beigesetzt. Erst später hatte man ihn in die Thomaskirche umgebettet. Weil aufgrund der längst abgeschlossenen Verwesung nur noch die Gebeine des Komponisten geborgen werden konnten, waren weitere Maßnahmen der Erhaltung nicht mehr erforderlich. »Das gibt's doch nicht«, flüsterte Kroll. Er sah wieder in das offene Grab. Dann atmete er einmal tief durch. »Wissen wir schon, ob etwas fehlt?«

»Dr. Schmidt ist bereits unterwegs. Er müsste jeden Moment hier eintreffen.« Reis legte Kroll seinen Arm auf die Schulter. »Komm. Wir setzen uns mal in eine der Bänke. Hier stehen wir ja eh nur im Weg.«

Sie setzten sich in die erste Reihe der Kirchenbänke. Es dauerte nicht lange, bis Bernhard Brecht, der Thomaspfarrer, zu ihnen kam. Er war Ende 40 und hatte eine sportliche Figur. Die schon ergrauten Haare hatte er auf eine Länge von fünf Millimetern gestutzt. Er trug Jeans, ein dunkelblaues Jackett und ein weißes Hemd mit offenem Kragen. Seine intelligenten blauen Augen flackerten unruhig. Er gab den Beamten die Hand.

»Das ist ja unvorstellbar! Hat man heute vor gar nichts mehr Respekt? Weder vor der Totenruhe noch vor dem großen Komponisten? Diese Kirche ist doch ein Ort des Glaubens und des Friedens. Wer könnte so etwas getan haben?«

Erst nachdem der Staatsanwalt Kroll kurz vorgestellt hatte, beantwortete er die Frage. »Glauben Sie mir, Herr Pfarrer, wenn Sie unseren Job machen würden, stellten Sie die Frage nach so etwas wie Respekt nicht mehr. Den erleben wir leider höchst selten.«

Der Pfarrer setzte sich ungläubig neben die Beamten. Dr. Schmidt eilte an ihnen vorbei. Er grüßte kurz mit einem Handzeichen und betrat den Altarraum.

»Wer könnte so etwas getan haben?«, wiederholte der Thomaspfarrer fassungslos seine Frage.

Staatsanwalt Reis versuchte, ihn zu beruhigen. »Wir müssen leider abwarten, was die Ermittlungen ergeben.« Er zuckte mit den Schultern. »Es gibt so viele Möglichkeiten. Es könnte ein fanatischer Bachfan sein oder jemand, der Bach nicht mag. Es könnte ein kranker Sammler sein, es gibt sicher auch einen Markt für Reliquien. Es könnte jemand sein, der die Kirche nicht mag, der Musik nicht mag oder der einfach nur Aufmerksamkeit erregen will.«

Der Pfarrer nickte.

»Oder es ist etwas, woran wir noch gar nicht gedacht haben«, ergänzte Kroll nachdenklich. Er ahnte nichts Gutes.

Pfarrer Bernhard Brecht war immer noch bestürzt. »Verstehe. Ich bin einfach nur fassungslos.« Er sah auf die Uhr. »Wie lange brauchen Ihre Mitarbeiter noch?«

Kroll schaute in den Altarraum. »Mit Sicherheit noch einen halben Tag, mindestens.«

»Wir müssen den Gottesdienst absagen«, murmelte der Pfarrer geistesabwesend. »Wenn wir Glück haben, kann sich die Gemeinde wenigstens noch zum Mittagsgebet um zwölf versammeln.«

Kroll ging nicht auf die Sorge des Pfarrers ein. »Ist in der letzten Zeit irgendetwas Ungewöhnliches vorgefallen? Gab es Drohungen? Hat sich irgendjemand auffällig verhalten? Gab es eigenartige Anrufe oder Begegnungen?«

Brecht schüttelte den Kopf. »Also bei mir nicht. Es gab nichts Unübliches. Es war eigentlich alles so wie immer.«

Der Rechtsmediziner Dr. Schmidt kam auf sie zu. »Ich konnte mir natürlich erst einen kurzen Überblick verschaffen. Wir bringen das gesamte Skelett in die Rechtsmedizin. Ich muss mir die Sache genauer ansehen.«

»Hast du schon was gefunden?«, hakte Kroll nach.

»Es fehlt auf jeden Fall die rechte Hand.«

»Die rechte Hand?« Kroll und Reis sahen sich ungläubig an.

»Sonst nichts?«

Dr. Schmidt lächelte freudlos. »Das menschliche Skelett besteht aus über 200 Knochen. Das muss man jetzt genauer abklären. Die Untersuchung wird natürlich nicht einfach. Bach wurde zweimal umgebettet. Ich weiß auch nicht, ob dabei nicht schon etwas verloren gegangen ist. Immerhin wurde Bach vor über 250 Jahren beerdigt. Da ist eine Menge Recherchearbeit notwendig.«

»Bachs Gesicht wurde anhand des Schädels rekonstruiert«, ergänzte der Pfarrer. »Darüber gibt es doch bestimmt alte Aufzeichnungen.«

Dr. Schmidt überlegte kurz. »Das ist ein wichtiger Hinweis. Ich hoffe, die haben dabei eine Bestandsaufnahme des gesamten Skeletts gemacht.«

Der Rechtsmediziner verabschiedete sich und ging.

Brecht wandte sich besorgt an die Beamten. »Wie lange werden denn diese Untersuchungen dauern? Bach gehört ja schließlich in diese Kirche und nicht in ein Labor.«

»Das wissen wir«, beruhigte ihn Reis. »Wir werden ihn keinen Tag länger untersuchen als notwendig.«

Kroll ging zum Leiter der Spurensicherung. Er rieb sich die Augen. »Sag mir einfach deinen ersten Eindruck.«

»Das ist ein öffentlicher Raum, Kroll. Hier sind Spuren ohne Ende. Bis wir die alle gesichert haben, ist der Tag vorbei.« Er grinste sarkastisch. »An die Auswertung der Spuren will ich gar nicht denken.«

Kroll sah kurz in Richtung des Kirchenschiffs. Der Pfarrer und der Staatsanwalt waren in ein Gespräch vertieft. »Sichert alle Spuren, die ihr finden könnt. Egal, wie lange das dauert. Wir dürfen hier keinen Fehler machen!«

»Wir müssen erst einmal rauskriegen, wie er die Platte weggekriegt hat. Die ist ziemlich schwer. So was geht nicht, ohne Spuren zu hinterlassen. Der Täter hat wahrscheinlich ein Stemmeisen benutzt. Beim Hebeln fallen normalerweise immer brauchbare Spuren ab. Hautschuppen, Schweiß, Speichel.«

Kroll sah sich um. »Der Altarraum ist sonst immer abgesperrt. Das könnte die Suche ein bisschen vereinfachen.«

»Aber nicht bei großen Anlässen. Wenn die Kirche voll ist, wird auch diese Region fürs Publikum geöffnet. Das habe ich schon rausgekriegt.«

Kroll klopfte dem Kollegen auf die Schulter. »Ihr macht das schon!«

Kroll und Reis unterhielten sich noch vor dem Haupteingang der Thomaskirche. Der Staatsanwalt war nachdenklich. »Mir gefällt die ganze Sache nicht, Kroll.«

Der Kommissar sah ihn fragend an. »Wie meinen Sie das?«

Es hatte sich schon seit vielen Jahren eingeschliffen, dass Reis die Polizisten duzte, sie aber umgekehrt beim Sie geblieben waren.

»Was wir hier haben, hat nichts mit Grabschändung zu tun. Grabschänder arbeiten anders: Die besprühen ein Grab mit Farbe oder malen irgendwelche Botschaften drauf. Ich glaube auch nicht, dass wir es mit einem Trophäenjäger zu tun haben. Der hätte doch bestimmt nicht die Hand mitgenommen, sondern den Kopf.«

»Immerhin war es die rechte Hand«, bemerkte Kroll. »Die Hand, mit der Bach komponiert hat. Das ist doch vielleicht nicht uninteressant für gewisse Kreise.«

»Kann sein, dass du recht hast. Aber ich habe trotzdem kein gutes Gefühl. Ich glaube, wir können noch gar nicht einschätzen, was hier passiert ist, und vor allem nicht, was noch kommen wird.«

Kroll nickte zustimmend. Der Staatsanwalt sah auf die Uhr. »Lass uns die Sache im Auge behalten, es ist einfach besser so. Glaub mir, Kroll.«

»Ich bin bei der Mordkommission«, warf Kroll ein.

»Ja, ja, ich weiß. Ich habe ja auch nicht gesagt, dass ihr übernehmen sollt. Beobachte einfach die Angelegenheit.« Der Staatsanwalt grinste. »Zurzeit ist bei euch doch eh nichts los.«

Kroll musste sich eingestehen, dass sein Vorgesetzter recht hatte. Glücklicherweise hielten sich die Mörder im Moment tatsächlich zurück. »Ich bleibe am Ball«, stimmte Kroll zu.

Reis verabschiedete sich. »Hoffentlich wirst du nicht doch noch zuständig«, murmelte er im Gehen und hoffte, dass dieses Gedankenspiel ein Gedankenspiel bleiben würde.

SONNTAGMITTAG

Die Nachricht von der Öffnung des Grabes von Johann Sebastian Bach hatte sich im Alumnat des Thomanerchors und in ganz Leipzig in Windeseile herumgesprochen. Die Sänger hatten sich seit acht Uhr zur Probe für den Gottesdienst eingefunden und erfuhren nun, warum der Einsatz in der Thomaskirche ausfallen musste. Es kursierten die abenteuerlichsten Geschichten: Bachs Skelett wurde geklaut, der alte Küster Merkel sei brutal überfallen worden, die Einrichtung der Kirche sei völlig zerstört. Die Mutmaßungen über die Täter deckten gleichfalls die ganze Palette ab. Von psychisch Gestörten bis zu Al-Qaida gab es zuhauf potenzielle Tatverdächtige.

MONTAGMORGEN

Wie jeden Morgen während der Schulzeit wurden die Sänger des Thomanerchors um sechs Uhr mit klassischer Musik geweckt, die aus den zahlreichen Lautsprechern ertönte. Eine halbe Stunde später fanden sie sich im großen Frühstücksraum im Erdgeschoss ein. Maximilian Schnell aus der zwölften Klasse hatte an diesem Morgen Dienst. Er war ein hagerer, immer korrekt gekleideter junger Mann, der seinen Seitenscheitel mit viel Wasser und ein wenig Gel auf dem Kopf festbetoniert hatte. Langsam ging er an den Tischen vorbei, um die Anwesenheit der Alumnen zu kontrollieren. Das Stimmengewirr war, wie immer, groß. Die Thomaner stocherten mit ihren Messern in den Nutella- und Marmeladengläsern herum, griffen mit den Fingern nach Wurst oder Käse und stopften die belegten Brötchen hastig in sich hinein. Dazu tranken sie Kaffee, Tee, Kakao oder Milch.

Es war nicht zu übersehen, dass einige Plätze, es waren genau 15, leer waren. »Weiß jemand, wo die anderen sind?«

Er erntete nur ein vereinzeltes Achselzucken, soweit sich die Schüler überhaupt für seine Frage interessierten. »Stube Bohnekamp fehlt komplett. Was ist denn da schon wieder los?«, grübelte er vor sich hin, nicht ernsthaft eine Antwort erwartend.

Er sah sich noch einmal ungläubig im Frühstücksraum um, dann sprintete er die Treppen hoch zu den Schlafsälen im zweiten Obergeschoss.

Frieder Bohnekamp lag benommen unter seiner Bettdecke. Seine langen, lockigen Haare klebten an Stirn und Wangen fest. Er war leichenblass, sein Atem war flach. Maximilian Schnell ging langsam auf ihn zu. Frieder schlief. Vorsichtig berührte Max seine Schulter. Frieder versuchte, langsam die Augen zu öffnen, die aber wieder zufielen, nachdem sie, halb geöffnet, flimmerten. »Ich bleib heute im Hotel«, flüsterte er undeutlich.

Maximilian berührte seine feuchte Stirn. Man musste kein Arzt sein, um zu erkennen, dass Frieder hohes Fieber hatte.

Er ging zu den anderen Betten. Überall bot sich das gleiche Bild. Dann rannte er zu Frau Wöllner, der Krankenschwester des Alumnats. Sie benachrichtigte nach einer kurzen Visite den Hausarzt.

Der Internist, Dr. Klaus Rabenstein, ordnete als Erstes an, dass die gesunden von den erkrankten Kindern sofort räumlich zu trennen waren. Er untersuchte jedes Kind gründlich, redete viel mit seinen jungen Patienten, stellte Fragen, nahm sich Zeit.

Nach drei Stunden ging er in das Büro der Alumnatsleitung, die ihn schon sorgenvoll erwartete. Der Arzt spannte sie nicht auf die Folter, sondern kam gleich zur Sache. »Ich bin mir sicher, dass es sich bei den Erkrankungen der Jungs um eine Salmonellenvergiftung handelt. Wir müssen natürlich noch die Laboruntersuchungen abwarten, aber ich bin mir wirklich sehr sicher. Die Symptome lassen kaum Zweifel zu.«

Die Miene von Dr. Callidus, dem Alumnatsleiter, verfinsterte sich in Sekundenschnelle. Er ahnte, dass diese Diagnose nichts Gutes bedeutete. »Was können wir tun?«

Rabenstein lächelte bitter. »Die Frage ist nicht, was *können* wir tun, sondern was *müssen* wir tun. Wir reden hier nicht über einen harmlosen Schnupfen.«

»Also was müssen wir tun?«

Der Arzt setzte sich und redete bewusst in einem beruhigenden Tonfall. Was er jetzt sagen musste, würde sein Gegenüber in einen Schockzustand versetzen, das war ihm klar. »Die Jungs, die bereits Symptome aufweisen, müssen sofort ins Krankenhaus. Die gesunden Kinder müssen gründlich untersucht werden und unter Beobachtung bleiben. Auf jeden Fall sollten sie sofort nach Hause. Salmonellen sind eine meldepflichtige Krankheit. Ich muss das Gesundheitsamt informieren. Die werden den ganzen Kasten desinfizieren und untersuchen, ob die Bakterien hier irgendwo im Haus sind.«

Dr. Rabenstein hatte die Wirkung seiner Worte richtig eingeschätzt. Der Alumnatsleiter befand sich tatsächlich in einer Art Schockzustand. »Großer Gott!«, flüsterte er laut. »Die armen Jungs.« Er ging in seinem Büro auf und ab und schüttelte den Kopf. »Und das kurz vor Ostern. Das ist ja eine Katastrophe!«

Ihm war klar, dass zum ersten Mal in der 800-jährigen Geschichte des Chores die Auftritte seiner Schützlinge bei den Ostergottesdiensten und den Passionen ausfallen würden. Aber das stand jetzt nicht im Vordergrund. Die Sänger mussten wieder gesund werden, nur das zählte.

Der Arzt setzte sich auf die Fensterbank. »Da ist noch etwas, was ich gern mit Ihnen besprechen würde.« Dr. Callidus sah ihn interessiert an.

»Ich habe viel mit den Jungs geredet, einfach nur, um in Erfahrung zu bringen, wie und vor allem wo sie sich infiziert haben könnten. Irgendwie macht das alles nicht wirklich Sinn.«

»Wie meinen Sie das?«

»Salmonellen werden häufig durch unsaubere Lebensmittel, zum Beispiel in Großküchen oder Hotels, übertragen.«

Callidus musste an seinen Durchfall beim letzten Urlaub in Ägypten denken.

»Aber das würde ich in diesem Falle ausschließen. Die Küche hier im Alumnat hat noch nie Probleme gemacht. Außerdem müssten dann mehr Kinder betroffen sein als nur die 15.«

»Gibt es denn noch andere Möglichkeiten?«, fragte der Alumnatsleiter.

Rabenstein führte seine Ausführungen fort. »Durch Ausscheidungen kranker Menschen. Aber auch das würde ich hier definitiv ausschließen. Der Chor hat kein Hygieneproblem. Derartige Infektionen finden ausschließlich in hygienisch fragwürdigem Milieu statt, in Gebieten, in denen eine regelmäßige Reinigung der Sanitäranlagen aus technischen oder sonstigen Gründen nicht möglich ist. Dafür wären es auch einfach zu viele. Es stecken sich nicht 15 Jungs nahezu parallel wegen ungewaschener Hände an. Das ist unwahrscheinlich.«

Callidus nickte verständnisvoll.

»Ein weiterer Auslöser könnten die kritischen Lebensmittel, also insbesondere Eier und Geflügel, sein. Hier können wir sofort einen Haken dranmachen. Fünf der kranken Kinder sind Vegetarier und haben weder Eier noch Fleisch gegessen. Die mittlere Inkubationszeit beträgt 20 bis 24 Stunden. Drei der betroffenen Jungs waren Samstagabend bei McDonald's. Die töten da alles ab, was sich in ihrem Fleisch bewegt, vom Vitamin bis zum Erreger.«

Dr. Rabenstein wechselte seine Sitzposition. Er setzte sich jetzt auf den Stuhl, der vor Dr. Callidus' Schreibtisch stand. »Bliebe nur noch abgestandenes Wasser, zum Beispiel in Duschschläuchen. Aber auch das würde ich hier im Alumnat ausschließen. Die Jungs hier duschen ziemlich fleißig. Da kann bei der Anzahl der Duschen kein Wasser faul werden.«

Dr. Callidus nickte wieder zustimmend. Man konnte ihm ansehen, dass sein Kopf arbeitete. Er überlegte, ob es weitere Möglichkeiten der Infektion geben könnte. Er kannte das Gebäude schließlich in- und auswendig. Möglicherweise hatte der Arzt ja etwas übersehen.

Plötzlich hielt er inne. »Der Wasserspender im ersten Obergeschoss!«

Rabenstein weitete die Augen.

»Wir haben da so einen Wasserspender für unsere Alumnen. Da ist eigentlich immer stilles Mineralwasser drin.«

»Und?«, hakte der Arzt nach. »Ist etwas mit dem Wasserspender?«

Callidus überlegte. »Der Wasserspender ist schon seit

einer Woche kaputt. Es kommt einfach kein Wasser mehr heraus. Aus Sicherheitsgründen hatten wir dann ein Schild ›Defekt‹ über den Hahn geklebt. Natürlich haben wir auch jemanden beauftragt, den Wasserspender zu reparieren, aber Sie wissen ja, wie das ist mit den Handwerkern heutzutage. Die kommen lieber übermorgen als heute.«

»Seit einer Woche, sagten Sie?«

Der Alumnatsleiter nickte.

»Kann ich mir den Wasserspender einmal ansehen?«

Sie stellten überrascht fest, dass das Schild ›Defekt‹ entfernt worden war. Auch schien der Spender wieder einwandfrei zu funktionieren. Der Becher, den Dr. Rabenstein unter den Hahn hielt, ließ sich problemlos füllen. Nachdem der Becher des Arztes zur Hälfte voll war, hielt er ihn mit kreisenden Bewegungen unter die Nase.

»Sie sollten jetzt besser die Polizei benachrichtigen.«

Kroll und sein Kollege Wiggins, gleichfalls Hauptkommissar, saßen an ihren Schreibtischen in ihrem gemeinsamen Büro. Sie nutzten die Zeit ohne aktuellen Mordfall, um den Papierkram zu erledigen, der sich in den letzten Tagen und Wochen angestaut hatte. Eine Arbeit, die Wiggins leichter fiel als Kroll. Wiggins war wie immer adrett gekleidet, Jeans, Oberhemd und darüber ein Jackett. Er war Mitte 40, groß gewachsen und auffällig schlank. Seine braunen Haare, die er gescheitelt trug, verliehen ihm zusammen mit der runden Brille ein intellektuelles Äußeres, das durchaus nicht täuschte. Wiggins war schon immer bei den Besten gewesen, in der Schule sowie auf der Polizeischule, und hatte stets herausragende Noten. Nach dem Abitur hatte seine Mutter schon von einer wissenschaftlichen Karriere geträumt, aber Wiggins hatte sich für die Polizei entschieden. Inzwischen hatte sie sich damit abgefunden. Seine intellektuellen Fähigkeiten und Krolls praktische Vorgehensweise waren die ideale Kombination.

Kroll hatte Wiggins von den Ereignissen in der Thomaskirche erzählt und auch die Besorgnis des Staatsanwaltes nicht unerwähnt gelassen. Wiggins konnte sich auch keinen Reim auf die Geschichte machen, seine erste Vermutung ging in Richtung Trophäenjäger.

Die Tür flog auf und Staatsanwalt Reis stürmte in ihr Büro. »Los, kommt! Wir fahren zum Thomanerchor!«

Kroll und Wiggins sahen sich irritiert an. Dann folgten sie dem Staatsanwalt.

MONTAGMITTAG

Vor dem Alumnat in der Hillerstraße herrschte hektische Betriebsamkeit. Zahlreiche PKWs hatten ohne Rücksicht auf Verbotsschilder eine Lücke zum Parken gefunden und warteten darauf, mit großen Sporttaschen und kleinen Jungs beladen zu werden. In der Eingangshalle herrschte Hochbetrieb. Die Beamten vermuteten, dass der Mann, der ihnen mit einem Arztkoffer entgegenkam, Dr. Rabenstein war. Reis stellte sich ihm in den Weg. »Mein Name ist Reis, ich bin der ermittelnde Staatsanwalt. Hätten Sie noch ein wenig Zeit für uns, Herr Doktor?«

Der Arzt sah auf die Uhr. Die Bitte des Staatsanwaltes schien ihm nicht gelegen zu kommen. Er ließ es sich aber nicht anmerken. »Natürlich. Ich schlage vor, wir gehen nach oben zum Wasserspender.«

Die Spurensicherung hatte schon einen großen Plastikbeutel über den Wasserspender gestülpt, um ihn für den Transport zum Labor vorzubereiten. Dr. Callidus, der Alumnatsleiter, beobachtete jeden Handgriff mit besorgtem Gesicht.

»Wie sind Sie denn auf dieses Gerät hier gekommen?«, fragte Reis den Arzt.

Rabenstein schaute kurz zu Callidus. »Ich gehe davon aus, dass es sich hier um eine Salmonellenvergiftung handelt. Nach der Untersuchung der erkrankten Burschen habe ich mit dem Leiter des Internats geredet. Er hat mir erzählt, dass der Wasserspender wegen eines Defektes seit längerer Zeit nicht in Benutzung war. Abgestandenes Wasser ist immer ein guter Nährboden für Salmonellen. Ich habe dann an einer Probe gerochen. Das Wasser roch auffällig alt, viel modriger, als es unter diesen Bedingungen eigentlich sein dürfte.« Er zuckte mit den Schultern. »Aber bitte, das ist nur eine Vermutung. Ich konnte natürlich keine labortechnische Untersuchung durchführen.«

»Das ist klar«, bestätigte ihm der Staatsanwalt. »Was mich mehr interessieren würde: Wie ist der Zustand der Kinder?«

»Eine Salmonellenvergiftung ist kein lebensbedrohlicher Zustand, zumindest nicht für ein gesundes Kind. Die Symptome sind aber alles andere als Bagatellen. Starker Durchfall und Erbrechen, gepaart mit hohem Fieber. Die Kinder sind, weiß Gott, nicht zu beneiden.«

Kroll ging in den Flur, in dem sich die Wohnräume der Thomaner befanden. Es war ruhig und menschenleer. Die Türen standen offen. Gleiches galt für einige Kleiderschränke. Offensichtlich hatten die Bewohner fluchtartig ihre Zimmer verlassen. Der Kommissar schlenderte weiter und schaute in die Stuben. Sie waren alle ähnlich ausgestattet. Schreibtische, Stühle, Schränke und Regale. Diverse Poster an den Wänden, von Lady Gaga über Bushido bis zu Metallica. Kroll musste schmunzeln. Die berühmten Sänger schienen sich nicht nur für klassische Musik zu interessieren.

Kroll hörte die elektronischen Signale eines Computerspiels. Im Zimmer am Ende des Flures saß Paul Holzhund und bediente mit flinken Fingern den Touchscreen seines iPhones. Als er Kroll sah, nickte er ihm kurz zu, konzentrierte sich dann aber wieder auf seinen Bildschirm. Kroll sah ihm über die Schulter.

»Doodle Jump! Ein tolles Spiel. Das spiele ich auch manchmal im Präsidium.«

Paul ließ die Finger nicht von der Tastatur. Er sah Kroll nicht an. »Frieders Rekord liegt bei 35.000. Ich bin schon ganz nah dran.«

Der Kommissar setzte sich auf einen der freien Stühle und wartete, bis ihm ein schnell abfallender Ton signalisierte, dass der Astronaut bei seiner Reise in immer höhere Regionen der Galaxie abgestürzt war. »Hast du einen Moment Zeit für mich?«

»Klar«, sagte Paul und legte sein iPhone zur Seite. »Sie haben gerade Präsidium gesagt. Dann sind Sie doch bestimmt Bull..., ich meine, von der Polizei.«

»Ja«, bestätigte Kroll. »Ich soll mir hier die Vorkommnisse der letzten Zeit mal genauer anschauen.«

Paul fiel erst jetzt auf, dass er, Computerspiel bedingt, die Höflichkeitsformen vergessen hatte, die ihm so mühsam beigebracht worden waren. Er stand auf und gab Kroll die Hand. »Mein Name ist Paul Holzhund.«

Kroll lächelte. »Wann holen deine Eltern dich denn ab?«

»Meine Eltern sind beide arbeiten. Vor 15 Uhr schaffen die das nicht. Ist aber auch gut so. Dann kann ich hier noch ein bisschen chillen.«

»Na dann«, versuchte Kroll, ihn aufzumuntern, »hast du ja noch ein bisschen Zeit. Was trinkt man denn so in deinem Alter? Kaffee oder Cola oder Red Bull?«

»Wenn wir in die Stadt gehen, trinke ich immer Latte.«

»Und wo gibt es die beste?«

»Im ›Vapiano‹. Da gibt es auch super Nudeln mit Pesto. Einfach klasse!«

Kroll sah auf die Uhr. »Ich habe heute Mittag noch nichts gegessen. Wie sieht's mit dir aus?«

Paul musste schmunzeln. »Unsere Küche ist zu. Die hat doch das Gesundheitsamt erst mal dichtgemacht.«

»Darf ich dich einladen, auf Nudeln und Latte und was du sonst noch willst?«

»Übelst krass!«, jubelte Paul und sprang auf. »Aber nicht laufen, okay?«

Kroll parkte in der Tiefgarage unter dem Augustusplatz. Sie verließen das Parkhaus durch einen der dosenartigen, runden Ausgänge mit den matten Glasscheiben, die von den Leipzigern nur ›Milchtöpfe‹ genannt wurden.

Vor dem ›Vapiano‹ stand ein älterer Mann mit rauschendem Vollbart, der heftig die Kurbel einer alten Drehorgel drehte. ›Wenn bei Capri die rote Sonne im Meer versinkt‹, ertönte es aus seinem Instrument. Standesgemäß für sein Gewerbe trug er einen Frack, der sich nicht mehr im allerbesten Zustand befand, und einen Zylinder. Auf dem Leierkasten saß ein ausgestopfter Affe.

Als er Paul auf sich zukommen sah, lächelte er fröhlich.

Man konnte ihm ansehen, dass er sich über das Erscheinen des Thomaners freute. »Hallo, Paul. Welch großes Vergnügen. Ich hoffe, du erfreust dich bester Gesundheit.«

Paul war anzusehen, dass auch er sich freute, den alten Mann wiederzutreffen. »Das ist Hochwürden«, stellte er den Leierkastenmann Kroll vor. »Hochwürden ist ein großer Fan unseres Chores. Immer, wenn er in Leipzig ist, besucht er alle unsere Konzerte.« Er kramte eine 50-Cent-Münze aus seiner Hosentasche und warf sie in die Blechbüchse, die auf der Drehorgel stand. Hochwürden lüftete seinen Zylinder und bedankte sich mit einer tiefen Verbeugung. »Ich bin doch auch ein Vertreter der hohen musikalischen Künste. Es ist darum selbstverständlich, dass auch ich mir die wunderbaren Darbietungen von dir und deinen Freunden nicht entgehen lasse.«

Er wandte sich Kroll zu und hob wieder seinen Zylinder. »Habe die Ehre.«

Paul und Kroll saßen vor der großen Glasscheibe mit Blick auf den Augustusplatz und stocherten in ihren Nudeln.

»Bist du eigentlich froh, dass ihr jetzt nicht singen müsst, oder eher traurig?«

»So und so«, antwortete Paul. »Eigentlich ist es schon schade, dass die Osterkonzerte ausfallen, vor allem die Johannespassion. Aber auf der anderen Seite müssen wir jetzt nicht den ganzen Tag proben. Das ist natürlich cool.«

»Ist schon ein anstrengender Job, ein Thomaner zu sein«, stellte Kroll fest.

Paul trank einen Schluck Cola light. »Manchmal schon. Vor allem, wenn der ganze Schulkram noch dazukommt. Aber meistens geht's.«

»Geht ihr eigentlich alle aufs Gymnasium?«

»Müssen wir. Aufs Thomasgymi. Direkt gegenüber vom Kasten.«

»Und wenn einer die Schule nicht schafft?«, wollte Kroll wissen.

»Dann muss er auch aus dem Chor raus. Ich weiß aber nicht, ob so etwas schon mal vorgekommen ist. Hängenbleiben ist auf jeden Fall nicht so schlimm.«

»Alles schlaue Burschen«, bemerkte Kroll anerkennend. »Und ihr wohnt alle in diesem Alumnat?«

Paul nickte, während er die letzten Nudeln auf seine Gabel pickte. »Das ist Pflicht, schon ab der fünften Klasse.«

»Ist das nicht blöd, so weg von den Eltern zu sein?«

Paul schob den leeren Teller zur Seite und rührte mit dem langen Löffel den Zucker in seinem Latte macchiato um. »Am Anfang war das schon ein bisschen krass, aber da gewöhnt man sich schnell dran. Es sind ja auch immer nur ein paar Tage in der Woche. Meine Eltern bringen mich montags zur Schule und holen mich Freitag nach dem Singen wieder ab. Meine Mutter besucht mich auch regelmäßig im Kasten. Eigentlich ist das ganz cool so. Eltern haben ja nicht nur Vorteile. Die können auch manchmal ganz schön stressen, vor allem mein Alter.«

Kroll grinste. »Ihr kommt viel herum in der Welt, lese ich immer in der Zeitung.«

Pauls Augen strahlten. »Die Tourneen sind das Coolste von allem.« Er hielt inne. »Im Mai wollen wir wieder nach Japan. Das geht doch, oder?«

»Ich glaube nicht, dass das ein Problem sein wird. So eine Salmonellengeschichte sollte nach zwei, vielleicht drei Wochen erledigt sein.«

Paul stellte beruhigt sein leeres Glas ab. »Kann ich noch einen haben? Ich habe auch eigenes Geld mit.«

»Ich will nur keinen Ärger mit deinen Eltern kriegen. Aber du bist natürlich mein Gast. Bringst du mir auch noch einen mit?«

Paul stand auf und ging zu der länglichen Theke. Nach wenigen Minuten kam er mit zwei vollen Gläsern zurück. »Und was machen Sie so bei der Polizei?«

»Ich bin eigentlich für Mord zuständig, aber mein Chef meinte, ich sollte mir die Sache hier mal ansehen. Es geht ja schließlich um den Thomanerchor, und das nimmt keiner auf die leichte Schulter.«

Dass Kroll von der Mordkommission war, hatte Paul nachhaltig beeindruckt. »Das ist ja übelst krass, Alter. Mord! Ist das nicht gefährlich?«

»Manchmal schon ein bisschen«, antwortete Kroll. »Man muss halt gut auf sich und ab und zu auch auf die anderen aufpassen.«

Paul war immer noch fasziniert. »Dann sind Sie also der beste Mann im Revier, wenn Sie hier ermitteln sollen, obwohl Sie sonst nur Mörder hinter Gitter bringen?«

»Sagen wir mal, ich hatte gerade Zeit«, blieb Kroll bescheiden. »Wo wir gerade beim Thema sind«, sagte

Kroll. »Ich muss dir aber auch ein paar dienstliche Fragen stellen, ist schließlich mein Job.«

»Kein Problem«, winkte Paul ab. Er war stolz, dass gerade er der Polizei helfen sollte. »Fragen Sie, was Sie wollen.«

»Wir können leider nicht ausschließen, dass jemand das Wasser in euerm Wasserspender vergiftet und dadurch die Salmonellenerreger bewusst im Chor verteilt hat. Hast du eine Idee, wer so etwas getan haben könnte?«

»Sicher ein Spinner«, war sich Paul sicher. »Genauso wie die Sache in der Thomaskirche. Wer klaut denn Knochen von Bach? So was ist doch einfach nur krank.«

»Überleg mal, Paul, ist in letzter Zeit irgendetwas Ungewöhnliches vorgefallen?«

»Wie meinen Sie das?«

»Na ja, irgendetwas, was früher nicht vorgekommen ist. Hat euch jemand belästigt oder bedroht, werdet ihr verfolgt, hat sich jemand in eurem Kasten aufgehalten, den ihr nicht kennt, irgendwas in dieser Richtung.«

Paul überlegte, während er seinen Latte austrank. »Eigentlich nicht. Es war alles so wie immer. Keine Ahnung.«

»Tust du mir einen Gefallen, Paul? Fragst du mal die anderen, ob denen etwas Verdächtiges aufgefallen ist?«

»Mach ich«, bestätigte Paul postwendend. Kroll gab ihm seine Karte. »Komm, wir fahren zurück ins Alumnat.«

Die Dienstbesprechung fand im Büro des Staatsanwaltes im Präsidium statt. Reis teilte Kroll und Wiggins mit, dass sie nun offiziell für die Vorkommnisse in der Thomaskirche und im Internat zuständig seien. Zwar sei das eigentlich kein Fall für die Mordkommission, aber auf der anderen Seite gebe es auch keine Einheit, die für die jüngsten Ereignisse zuständig sein könne. Die Stadt mache auch schon ordentlich Druck, die Polizeiführung wolle sichergehen, dass nur die fähigsten Mitarbeiter eingesetzt würden. Die Polizisten sollten das als Kompliment betrachten.

In der Sache tappten alle völlig im Dunkeln. Die Ergebnisse aus dem Labor lagen noch nicht vor, man erhoffte sich von diesen weitere Erkenntnisse.

»Da ist noch was, Kroll.« Der Staatsanwalt verdrehte die Augen. Er zeigte auf ein Schreiben, das vor ihm lag. »Ich habe hier mal wieder eine Strafanzeige wegen Körperverletzung im Amt.«

Kroll sah seinen Vorgesetzten verständnislos an. »Wann soll denn das gewesen sein?«

»Vor dem Pokalspiel Red Bull gegen Lok.«

Kroll wusste sofort Bescheid. Er verstand die Welt nicht mehr. »Dass ich nicht lache! Die Asis sind zu fünft auf einen jungen Mann drauf. Ich habe dem armen Schwein doch nur geholfen. Das war eindeutig Notwehr!«

»Leider hast du einem der Asis die Nase gebrochen und das war ausgerechnet auch noch der Sohn von unserem allseits geschätzten Anwalt Dr. Maschek. Und genau der hat jetzt Anzeige erstattet.«

Kroll korrigierte den Staatsanwalt. »Ich habe diesem Arschloch nicht *leider* die Nase gebrochen, sondern zum Glück. Der kann noch froh sein, dass ich ihm nicht sämtliche Zähne ausgeschlagen habe, diesem feigen Schwein! Und was diesen schleimigen Rechtsverdreher angeht, der soll mal lieber seine Kinder vernünftig erziehen, anstatt sich mit Nutten und Zuhältern abzugeben und uns mit sinnlosen Strafanzeigen zu belästigen.«

»Dann schreib mal einen Bericht, was da abgelaufen ist«, stöhnte der Staatsanwalt.

MONTAGABEND

Georg Schießer wartete in der Thomaskirche auf Paul Holzhund. Der kam außer Atem zu ihm. Er hatte sich beeilt. »Was ist denn so wichtig und warum müssen wir uns ausgerechnet hier treffen?«

Georg beantwortete Pauls Frage nicht. Er zeigte auf ein Epitaph an der Seitenwand der Kirche, auf dem ein Mann mit Helm abgebildet war, der einen Fuß auf einen Löwenkopf stützte. »Kennst du den?«

Paul verdrehte genervt die Augen. »Und was, bitte schön, ist so wichtig an diesem alten Bild da, dass ich unbedingt jetzt noch in die Thomaskirche kommen muss?«

»Das ist Ritter Harras«, klärte Georg seinen Freund auf.

»Ja, schön. Ritter Harras. Und weiter? Nett, den kennengelernt zu haben.«

Georg gab Paul ein großes Buch. ›Die Sächsischen Sagen des Mittelalters‹. Die passende Seite hatte er schon aufgeschlagen. Paul guckte verständnislos, fing aber trotzdem an zu lesen.

›Die Sage von Ritter Harras‹

›Der Ritter Hermann Harras gehörte zu den tapfersten und stärksten Männern des Kurfürsten Friedrich II. Harras war im 15. Jahrhundert für seinen Feldherrn in den

Krieg gezogen und kämpfte in fernen Ländern. Während seiner langen Abwesenheit hatte sich seine Braut mit einem anderen verlobt. Hiervon hatte ihm der Teufel erzählt. Harras war sehr traurig, als er das erfuhr, und flehte den Teufel an, er solle verhindern, dass ein anderer seine Frau zu seinem angetrauten Weibe nehme. Der Teufel sagte, er könne ihm helfen. Als Lohn für seine Taten müsse er jedoch dem Leibhaftigen seine Seele versprechen. Harras willigte ein. Er fiel in einen tiefen Schlaf, und als er wieder aufwachte, war er in Leipzig und konnte seine Braut noch rechtzeitig vor der Vollziehung der Ehe mit dem anderen Mann zum Traualtar führen.

Als der Teufel nun erschien, um seinen Lohn einzufordern, verscheuchte ihn Harras. Daraufhin verfluchte der Teufel Harras, seine Frau und seine Kinder.

Zwei Monate später gebar Harras' Frau einen kräftigen Sohn. Harras war sich sicher, dass das Kind vom Teufel war, weil seine Frau bei seiner Rückkehr nach Leipzig nicht guter Hoffnung gewesen war. Da ging er zum Teufel und bat ihn um Erlösung. Der Teufel überlegte lange, sagte ihm endlich die Erlösung zu, wenn Harras die folgenden Aufgaben erfüllen würde:

Die Lobpreisung Gottes müsse für immer aufhören
Die Stimmen der Engel müssten verstummen
Der Weinberg des Herrn müsse vertrocknen
Die Reinheit müsse gebrochen werden
Und der, der abnimmt, müsse Trauer tragen

Erst dann könne er das Kind des Teufels töten und die Schuld sei erlassen.‹

»Wie geht die Geschichte weiter?«, fragte Paul.

Georg zuckte mit den Achseln. »Weiß ich nicht. Hier hört sie auf. Aber fällt dir nichts auf?«

Paul sah ihn fragend an. »Auffallen? Was soll mir denn auffallen?«

Georg war enttäuscht, dass Paul seine Begeisterung offensichtlich nicht teilte. »Der Typ, der das Grab aufgebrochen und unser Wasser vergiftet hat, spielt die Sage nach. Das ist doch völlig eindeutig.«

Paul blickte noch einmal in das Buch und las laut vor. »Die Lobpreisung Gottes muss für immer aufhören.«

»Das ist doch völlig logo«, unterbrach ihn Georg hastig. »Bach gilt als der Begründer der Kirchenmusik. Wer sonst soll denn für die Lobpreisung Gottes zuständig sein, wenn nicht Bach. Und denke doch daran, wie er alle seine Kompositionen unterschrieben hat: ›SDG, soli deo gloria.‹ Mehr Lobpreisung geht doch gar nicht.«

Paul war nicht überzeugt. »Man beendet doch nicht die Lobpreisung des Herrn, wenn man Knochen von Bach klaut. Der ist doch schon seit über 250 Jahren tot.«

Georg empfand Pauls fehlende Einsicht in seine Theorie als nervig. »Das ist doch bildlich gemeint, du Depp. Bach hat mit der rechten Hand seine Kompositionen geschrieben, und wenn die rechte Hand weg ist und er nicht mehr weiterkomponieren kann, dann ist die Lobpreisung eben beendet.«

»Und wenn jemand noch den Fuß klaut, sind die Wege des Herrn unergründlich«, sagte Paul lakonisch.

Georg stöhnte. »Lies doch mal die zweite Aufgabe.«

»Die Stimmen der Engel müssen verstummen.«

Georg wollte seinen Freund wieder unterbrechen, aber der kam ihm zuvor. »Ich kann mir denken, was du meinst: Die Stimmen der Engel. Das sind wir, die Engelsstimmen. Und durch die Aktion mit den Salmonellen können wir nicht singen, also sind wir verstummt.«

»Nicht nur das!«, triumphierte Georg. »Zum ersten Mal in der 800-jährigen Geschichte des Chores singen wir nicht zu Ostern.«

Paul musste zugeben, dass er tatsächlich darüber nachdachte, ob an Georgs Theorie nicht doch etwas dran sein könnte.

Georg lief einen Halbkreis, ruderte mit den Armen und blieb abrupt vor Paul stehen. »Mensch, Paul. Überleg doch mal. Das ist doch alles kein Zufall! Da steckt mit Sicherheit ein Plan dahinter. Bei uns ist doch noch nie etwas Aufregendes passiert.«

»Da hast du allerdings recht«, flachste Paul. Dann wurde er nachdenklich.

»Ich war heute mit dem Kommissar Mittag essen, im Vapi. Der hat mir tatsächlich erzählt, dass die Polizei von einer Vergiftung des Wassers ausgeht.«

Georg hieb mit der flachen Hand auf die Kirchenbank. »Bingo! Wir müssen der Sache nachgehen.« Er dachte einen Moment nach. »Oder meinst du, wir sollten der Polizei etwas von unserem Verdacht erzählen?«

»Ausgeschlossen!«, befahl Paul bestimmt. »Die haben den Kroll auf den Fall angesetzt. Das ist ein absoluter Vollprofi. Der beste Mann, den die haben. Der würde uns sicher auslachen.«

Sie setzten sich in die Kirchenbank. »Was schlägst du jetzt vor?«, fragte Paul.

Georg hatte sich wieder beruhigt. Er redete langsam und bedächtig. »Ich habe mir schon einige Gedanken gemacht. Die Ereignisse der letzten Tage haben etwas mit unserem Chor zu tun. Das ist eindeutig.« Er nahm das Buch in die Hand. »Die Frau in der Sage hat ein Kind, das nicht von Ritter Harras ist. Es handelt sich also um eine Patchworkfamilie. Wir müssen als Erstes in Erfahrung bringen, welche Kinder bei uns nicht von dem Mann oder Lebensgefährten sind, mit dem die Mutter zurzeit zusammenlebt.«

»Da fallen mir spontan schon fünf ein«, bemerkte Paul.

»Wir müssen das ganz genau abchecken. Wir kennen ja auch nicht alle so gut wie unsere Jahrgänge. Das dürfte aber trotzdem nicht schwer sein. Lass uns doch einfach in die Personalakten gucken und erst mal abklären, bei wem der Name des Kindes nicht identisch ist mit dem Namen des Mannes, mit dem die Mutter liiert ist. Die müssen doch immer alles angeben, wegen der Erreichbarkeit, wenn mal was passiert.«

»Das ist natürlich überhaupt kein Problem«, wurde Paul ironisch. »Wir gehen einfach zu Dr. Callidus und erzählen ihm, dass wir uns mal die Akten der Thomasser ansehen müssten, weil wir glauben, dass jemand die Sage von Ritter Harras nachspielt. Der wird uns die dann bestimmt sofort geben.«

Georg beachtete die Ironie nicht. »Ich hab da schon eine Idee. Wir treffen uns morgen um neun vor dem Kasten.«

DIENSTAGMORGEN

Das Alumnat war nahezu menschenleer. Nur Mitarbeiter des Gesundheitsamtes verrichteten akribisch ihre Arbeit. Sie räumten sämtliche Lebensmittel aus dem Gebäude heraus, nahmen viele Proben und desinfizierten mit einem übel riechenden Spray nahezu alles.

Der Alumnatsleiter Dr. Callidus saß hinter seinem Schreibtisch in seinem Büro im Erdgeschoss und erledigte Verwaltungsarbeiten. Man sah ihm an, dass die jüngsten Ereignisse ihn mitgenommen hatten. Er hatte wenig geschlafen.

Es klopfte an der Tür.

»Herein.«

Die Tür öffnete sich langsam und Georg Schießer kam zögerlich in den Raum. »Darf ich Sie mal kurz sprechen, Herr Callidus?«

Der Alumnatsleiter schraubte seinen alten Füllfederhalter zu und nahm die Brille ab. Er sah Georg mit müden Augen an. »Natürlich, Georg. Was hast du auf dem Herzen?«

Georg druckste rum. »Na ja, die Dinge, die in letzter Zeit passiert sind. Das ist doch alles nicht normal. Ich wollte nur wissen … Unsere Japanreise, die findet doch statt, oder?«

Callidus winkte beruhigend. »Auf jeden Fall. Ich habe schon mit dem Thomaskantor gesprochen. Die Reisebesetzung besteht diesmal aus 60 Sängern. Acht der 15 Jungs, die erkrankt sind, wären ohnehin nicht mitgefahren, weil sie Dispis, also, im Stimmbruch sind.« Er lächelte väterlich. »Die Tournee ist also nicht gefährdet. Und außerdem hoffen wir doch alle, dass deine Freunde bald wieder gesund sind. Salmonellen sind zwar nicht gerade angenehm, aber man erholt sich schnell wieder, wenn man richtig behandelt wird.«

Georg blieb immer noch stehen. Verlegen verlagerte er sein Gewicht von einem Bein aufs andere. »Paul hat erzählt, die Polizei glaubt, das Wasser im Spender sei von jemandem vergiftet worden.«

»So, so. Und warum glaubt er das?«

»Der Polizist hat's ihm erzählt. Dieser Kroll. Beim Mittagessen, gestern im Vapi.«

Callidus' Aufmerksamkeit stieg. »Und was hat der Polizist Paul sonst noch so alles erzählt?«

Georg zuckte zögerlich mit den Schultern. »Weiß ich nicht. Er sitzt draußen im Flur. Er wollte nicht mit reinkommen.«

»Einen Moment mal.« Der Alumnatsleiter stand auf und verließ das Büro. »Paul, kommst du mal bitte?«, hörte Georg von draußen seine Stimme.

Das waren genau die Sekunden, die Georg brauchte. Er eilte zum Fenster und entriegelte es mit dem Griff. Argwöhnisch betrachtete er den Flügel. Er blieb geschlossen. Vermutlich war er lange nicht mehr geöffnet worden.

Kroll und Wiggins saßen in ihrem Büro im Präsidium. Der Umstand, dass Kroll den Bericht über seine angebliche Körperverletzung an diesem Anwaltssohn schreiben musste, schien seine Laune nicht zu steigern. »Was bilden sich so Leute wie der Maschek eigentlich ein? Treiben sich nur mit Nutten, Zuhältern und anderen schweren Jungs herum, kassieren jede Menge blutige Asche und haben dann keine Zeit, sich um ihre Kinder zu kümmern. Und wenn die dann noch Scheiße bauen, wer muss das ausbaden? Wir mal wieder!«

Wiggins war in die Akten vertieft, die vor ihm auf dem Schreibtisch lagen. Er hatte offensichtlich keine Lust, die familiären Probleme des Rechtsanwaltes, obwohl auch er ihn leiden konnte wie Zahnschmerzen, zu diskutieren. »Schreib deinen Bericht. Es war doch Notwehr. Reis wird die Sache schon einstellen.«

»Ist ja nur, weil es nicht die erste Anzeige gegen mich ist«, bemerkte Kroll kleinlaut. »Irgendwann wird da auch mal jemand in unserem Verein nervös werden.«

»Aber es war doch bis jetzt immer Notwehr«, stellte Wiggins lächelnd fest. »In allen 50 Fällen.«

»Sehr witzig!«

Kroll wechselte das Thema. Den blöden Bericht konnte er auch noch später schreiben. »Bei dem Thomanerfall kommen wir auch nicht weiter. Wie sollen wir denn überhaupt ermitteln? Da ist mir eine frische Leiche mit einem Loch im Kopf schon lieber. Da kann man wenigstens noch die Angehörigen, die Freunde und Geschäftspartner befragen. Aber bei einer Leiche, die seit über 250 Jahren tot ist!«

»Deshalb hoffe ich ja, dass die Ergebnisse der Spurensicherung und die ersten Laboranalysen bald vorliegen. Viel mehr fällt mir jetzt auch nicht ein.«

Kroll stand auf und nahm seine Jacke. »Komm, wir fahren ins Krankenhaus und reden mit den Jungs. Vielleicht haben die ja eine Idee.«

Die Thomaner waren in der Uniklinik in der Liebigstraße in großzügigen Zweibettzimmern untergebracht. Bevor die Kommissare die Sänger besuchen durften, wurden sie von einer strengen Schwester ausführlich belehrt. Nichts anfassen. Abstand halten und nach dem Besuch sofort Hände waschen und desinfizieren. Bevor Kroll und Wiggins das Krankenzimmer betreten durften, mussten sie sich noch einen grünen, sterilen Kittel anziehen, den ihnen die Schwester am Rücken zuband.

Ludwig Fleischer und Max Hamann lagen in ihren Betten und schauten auf Super RTL eine amerikanische Comicsendung, die Kroll nicht kannte. Dem Gelächter, das ihnen entgegenschallte, konnten die Polizisten jedoch entnehmen, dass die Sendung offensichtlich einen hohen Unterhaltungswert für 14-jährige Jungs hatte und dass die beiden schon wieder auf dem Weg der Besserung waren. Ludwig Fleischer sah man seine 14 Jahre nicht an. Er wäre gut und gern auch für 16 durchgegangen. Er hatte eine kräftige Figur, ein volles Gesicht und eine tiefe Stimme. Seine schwarzen Haare waren gescheitelt. Er trug ein dunkelgrünes Polohemd mit einem nicht zu übersehenden Polospieler auf der linken Seite. Ludwig war bekannt dafür, dass er nur teure Markenkleidung trug. Max Hamann war eher dürr, trug eine runde Brille und eine Justin-Bieber-Frisur, die offensichtlich gerade sehr in Mode war. Im Gegensatz zu Ludwig begnügte er sich mit einer einfachen karierten Schlafanzugjacke. Auch er hatte den Stimmbruch schon hinter sich. Im Vergleich zu Ludwig sah Max noch ein wenig kränklich aus. Er war blass und musste häufig husten.

Nachdem sie die Tür hinter sich geschlossen hatten, stellten sie sich vor.

»Wie geht's euch denn heute?«, fragte Kroll.

Ludwig Fleischer, der Gewandtere der beiden, ergriff das Wort. Er hatte die Fernbedienung in der Hand. »Eigentlich ist es gar nicht so schlecht hier. Das Essen ist gut, wir können chillen ohne Ende und die Schwestern sind auch ganz hübsch. Wenn nur diese dämliche Scheißerei nicht wäre.« Er hielt sich die Hand vor den Mund. »Entschuldigung! Ich meine natürlich den Durchfall.«

»Kein Problem«, beruhigte ihn Wiggins. »Haben die Ärzte schon gesagt, wie lange ihr noch das süße Leben hier genießen dürft?«

»Vermutlich eine Woche oder so«, antwortete jetzt Max, deutlich leiser als sein Zimmergenosse. »Mit Ostern zu Hause wird es wohl eng.«

»Dann könnt ihr ja ein kleines Privatkonzert für die anderen Kinder geben. Die freuen sich doch bestimmt«, schlug Kroll vor.

»Wir dürfen nicht außerhalb des Chores singen«, verneinte Ludwig sofort. Er hatte offensichtlich wenig Lust auf einen Auftritt im Krankenhaus.

Kroll schnappte sich die Fernsteuerung und drückte auf die Stummtaste. »Ihr könnt euch denken, warum wir hier sind?«

Die Patienten schüttelten synchron die Köpfe.

»Wir müssen davon ausgehen, dass ihr und eure Freunde nicht zufällig krank geworden seid. Wir glauben, jemand hat etwas in das Wasser da oben im Spender im Obergeschoss getan.«

»Das ist ja übelst schrill!«, rief Ludwig, wobei ein wenig Sensationslust mitschwang. »Dann war das ja so was wie ein gezieltes Attentat.«

»Das kann man durchaus so sehen«, bestätigte Wiggins sachlich. Aus den Augenwinkeln konnte er sehen, dass Max Hamann ein wenig unwohl die Decke hochzog.

»Wart ihr an dem Wasserspender, ich meine gestern oder vorgestern?«, mischte sich Kroll in die Unterhaltung ein.

»Oh Gott!« Ludwig Fleischer fasste sich an die Stirn. »Ich glaube, da bin ich wohl nicht ganz unschuldig.« Er sah Max mit einem hilflosen Blick an. »Wir hatten doch am Sonntagabend das Fußballspiel gegen den Kreuzchor. Ich hatte vergessen, mir was zu trinken zu kaufen, und Sonntagabend war der Konsum um die Ecke natürlich zu. Ich war total in Eile. Meine Trinkflasche war leer und dann habe ich sie eben am Wasserspender aufgefüllt.«

Er schüttelte verzweifelt den Kopf. »Nach dem Spiel habe ich mich gleich gewundert, warum das Wasser so komisch schmeckt. Aber ich hatte so einen Durst. Ich habe die halbe Flasche in einem Zug geleert, bevor ich überhaupt was gemerkt habe.«

»Wer hat noch aus deiner Flasche getrunken?«, hakte Kroll nach.

»Ich«, flüsterte Max Hamann. »Und wahrscheinlich auch der Rest unserer Stube. Die Flasche lag da ja einfach rum.«

»Wir nehmen die Sache nicht auf die leichte Schulter«, fuhr Wiggins fort. »Rechtlich gesehen ist das eine Vergiftung in mindestens 15 Fällen. Das ist schon etwas anderes als Falschparken.«

Die Jungs sahen die Polizisten schweigend an.

»Könnt ihr euch vorstellen, wer euch etwas Böses will?«, fragte Kroll.

Wieder synchrones Kopfschütteln.

»Ist in der letzten Zeit etwas Ungewöhnliches vorgefallen?«, hakte Kroll nach. »Es muss ja gar nichts sein, was für euch von besonderer Bedeutung war. Irgendetwas, was früher nicht da war. Wir müssen alles wissen.«

Max sah Ludwig lange an. Beide schienen ernsthaft nachzudenken. »Vielleicht die Sache mit Gesichtsbuch?«, fragte Max seinen Zimmergenossen.

»Das hat doch bestimmt nichts zu bedeuten«, wehrte Ludwig genervt ab.

»Gesichtsbuch?«, hakte Kroll nach.

»Sie meinen Facebook«, erläuterte Wiggins, dem das Internetnetzwerk und die Ausdrucksweise der Jugendlichen nicht fremd waren.

»Das ist doch übelst sinnlos!«, fuhr Ludwig dazwischen. »Facebook ist wirklich alles andere als kriminell. Das ist doch völlig normal! Die Kommissare wollen sicher nicht so einen Scheiß wissen. Wir alle sind seit 100 Jahren bei Facebook. Das ist doch nichts, was … Ach, was weiß ich!«

Wiggins Blick fiel auf das iPhone 4S, das auf Ludwigs Nachttisch lag. Er setzte sich, die Anweisungen der Schwester missachtend, neben Max auf die Bettkante. »Erzähl doch einfach mal. Was ist denn auf Facebook passiert? Habt ihr neue Freunde?«

Max schaute zu Ludwig, dem die Ablehnung des Hinweises seines Freundes ins Gesicht geschrieben stand.

»Also!«, forderte ihn Wiggins noch einmal auf.

»Ludwig hat recht. Es ist wirklich alles ganz harmlos. Und man sollte auch nicht grundlos irgendwelche Leute verdächtigen. Und schon gar nicht gegenüber der Polizei.«

»Das stimmt«, bestätigte ihn Wiggins. »Aber das macht ihr ja auch nicht. Erzähl doch einfach mal.«

Max schaute wieder kurz zu Ludwig. Er wollte sich dessen Billigung holen, die aber nicht kam. Aus seiner Stimme war die Verlegenheit deutlich herauszuhören. Er wurde wieder von einem starken Hustenanfall geplagt. »Also, es gibt da halt diesen Maschek«, erzählte er. Als sich sein Husten wieder gelegt hatte, wischte er sich mit einem Taschentuch den Mund ab und trank einen Schluck Wasser. »Der ist ein großer Freund des Thomanerchors, ein richtiger Fan von uns. Der nimmt halt über Facebook Kontakt mit einigen Thomassern auf. Aber das hat sicherlich nicht viel zu bedeuten. Es ist ja auch nicht verboten, uns gut zu finden.«

»Natürlich nicht. Ihr habt Fans in der ganzen Welt. Das wissen wir«, versuchte Kroll, dem Jungen das Reden zu erleichtern. »Aber ihr könnt doch trotzdem mal erzählen. Wir sind auch Fans von euch. Ich habe noch keinen Weihnachtsliederabend mit euch verpasst.«

Ludwig ergriff jetzt wieder das Wort. »Der Maschek, der schreibt uns so Konzertkritiken und so Zeugs. Der hat richtig Ahnung. Also, wenn der einen Auftritt von uns gesehen hat, dann schreibt er gleich allen, die mit ihm bei Facebook Freunde sind, dass wir toll waren und so.«

Kroll dachte mit einer gewissen Besorgnis daran, dass der Thomanerchor ungefähr 130 Auftritte im Jahr hatte. Maschek war sicherlich ein fleißiger User. Außerdem war ihm der Name nicht unbekannt. So häufig kam dieser in Leipzig nicht vor. Maschek musste der schleimige Anwalt sein, der ihn angezeigt hatte. Das war wieder typisch: Kümmert sich nicht um seine eigenen missratenen Kinder, aber kompensiert das auf andere Weise. »Habt ihr den schon mal persönlich kennengelernt? Ich meine, nicht nur übers Internet, also richtig getroffen?«

»Ich noch nicht«, beeilte sich Max Hamann zu beteuern.

Krolls Blick wanderte langsam zu Ludwig Fleischer. »Und wie sieht's mit dir aus?«

Ludwig wurde verlegen. »Ab und zu mal. Aber nicht nur ich. Die anderen auch.«

»Wo habt ihr euch getroffen?«

»In der Stadt. Zum Kaffee.«

»Auch in privaten Räumen?«

»Nein!«, wehrte Ludwig energisch ab. Das ›Wir sind doch nicht bescheuert!‹ konnte er gerade noch unterdrücken.

Wiggins drehte sich zu Ludwig. »Was ich nicht verstehe: Warum trefft ihr euch denn mit so einem alten Sack? Als ich in euerm Alter war, habe ich mit jungen Mädchen Kaffee getrunken.«

Ludwig zuckte mit den Schultern. »Der will halt noch gern unseren Eindruck vom Konzert wissen. Außerdem hat er ja nicht die Noten. Er fragt dann nach dem Satz des Stückes, ob die Fassung überarbeitet wurde, welche Tonart und so Sachen eben.«

»Jetzt erzähl schon von den iTunes-Karten«, fiel ihm Max ins Wort. Die Kommissare sahen Ludwig interessiert an.

»Na ja, wenn wir mit dem Kaffee trinken gehen, hat er immer eine iTunes-Karte mit dabei. Aber nur für 15 Euro.«

»iTunes-Karte?«, fragte Kroll.

Wiggins musste lächeln. Sein Kollege war alles andere als ein Computerfreak. »Mit einer iTunes-Karte kannst du im Internet legal Musik und Videos runterladen. Die hast du dann auf deinem iPhone oder auf deinem iPod und kannst sie ständig hören.«

»Wie sieht der denn aus, dieser Maschek?«, wollte Kroll wissen.

Jetzt musste Ludwig grinsen. Er lieferte eine perfekte Beschreibung des schleimigen Anwaltes. »›Alter Sack‹ passt schon ganz gut. Der hat total labbrige Haut, wenn du dem die Hand gibst, ist die total nass und weich. Sonst hat der schwarze und graue Haare und ständig Schuppen überall. Außerdem hat der total schiefe Zähne. Wie Frank Ribery! Wenn ich dem in den Mund gucke, wird mir schlecht. Ich glaube, der ist Anwalt oder so. Hat auch immer einen Anzug mit Krawatte an.«

Die Polizisten hatten nun keinen Zweifel mehr, dass sie denselben Dr. Maschek meinten.

DIENSTAGMITTAG

Die Kanzlei des Rechtsanwaltes Dr. Trutbert Maschek befand sich in der Leipziger Innenstadt, beste Lage, Fußgängerzone. Nachdem sie die freundliche Empfangsdame in ein großzügiges Besprechungszimmer mit wertvollen Originalgemälden an den Wänden geleitet hatte, warteten sie geschlagene 25 Minuten, bis der Anwalt ein Telefonat beendet hatte.

Maschek kam mit einem gestressten Gesichtsausdruck herein, begrüßte die Polizisten mit einem kurzen Handschlag, ohne sie anzusehen, und setzte sich an die gegenüberliegende Seite des Besprechungstisches. Er sah demonstrativ auf seine Rolex. »Meine Zeit ist knapp. Herr Hauptkommissar Kroll, ich respektiere natürlich, dass Sie sich entschuldigen wollen, aber die Strafanzeige werde ich nicht zurücknehmen. Ich kann es nicht dulden, dass mein Sohn willkürlich von der Polizei verprügelt wird.«

Kroll spürte, wie sich seine Hand unter dem Tisch zur Faust ballte.

Wiggins beeilte sich, das Wort zu ergreifen. »Deshalb sind wir nicht hier, Herr Dr. Maschek.«

Der Anwalt sah Wiggins interessiert an.

»Wir haben in Erfahrung gebracht, dass Sie mit Mitgliedern des Thomanerchors über die Internetplattform Facebook Kontakt aufnehmen und sich auch mit den Jungs treffen.«

»Das ist, soweit ich informiert bin, nicht verboten«, lächelte der Anwalt überheblich, wobei er sein Kinn leicht in die Höhe reckte.

»Natürlich nicht«, bestätigte Wiggins. »Aber das ist doch, sagen wir mal, etwas ungewöhnlich. Vor allem, weil sich im Umfeld des Chores derzeit auch ungewöhnliche Dinge ereignen.«

Es gehörte zu Mascheks Beruf, immer gut informiert zu sein. Seine hervorragenden Beziehungen in alle Richtungen waren bekannt. Natürlich wusste er sofort, worauf Wiggins anspielte. »Ich verstehe Ihre Bemerkung nicht.« Er sah wieder auf die Uhr. »Ich dachte, die Polizei in dieser Stadt wäre für illegales Verhalten zuständig. Ich sehe auch nicht den geringsten Anlass, irgendwelche völlig legalen Handlungen zu rechtfertigen.«

»War auch nur eine Frage«, entgegnete Wiggins betont selbstbewusst. »Wenn Sie sich nicht kooperativ zeigen, nehmen wir das selbstverständlich zur Kenntnis. Wir können Sie ja schließlich zu nichts zwingen. Haben Sie vielen Dank, dass Sie uns Ihre kostbare Zeit geopfert haben.«

Wiggins Bemerkung schien auf Maschek auch nicht den geringsten Eindruck zu machen. Der Anwalt war aalglatt und zu keiner Selbstkritik fähig. »Und wenn Sie das nächste Mal auf die Idee kommen, mich als Tatverdächtigen zu vernehmen, dann sollten Sie die Regelungen der Strafprozessordnung einhalten. Da ist nämlich zuerst einmal eine Belehrung vorgeschrieben. Sie kennen doch sicherlich die StPO.«

»Wenn ich an den Maschek denke«, sagte Kroll, als sie wieder im Auto saßen, »dann bin ich immer froh, dass ich mit dem nur ab und zu und nur dienstlich zu tun habe. Stell dir mal vor, du bist mit so einem Arschloch verwandt oder sogar verheiratet. Wenn du den täglich um dich hast, kannst du doch nur zum Mörder werden. So ein selbstverliebtes Schwein!«

»Soweit ich weiß, sind dem schon drei Frauen weggelaufen«, ergänzte Wiggins. »Sicher nicht ohne Grund.«

»Der Sohnemann kann nicht weglaufen.«

Wiggins atmete einmal tief durch. »Was machen wir jetzt?«

»Lass uns mal ins Alumnat fahren.«

Kroll und Wiggins gingen durch die Gänge des Alumnats, in denen die Mitarbeiter des Gesundheitsamtes immer noch arbeiteten. Es roch durchdringend nach Chemie. Kroll rümpfte die Nase. »Wenn die Jungs aus dem Krankenhaus zurück sind, müssen sie sich wahrscheinlich gleich wegen einer Überdosis von chemischen Dämpfen behandeln lassen.«

Der Alumnatsleiter Dr. Callidus begrüßte sie freundlich in seinem Büro. »Haben Sie schon irgendwelche neuen Erkenntnisse?«

»Nicht viele«, verneinte Kroll. »Da ist nur eine Sache, der wir genauer nachgehen wollen. Wir haben in Erfahrung gebracht, dass ein gewisser Rechtsanwalt Maschek mit einigen Thomanern über die Internetplattform Facebook kommuniziert und sich auch mit mehreren Chormitgliedern getroffen hat. Er soll den Jungs auch Geschenke gemacht haben.«

Dr. Callidus stöhnte laut und bediente seinen Computer mit der Maus. »Das ist für uns eine schwierige Situation. Der Chor hat viele Bewunderer. Und wir können nicht immer beurteilen, wo das normale Maß der Bewunderung aufhört und wo wir in einen grenzwertigen Bereich kommen. Natürlich ist das, was Herr Dr. Maschek macht, nicht verboten, aber bis auf die Abiturjahrgänge sind unsere Sänger minderjährig. Wir müssen da ausgesprochen sensibel reagieren, in alle Richtungen.«

»Die Vorfälle sind Ihnen also bekannt«, stellte Wiggins fest.

»Es haben sich einige Eltern beschwert, und wie ich finde, nicht ohne Grund.«

»Und was haben Sie gemacht?«

»Ich habe Herrn Dr. Maschek einen Brief geschrieben und ihn gebeten, damit aufzuhören. Außerdem habe ich ihm gerichtliche Schritte angedroht, falls er weitermacht.« Er machte ein verlegenes Gesicht. »Mit Letzterem bin ich wahrscheinlich zu weit gegangen.«

Der Alumnatsleiter zeigte auf seinen Bildschirm. Die Polizisten gingen um den Schreibtisch herum und lasen den Brief, den er aufgerufen hatte.

»Und wie hat Maschek reagiert?«

»Bis jetzt noch gar nicht.« Callidus verschränkte die Arme vor der Brust und schaute auf den Bildschirm. »Aber ich fürchte, das gibt Ärger. Das mit der Androhung gerichtlicher Schritte wird ihm bestimmt nicht gefallen. Wie gesagt, da bin ich vermutlich zu weit gegangen. Aber wir haben hier eine große Verantwortung.«

Kroll wusste nur zu gut, wie zutreffend der Alumnatsleiter die Situation eingeschätzt hatte. Er zog es jedoch vor, nichts zu sagen.

»Können Sie sich vorstellen, dass Maschek hinter den ganzen Vorkommnissen steckt?«

»Schwer zu sagen. Ich kenne den Herrn nur sehr flüchtig. Aber ich glaube, eher nicht. Er ist ein Fan unseres Chores. Warum sollte er uns schaden wollen? Außerdem steht Dr. Maschek in der Öffentlichkeit. Ich kann mir nur sehr schwer vorstellen, dass er irgendwo eine Angriffsfläche bietet. Mein Eindruck ist vielmehr, dass der aalglatt ist.«

Wieder hatte der Alumnatsleiter Maschek richtig eingeschätzt.

Wiggins sah sich um. »Wann zieht denn hier wieder so etwas wie Normalität ein?«

»Nach den Osterferien. Wir haben ja jetzt keine Eile mehr. Alle Osterkonzerte sind abgesagt und in den Ferien sind die Thomasser ohnehin zu Hause. Ich denke, danach geht hier alles wieder seinen Gang.«

Es war dem Alumnatsleiter anzusehen, dass er selbst an seiner Prognose zweifelte.

DIENSTAGABEND

Die Thomasschule lag gegenüber dem Alumnat in der Hillerstraße. Paul Holzhund und Georg Schießer hatten schon seit vier Uhr hinter einem Pfosten des Zaunes Stellung bezogen und beobachteten den Eingang des Kastens. Die Leute vom Gesundheitsamt verließen pünktlich um fünf Uhr das Gebäude, was Paul zu der Bemerkung »Auf unsere Beamten ist doch immer noch Verlass« hinriss. Dann war es ruhig. Dr. Callidus verließ das Internat um sieben Uhr und schloss die Tür ab. Sie warteten noch eine Viertelstunde.

»Los, komm«, flüsterte Paul. »Jetzt geht's los.«

Sie schlichen zur rückwärtigen Seite des alten Hauses und lehnten die kleine Leiter, die sie mitgebracht hatten, an die Wand unter dem Fenster des Büros des Alumnatsleiters. Georg kletterte als Erster hinauf. »Hoffentlich hat der Alte nicht gemerkt, dass ich den Griff umgedreht habe.«

Er stieß mit der Faust kräftig vor den alten Holzrahmen. Nichts bewegte sich. »Scheiße!«

»Soll ich mal probieren?«, rief Paul mit gedämpfter Stimme von unten. Georg beachtete ihn nicht.

Er schlug noch dreimal mit dem Ballen seiner rechten Hand vor den Rahmen, wobei er die Intensität seines Kräfteeinsatzes immer mehr steigerte. Nichts bewegte sich, nur Dreck bröckelte ihm entgegen.

»Mach doch nicht so einen Krach!«, schimpfte Paul, der noch immer die Leiter festhielt.

»Das Scheißfenster geht nicht auf!« Georg sah durch die Scheibe. »Aber der Griff ist noch umgelegt. Das kann ich genau erkennen.«

»Dann mach doch einfach. Aber bitte leise.«

Georg nahm jetzt beide Hände und drückte sie an den unteren und oberen Teil des Flügels. Nach mehrmaligem Ruckeln gab das Fenster nach. Georg schaute nach unten und hob den Daumen. Dann schob er den Flügel nach innen und kletterte ins Haus. Paul folgte ihm.

Sie schlossen das Fenster wieder und sahen sich im Büro um.

»Und was machen wir jetzt?«, fragte Paul ein wenig ängstlich.

»Jetzt halt doch mal die Schnauze!«

Georg ging zu dem grauen Stahlschrank und zog die oberste Schublade, in der sich viele graue Ordner in einer Hängeregistratur befanden, auf. Er holte die vorderste Akte heraus, setzte sich an den Schreibtisch des Alumnatsleiters und blätterte sie durch. »Das ist ja einfacher, als ich gedacht habe.«

Paul stellte sich hinter ihn und sah ihm über die Schulter.

»Also jetzt noch mal ganz langsam«, wurde Georg belehrend. »Wenn wir recht haben sollten und jemand spielt die Geschichte von Ritter Harras nach, dann suchen wir nach einem Vater, der nicht mehr für sein Kind verantwortlich ist, dem man es also weggenommen hat.« Er tippte mit seinem Zeigefinger auf die erste Seite der Akte, den Personalerfassungsbogen. »Guck mal, hier. Hier steht der Name des Kindes und dann ...«, sein Finger wanderte weiter nach unten, »... Erziehungsberechtigte. Wir müssen doch einfach nur rauskriegen, wo der Nachname der Mutter mit dem des männlichen Erziehungsberechtigten nicht identisch ist. Dann wissen wir, um wen es sich handelt.«

Paul blickte auf den Aktenschrank. »Bei allen Akten?«

»Natürlich! Das geht doch schnell. Außerdem haben wir Zeit.«

»Ich muss kacken«, sagte Paul.

»Dann geh doch. Ist doch eh keiner mehr hier.«

Nachdem Paul zurückgekommen war, gingen die beiden Akte für Akte durch. Georg begann rechts unten bei Zuber und Paul oben links bei Abendroth. Nach über zwei Stunden, in denen sie sich viele Notizen machten, trafen sie sich ungefähr in der Mitte.

»Wie viele hast du?«, wollte Georg wissen.

Paul tippte mit dem Zeigefinger auf jeden Namen. »Zwölf, und du?«

»Zehn«, überlegte Georg laut. »Also zusammen 22.«

»Und was jetzt?«, fragte Paul neugierig.

»Lass uns die Namen noch mal durchgehen.« Er legte beide Zettel nebeneinander. »Kannst du nicht mal deutlicher schreiben? Du hast ja wirklich eine Sauklaue.«

»Jetzt fang noch an zu meckern«, zischte Paul. »Ich breche hier mit dir in den Kasten ein, riskiere meinen Arsch für deine schwachsinnigen Ideen und du meckerst noch rum. Ich glaub, ich spinne!«

»Ist ja schon gut.«

Georgs Blick war immer noch konzentriert auf die Listen gerichtet. »Lass uns doch mal alle Thomasser streichen, die älter als 16 sind. Ich glaube nicht, dass Väter von so erwachsenen Kindern noch derart ausflippen. Mit den älteren kann man doch schon reden.«

Er kramte einen schweren, alten Füllfederhalter aus Dr. Callidus' Holzschatulle und strich langsam sechs Namen durch. »Bleiben immer noch 16 übrig«, stellte Paul fest. »Können wir die Liste vielleicht auch woanders durchgehen? Irgendwie würde ich mich besser fühlen, wenn wir hier wieder unerkannt verschwunden sind.«

»Moment noch. Lass mich mal eben überlegen. Wenn wir recht haben, suchen wir einen Vater, der nicht damit klarkommt, dass sein Kind jetzt bei einem anderen Mann aufwächst.«

»*Wenn* du recht hast«, korrigierte ihn Paul.

Georg beachtete Pauls Anspielung nicht. »Also müssen wir uns als Nächstes fragen, von welchen Vätern wir ganz genau wissen, dass sie keine Probleme mit ihren Söhnen haben, die also noch normal mit ihren Kindern umgehen, obwohl sie nicht mehr mit ihnen zusammenwohnen.«

Paul wurde unruhig. Er ging in Richtung Fenster. »Machen wir. Machen wir. Aber nicht hier!« Er öffnete langsam das Fenster und streckte vorsichtig den Kopf hinaus. »Die Luft ist rein. Lass uns hier abhauen.«

Georg schob die Listen zusammen, faltete sie zweimal und steckte sie in die hintere Hosentasche. Den Füllfederhalter von Dr. Callidus steckte er gedankenverloren in seine Jackentasche.

Paul kletterte als Erster hinaus. Georg folgte ihm. Als er auf der Mitte der Leiter stand, zog er den Fensterflügel wieder zu, zumindest so gut es ging.

Kroll und Wiggins beschlossen, den aus Ermittlersicht ereignislosen Tag im ›Gonzales‹ in der Gottschedstraße ausklingen zu lassen. Sie setzten sich auf ihre Stammplätze am Ende der Theke und bestellten, wie immer, nichts. Nadine, die Inhaberin, wusste auch so, was sie tranken. Kroll ein Kristallweizen mit Zitrone und Wiggins ein Becks aus der Flasche. Wiggins streckte seine langen Beine aus und ließ die Augen durch die nähere Umgebung wandern. Das machte er immer so. Sein geschulter Blick scannte jeden Tisch und jeden Gast. Wiggins wollte immer wissen, mit wem er in einem Raum zusammensaß. Berufskrankheit. Dabei bediente er immer das gleiche Ritual. Er strich seinen Scheitel mit der Hand nach, nahm die Brille ab, rieb sich die Augen mit Daumen und Zeigefinger und kontrollierte seine runde Brille auf Verschmutzungen.

»Ihr wart ja heute groß in der Zeitung«, strahlte Nadine begeistert, während sie die Getränke in Griffweite platzierte.

»Wir können uns leider nicht jeden Tag mit alten Knochen beschäftigen«, scherzte Kroll. »Aber jetzt sind wir natürlich gefragte Leute. Alle wollen wissen, wo die rechte Hand von Bach ist.«

»Kann ich mir vorstellen. Und … findet ihr den Grabschänder?«

Wiggins nahm nachdenklich sein Becks in die Hand und prostete Kroll zu. »Wir kriegen sie doch alle. Früher oder später.« Er lächelte und sah seinen Kollegen an. »Diesmal vermutlich später.«

»Ach, kommt schon. So redet ihr doch immer. Bei jedem Fall. Und dann löst ihr ihn doch noch in wenigen Tagen. Ich finde, ihr seid manchmal richtige Tiefstapler.«

»Es kann ja nicht nur Hochstapler geben«, bemerkte Wiggins süffisant. »Ich erinnere mich noch genau daran, dass es in Leipzig mal zu viele von der Sorte gab.«

Nadine signalisierte mit einem gequälten Lächeln, dass Wiggins recht hatte. Sie stellte Getränke auf ein Tablett. »Ich mach jetzt mal meine Runde.« Bevor sie losging, sah sie Kroll an. »Wenn du rauchen gehst, sag mir Bescheid.«

Wiggins leerte den letzten Schluck aus seiner Flasche. »Sag doch mal ehrlich, Kroll. So einen Scheißfall hatten wir noch nie: Keinen Mord, keine Verwandten, keine Anhaltspunkte, keine Zeugen, keine Spuren, keine Verdächtigen, … aber dafür viel Aufmerksamkeit.«

Kroll stellte das Weizenbier ab, das er schon halb ausgetrunken hatte. »Keinen blassen Schimmer, hast du vergessen!«

Magda, die hübsche Bedienung, die in dem hinteren Raum zu tun hatte, umarmte die Polizisten von hinten und gab ihnen einen Kuss auf die Wange. »Lässt Nadine euch hier verdursten? Das Gleiche wie immer?«

Die Kommissare nickten und Magda bereitete den Nachschub vor.

Kroll nahm das Gespräch mit Wiggins wieder auf. »Ich habe auch lange über den Fall nachgedacht. Ich finde, jetzt müssen wir ein bisschen flexibel sein. Reis hat uns die Sache anvertraut und das können wir durchaus als Ritterschlag empfinden. Auch wenn wir eigentlich nicht zuständig sind, muss man doch ehrlich zugeben, dass es für so ein Verbrechen, oder besser gesagt, für zwei solche Verbrechen, überhaupt keine Zuständigkeiten gibt. Also, tun wir unser Bestes.«

Wiggins fühlte sich missverstanden. »Aber Kroll, du weißt doch, dass ich das immer tue. Natürlich zieht sich hier keiner hinter irgendwelche Zuständigkeiten zurück. Ich wollte nur sagen, dass wir auch Neuland betreten. Wir können eben nicht nach den Mustern arbeiten, die wir seit Jahren anwenden. Das hier ist etwas ganz anderes, etwas ganz Neues.«

»Ich weiß, ich weiß«, beschwichtigte Kroll. Er tippte mit seinem Weizenbierglas gegen Wiggins Flasche. »Lass uns einfach unsere Arbeit machen. Ich bin mir sicher, dass wir nach und nach auch dieser komischen Geschichte auf den Grund kommen. Irgendwie hat die ganze Sache meinen Jagdinstinkt geweckt. Wir müssen unsere ausgetrampelten Pfade verlassen. Wahrscheinlich ist die Lösung, wie immer, ganz einfach. Straftäter sind meist nicht die Allerschlauesten.«

Wenn du dich da mal nicht täuschst, dachte Wiggins.

»Ich sehe, die Elite unseres Ermittlungsapparates hat

sich hier versammelt«, ertönte hinter ihnen eine Stimme. Sie gehörte Günther Hirte, dem Lokalredakteur der Leipziger Tageszeitung, mit dem sich die Polizisten inzwischen angefreundet hatten. Wie immer hatte er die langen, dunkelblonden Haare zu einem Pferdeschwanz zusammengebunden. Das rechte Bein zog er leicht nach. Das künstliche Knie war die Kehrseite des Ruhmes aus über 200 Bundesligaspielen. Er zeigte Magda drei Finger, worauf diese drei Tequila in die kleinen Gläser füllte.

Günther Hirte stützte einen Ellenbogen auf die Theke auf und sah die Polizisten an. »Mensch, Leute, ich habe gehört, ihr macht jetzt richtig Karriere. Knochen von Bach suchen, das darf doch bestimmt nicht jeder in euerm Verein.«

Kroll begrüßte den Reporter mit einem freundlichen Lächeln. »Günther, kann es sein, dass wir auf demselben Seminar waren? Wenn du etwas willst, lobe deinen Gegner?«

Magda stellte die Tequilas auf die Theke. Hirte nahm sein Glas und prostete den Kommissaren lautlos zu. »Ne, Quatsch! Ich mach doch nicht so 'nen Scheiß!« Er lächelte. »Das einzige Seminar, was mir mein Chef bis jetzt aufgebrummt hat, war ›Fragen ohne Klagen‹. Sieben Tage in einem Kloster! Da ging die Post ab, kann ich euch sagen. Aber die hatten zumindest 'nen guten Rotwein.«

Kroll leerte das Tequilaglas zur Hälfte. »Was hast du denn so mitgekriegt über die Ereignisse der letzten Zeit?«

Hirte zuckte mit den Schultern. »Ich dachte, die Neuigkeiten erfahre ich von euch. Der Thomanerchor ist verschlossen wie eine Auster. Denen ist das Thema, glaube ich, nicht so willkommen.«

Kroll leerte bedächtig sein Tequilaglas. »Kennst du diesen Rechtsanwalt Maschek?«

»Dr. Schleimbeutel? So heißt der bei uns in der Redaktion. Den kennt doch jeder. Aber der klaut sicher keine Knochen. Hat der bestimmt nicht nötig.«

Wiggins schüttelte den Kopf. Ihm war es nicht angenehm, dass Kroll das Thema Maschek ansprach. Das würde Ärger geben. Außerdem hatte er die Befürchtung, dass Kroll sein privates Problem mit Dr. Maschek jetzt über die Öffentlichkeit austragen wollte. »Ich denke, wir lassen den Maschek mal außen vor«, sagte er mit energischer Stimme, wobei er bewusst Augenkontakt mit Kroll suchte. »Ich glaube nicht, dass uns das weiterbringt.«

Der Spürsinn des Journalisten war geweckt. »Was hat das denn jetzt mit dem Maschek auf sich?«

Kroll schien Wiggins' Warnung in den Wind zu schlagen. »Quellenschutz?«

»Konntet ihr euch doch immer drauf verlassen, das wisst ihr doch.«

Kroll ignorierte den strengen Blick seines Kollegen. »Dr. Schleimbeutel hat mit einigen Thomanern regen Mailkontakt über Facebook. Er trifft sich wohl auch ab und zu mit den Sängern. Versteh mich bitte nicht falsch, Günther. Er tut nichts Verbotenes und wir haben nichts gegen ihn in der Hand. Aber vielleicht wäre es nicht ganz uninteressant, da mal ein bisschen nachzubohren.«

»Gute Idee!«, stimmte Hirte zu. »Ich guck mal, was ich machen kann.«

»Findest du, dass das jetzt in Ordnung war?«, fragte Wiggins, als Hirte auf der Toilette war.

»Mit uns redet der doch nicht. Und Ärger habe ich mit dem Arsch doch sowieso schon. Was soll also passieren?«

Paul Holzhund hatte seinen Eltern die Erlaubnis abgerungen, dass Georg Schießer bei ihm schlafen durfte. Noch tief in der Nacht knieten sie auf dem Boden, gingen die Listen durch, diskutierten jeden Namen, machten sich Notizen und telefonierten viel mit ihren Handys. Georg strich einen weiteren Namen von der Liste. Er atmete tief durch. »So, jetzt wären wir so weit. Alle Thomasser haben wir jetzt mindestens 20 Mal durchgekaut. Von dreien wissen wir überhaupt nichts über die Väter.«

»Nur, dass sie nicht mehr mit ihren Söhnen zusammenwohnen«, ergänzte Paul nachdenklich.

Georg las die Namen laut vor. »Ludwig Fleischer, Max Hamann und Friedrich Vorsteher.«

»Von denen habe ich noch nie einen Vater gesehen«, überlegte Paul laut. »Vielleicht sind die schon alle tot.«

»Genau das müssen wir jetzt rauskriegen.«

»Kein Problem.« Paul tippte sich in das Adressverzeichnis seines Handys, wurde aber unterbrochen, weil Georg ihm leicht auf die Hand schlug. »Doch nicht so! Da muss man schon eleganter ermitteln, das geht nicht mal eben so am Telefon.«

Paul stopfte sein Handy enttäuscht in die Hosentasche. »Und was schlägst du vor?«

»Ludwig und Max sind im Krankenhaus. Die freuen sich doch bestimmt, wenn wir sie morgen früh besuchen.«

Paul gähnte laut. »Alles klar. Dann können wir ja jetzt ins Bett gehen. Ich bin hundemüde.«

»Später«, verdarb ihm Georg die Freude auf die verdiente Nachtruhe. »Lass uns bitte nur noch einmal die Listen durchgehen. Nur zur Sicherheit!«

Paul verdrehte die Augen. »Das kostet dich einen Latte!«

Wie so häufig in letzter Zeit, wurde er schwermütig, wenn die Dunkelheit einbrach. Er stellte das Rotweinglas auf dem kleinen Tischchen neben sich ab und registrierte ein wenig erschrocken, dass die Flasche schon fast leer war. Mal wieder. Er widmete sich erneut dem hellblauen Fotoalbum und blätterte es langsam durch. Von Anfang bis Ende. ›Das Glück hat einen Namen‹, stand auf dem Zeitungsausschnitt, den er aus der Tageszeitung ausgeschnitten und auf der ersten Seite aufgeklebt hatte. Darunter hatte er das Kettchen mit dem Namen seines Sohnes eingeklebt, das nach dessen Geburt an seinem kleinen Handgelenk befestigt worden war, damit die Kinder im Krankenhaus nicht verwechselt wurden. Auf den nächsten Seiten folgten unendlich viele Fotos. Der Junge mit dem stolzen Papa, der stolzen Mutter, mit Oma, Opa, Tante, Onkel und den restlichen Verwandten. Der erste Geburtstag, das erste Weihnachtsfest. Unter fast jedes Foto hatte die Mutter einen lustigen Kommentar geschrieben.

Damals hatte er es sich nicht vorstellen können, wie sich die ganze Sache entwickeln würde. Nicht vorstellen? Er hätte nicht einmal im Traum daran gedacht, nicht einmal in seinen quälendsten Albträumen. Und jeden, der ihm das prophezeit hätte, hätte er postwendend für bescheuert erklärt. Aber jetzt musste er mit dieser schrecklichen Wirklichkeit leben und konnte nichts dagegen tun. Oder doch?

MITTWOCHMORGEN

Krolls Kopfschmerzen hielten sich an diesem Morgen in Grenzen. Er hatte Schlimmeres befürchtet, denn sie hatten mehr Weizenbiere und vor allem mehr Tequilas getrunken, als sie eigentlich beabsichtigt hatten. Aber ihr Freund Günther Hirte war manchmal schwer zu bremsen und irgendwie war es ein gemütlicher Abend. War doch alles gutes Zeug, dachte Kroll beruhigt, als er den Eingang des Präsidiums im Peterssteinweg betrat. Er begrüßte Wiggins, der im Büro schon auf ihn zu warten schien. »Lass die Jacke gleich an, Kroll. Callidus hat angerufen. Wir sollen sofort ins Alumnat kommen.«

»Hat er gesagt, warum?«, fragte Kroll, als sie schon auf dem Flur waren. Wiggins schüttelte den Kopf. »Nein, aber er machte einen verstörten Eindruck.«

Sie staunten nicht schlecht, als ihnen auf dem Flur eine junge Frau, Kroll taxierte sie auf Ende 20, entgegenkam. Ihre braunen Haare hatte sie zu einem Pferdeschwanz zusammengebunden, der lustig von ihrem Hinterkopf abstand und jeden Schritt schwungvoll begleitete. Sie hatte eine sportliche Figur, Hürdenläuferin, dachte Kroll, trug enge Jeans und einen roten Pullover mit V-Ausschnitt, unter dem kein Kleidungsstück zu erkennen war. Sie lächelte freundlich zur Begrüßung. Krolls Körperscanner lief auf Hochtouren. Er registrierte ein tadelloses Gebiss und weiße Zähne auf der Habenseite seiner geistigen Liste. Die Hand, die sie ihnen entgegenstreckte, fühlte sich zart, schlank und warm an. Die Pluspunkte auf Krolls geistiger Liste häuften sich. Der Umstand, dass sie keinen Ring trug, wurde unter Bigpoint notiert.

»Sie müssen die Herren von der Polizei sein. Mein Name ist Anja Gans.«

»Ganz wie halb?«, scherzte Kroll.

»Leider eher wie Ente«, reagierte sie prompt, sie war derartige Spielchen mit ihrem Namen wohl schon gewohnt. »Herr Dr. Callidus führt gerade noch ein Telefongespräch. Wenn Sie mir bitte kurz in mein Büro folgen würden.«

»Gern«, erwiderte Kroll, dankbar, den Scannvorgang mit der Betrachtung der noch fehlenden Rückansicht abschließen zu können. Als er ihr ins Büro folgte, atmete er unauffällig in seine hohle Hand, um zu kontrollieren, ob er nach Alkohol roch. Ein Königreich für ein Pfefferminzbonbon.

Sie nahmen an einem kleinen Besprechungstisch Platz. Kroll sah sich im Büro um. »Warum haben wir Sie noch nie gesehen? Wenn Sie ein eigenes Büro haben, sind Sie ja wahrscheinlich häufiger hier.«

»Auch im Thomanerchor hat man mal Urlaub. Ich hatte mir ein paar Tage freigenommen.«

»Dürfen wir fragen, was Sie hier machen, ich meine natürlich, welche Aufgaben Sie erledigen?«, schaltete sich Wiggins ein.

»Meine offizielle Berufsbezeichnung ist ›Persönliche Referentin der Alumnatsleitung‹. Auf gut Deutsch könnte man sagen, die rechte Hand von Dr. Callidus, oder noch besser: Mädchen für alles.«

Kroll verdrängte die unanständigen Fantasien, die sich auf Grund der letzten Bemerkung gerade in seinem Kopf breitmachen wollten. Den Eindruck, den die junge Frau auf ihn gemacht hatte, konnte er jedoch nicht verbergen. »Kann es sein, dass Sie hier die einzige Frau unter 100 männlichen Thomanern sind?«

Noch bevor Anja Gans auf Krolls Anmerkung eingehen konnte, flog nach einem kurzen Klopfen die Tür auf und Dr. Callidus kam herein. Sein ganzer Körper war angespannt. Er begrüßte die Kommissare kurz mit einem Handschlag und bat sie, ihm in sein Büro zu folgen. Dort angekommen, atmete er noch einmal tief durch. »Hier wurde eingebrochen. Wir hatten Einbrecher im Alumnat!«

Kroll und Wiggins sahen sich um. Das Büro des Alumnatsleiters sah nach allem anderen aus als nach einem Einbruch. Sämtliche Gegenstände lagen ordentlich an ihrem Platz, nichts war verwüstet und Einbruchsspuren waren auch nirgends erkennbar.

»Wie kommen Sie darauf?«, fragte Wiggins.

Callidus ging mit drei schnellen Schritten zum Fenster. »Hier, sehen Sie mal!« Er öffnete und schloss das Fenster mehrfach. »So war es, als ich heute Morgen ins Büro kam, unvorstellbar!«

»Sie meinen, jemand hat bewusst das Fenster entriegelt?«, hakte Wiggins nach.

»Genauso ist es.«

»Aber wer könnte das denn gewesen sein?«, schaltete sich Kroll ein.

»Sie können mir glauben, dass ich seit heute früh an nichts anderes denke. Gestern war Dienstag. Ich mache mir gerade eine Liste von allen Personen, die gestern bei mir waren.« Er machte eine kurze Pause. »Dumm ist nur, dass das eine ganze Menge waren. Die Leute vom Gesundheitsamt, viele besorgte Eltern, Mitarbeiter aus der Verwaltung, Thomasser und, und, und.« Wieder eine Pause. »Selbstverständlich habe ich mir auch schon meine Gedanken gemacht. Eines scheint mir offensichtlich zu sein: Der Einbrecher kam nicht aus dem Chor. Die kennen ja alle die Kombination am Eingang. Von denen würde sich sicherlich keiner die Mühe machen, hier durchs Fenster zu krabbeln, wenn er auch durch die Tür gehen kann.«

Wiggins sah sich nochmals im Büro um. »Es sieht mir nicht danach aus, als ob hier etwas fehlt.«

Callidus setzte sich auf seinen mächtigen Schreibtischstuhl. Seine Stimme wurde melancholisch. »Es fehlt aber etwas: mein Füllfederhalter.«

»Ihr Füllfederhalter?«, rief Kroll, nicht sicher, ob er sich verhört hatte.

Dr. Callidus nickte betrübt. »Es war ein Erbstück meines Großvaters. Er hat ihn an meinen Vater vererbt und als der gestorben ist, habe ich ihn bekommen.«

»Wir lassen die Spurensicherung kommen«, entschied Kroll. »Es wäre gut, wenn Sie jetzt nichts mehr anrühren.«

»Das hätte ich nie gedacht«, sagte Wiggins, als sie wieder im Auto saßen.

»Ich auch nicht«, antwortete Kroll. »Ich hätte auch nie gedacht, dass in diesem Alumnat so ein scharfer Ofen rumläuft.«

Wiggins sah seinen Kollegen verständnislos an. »Ich meinte eigentlich, dass ich nie gedacht hätte, dass jemand wegen eines alten Füllers ins Alumnat einbricht.«

Kroll lehnte sich im Beifahrersitz zurück. »Mein Gott, Wiggins. Ich will ja gern zugeben, dass ich hormonbedingt zurzeit nicht so ganz klar denken kann. Aber das liegt doch nun wirklich auf der Hand.«

»Was liegt auf der Hand?«, fragte Wiggins, leicht genervt.

»Niemand würde in das Büro von Dr. Callidus einbrechen, um einen Füller zu klauen. Der hat doch regen Publikumsverkehr. So einen kleinen Gegenstand kann man doch viel eleganter verschwinden lassen. Man müsste nur in einem unbeobachteten Moment das Ding in seine Tasche fallen lassen. Dafür mache ich mir doch nicht so eine Mühe.«

»Du meinst also, der Einbrecher hat etwas ganz anderes gesucht?«

»Na klar.«

»Aber dann müssen wir doch rauskriegen, was er gesucht hat.«

»Was glaubst du, warum ich die Spurensicherung angefordert habe.«

Paul Holzhund und Georg Schießer klatschten ihre Gesangskollegen auf der Internistischen Abteilung der Uniklinik ab. Georg kramte eine braune Papiertüte mit der Aufschrift ›Lesen bildet‹ aus einer Stofftasche hervor. »Wir haben euch etwas mitgebracht.« Er reichte jedem einen Big Mac in der typischen Verpackung. »Ich denke, das ist mal 'ne Abwechslung zu dem Krankenhausfraß hier! Ich hoffe, die sind noch warm.«

Ludwig Fleischer biss beherzt in seinen Hamburger.

»Und, wie ist's hier so?«, fragte Paul.

»Eigentlich gar nicht so schlecht«, antwortete Max. »Irgendwie 'ne coole Sache. Wir können den ganzen Tag chillen, fernsehen ohne Ende, und das alles mit Bedienung. Dazu keine Proben. Hätte schlimmer kommen können.«

»Und die Schwestern sehen auch nicht schlecht aus«, bestätigte Ludwig. »Vor allem die eine – Nadja. Mit der muss ich mich unbedingt mal zum Kaffee treffen.« Er lächelte selbstbewusst. »Die wird schon immer ganz unsicher, wenn sie mir zum Fiebermessen ganz nahe kommen muss.«

Georg beschloss, das Thema unauffällig auf seine Ermittlungen zu lenken. »Waren eure Alten eigentlich schon hier?«

»Du weißt doch, meine Eltern haben immer viel Stress«, antwortete Ludwig. »Die arbeiten doch noch volle Lotte. Aber über Ostern holen die mich natürlich ab. Das reicht mir dann auch.«

»Meine Alten waren schon drei Mal hier«, bemerkte

Max leicht genervt. »Die glauben, ich springe hier jeden Moment über die Klinge.«

»Und dein richtiger Vater?« Georg gab vor, verlegen zu sein. »Es geht mich ja nichts an. Aber hat der sich auch mal nach dir erkundigt? Ich meine …, immerhin bist du ja sein Sohn.«

Max war mit seinem Big Mac beschäftigt. Er biss aber nur mehr oder weniger lustlos in das Brötchen. Der Thomaner hatte keinen Appetit. Er legte den Hamburger wieder in die Schachtel zurück und begann heftig zu husten. Die Frage schien ihn nicht sehr zu beschäftigen. »Er hat mich natürlich schon angerufen. Aber der wohnt irgendwo in München. Wir haben eigentlich keinen Kontakt mehr. Telefonieren ab und zu miteinander. Das ist vielleicht auch besser so.«

»Aber ich stell mir das irgendwie komisch vor«, ließ Georg nicht locker. »Willst du denn keinen Kontakt zu deinem Vater haben? Also, ich weiß nicht, aber er ist immerhin dein Vater.«

»Mein wirklicher Vater ist der zweite Mann meiner Mutter. Die leben schon so lange zusammen und er hat sich echt super gut um mich gekümmert. Ich brauche keinen Vater, der irgendwann mal meine Mutter und mich wegen einer anderen Frau verlassen hat. Ich denke gar nicht mehr an ihn. Er soll sein Ding machen und das ist auch okay so. Wenn er ab und zu Asche rüberwachsen lässt, ist das in Ordnung.«

»Und dein richtiger Vater?«, fragte Paul nun Ludwig. Der Thomaner wischte sich mit der Papierserviette den

Mund ab. »Wie seid ihr denn heute drauf? Was soll denn die sentimentale Scheiße? Ist das hier eine Befragung oder was? Könnt ihr nicht einfach mal kapieren, dass es auch Familien gibt, die nicht in eurer heilen ›Unsere-kleine-Farm-Welt‹ leben?«

Georg war nicht begeistert von Pauls offensiver Verhörmethode. Man musste geschickter fragen, aber das würde er Paul auch noch beibringen. Er versuchte, die Situation zu retten. »Tut mir leid. Aber es ist so, dass meine Eltern zurzeit richtig Zoff haben. Und nicht nur wegen Ostern. Das geht schon länger so. Ich denke, es ist nur eine Frage der Zeit, bis meine Mutter meinen Alten verlässt. Ich dachte, ihr könntet mir vielleicht mal erzählen, wie man mit so etwas klarkommt. Ich habe tierisch Schiss vor der Situation.«

Ludwig hatte ein schlechtes Gewissen, weil er so schroff reagiert hatte. »Tut mir leid, Georg. Das konnte ich ja nicht wissen.«

Georg nickte stumm. Er war ein guter Schauspieler. Sein Blick war auf den Boden gerichtet. »Darf ich dich noch was fragen und dann können wir das Thema wechseln?«

»Frag, was du willst«, war Ludwig wieder versöhnt. »Mein Alter telefoniert oft mit mir, fast jeden Tag. Ich habe also viel Kontakt zu ihm, auch wenn wir uns seit vielen Jahren nicht mehr gesehen haben. Irgendwie ist er doch immer da. Eigentlich habe ich keine Probleme, über ihn zu reden.«

»Hast du ihn wirklich so lange nicht gesehen?«

»Darüber darf ich jetzt nichts sagen. Der muss meine

alte Dame mal ziemlich enttäuscht haben. Da war ich aber noch ganz klein. Seitdem ist der Kontakt abgebrochen, ich glaube sogar, meine Mutter hat ihm gerichtlich verbieten lassen, mich zu treffen, aber Genaueres ...« Er zuckte mit den Achseln. »Eigentlich soll ich überhaupt nichts erzählen. Mein Vater glaubt immer, er hätte dann die nächste Klage am Hals. Aber nur so viel ...«, Ludwig lächelte schelmisch, »... er wohnt seit Kurzem wieder in Leipzig und das passt meiner Mutter gar nicht.«

»Was ist denn dein Vater von Beruf?«

»Weiß ich nicht genau. Irgendwas bei Porsche. Er redet mit mir nie über seinen Beruf. Ist, glaub ich, sogar ein ziemlich hohes Tier, wenn ich das richtig mitgeschnitten hab.«

Georg lächelte zufrieden. »Danke! Aber jetzt reden wir wirklich über erfreulichere Themen. Habt ihr gestern Champions League gesehen? Der Neuer ist echt der beste Torwart der Welt, oder? Scheiße, dass der zu den Bayern gegangen ist.«

Max grinste. »Die haben uns hier tatsächlich um zehn Uhr die Glotze ausgestellt. Wegen Nachtruhe und so. Aber wir haben nichts gesagt. Wir haben ein App auf unseren iPhones, dass wir damit auch Fernsehen gucken können. War ein super Spiel.«

Die erste Auswertung der Vernehmung führten die Hobbyermittler in der Cafeteria der Klinik durch. Sie saßen an einem Resopaltisch und redeten bei einer Cola light. »Den Vater von Max können wir streichen«, analysierte

Paul. »Der hat noch Kontakt zu seinem Sohn. Die telefonieren ja noch miteinander, wenn auch nicht häufig, aber immerhin. Außerdem gibt er Max noch Geld. Ich glaube auch nicht, das der von München aus hier so einen Heckmeck betreibt.«

Georg schlürfte bedächtig seine Cola. »Sehe ich ähnlich. Max' Vater passt einfach nicht in unser Täterprofil.«

»Jetzt trag mal nicht so dick auf«, reagierte Paul gereizt.

Georg überhörte die Anspielung. »Aber Ludwigs Vater ist ein Volltreffer! Ludwigs Mutter hat dem sogar gerichtlich den Kontakt verboten. Das tut weh. Er hat keine Möglichkeiten, Ludwig zu sehen, ohne dass sie ihm die Polizei auf den Hals hetzt. Das ist doch der Hammer! Außerdem wohnt er ja jetzt in Leipzig. Wir haben also eine unmittelbare räumliche Nähebeziehung zwischen den Tatorten und dem Wohnsitz des Verdächtigen.«

Paul dachte kurz darüber nach, ob sich Georg auch heimlich in die Bibliothek der Polizeischule eingeschlichen hatte. Er verkniff sich jedoch eine Bemerkung. »Und er arbeitet in einer leitenden Position in der Autobranche. Diese Leute haben doch immer eine kriminelle Energie. Denk nur mal an die früheren Chefs von VW. Bestechung, Nutten. Das war doch das volle Programm! Der Hartz hat sogar zwei Jahre gekriegt!«

»Stimmt genau! Das meine ich mit Täterprofil. Den müssen wir genauer unter die Lupe nehmen.«

»Den Hartz?«

»Schwachkopf.«

Georg musste heftig niesen. »Scheiß Heuschnupfen!« Er kramte in seiner Jackentasche nach einem Taschentuch. »Ach, du Scheiße! Ich habe in Gedanken den Füller vom Callidus eingesteckt.«

»Den müssen wir sofort zurückbringen«, drängte Paul. »Sonst kommen die unserer Aktion von gestern Abend noch auf die Spur. Und dann haben wir 'ne Menge Ärger am Hals.«

»Na klar. Wir fahren sofort zum Kasten zurück.«

MITTWOCHMITTAG

Kroll stand mit geöffnetem Oberhemd im Büro und strapazierte ein Deodorant. Wiggins war in die Recherchen am Computer vertieft. »Probierst du gerade aus, wie viel in so eine Deobüchse reingeht, oder willst du das Präsidium in die Luft jagen?«

Kroll ließ sich nicht beirren und sprühte die letzte Ladung unter die Gürtellinie. »Frau Gans hat gerade aufgeregt angerufen. Ich soll sofort vorbeikommen.« Er spannte seine Brustmuskeln an und reckte sein Kinn in die Höhe. »Die braucht offensichtlich den Superstar der Ermittlungsszene.«

Wiggins wandte sich grinsend von dem Bildschirm ab. »Bin mal gespannt, wie die reagiert, wenn ihr Supermann riecht wie die Umkleidekabine einer Transvestitenshow.«

Kroll sah nachdenklich auf das Deo, das er noch immer in der Hand hielt. »Meinst du das ehrlich? Guckst du keine Werbung? Das Zeug benutzt sogar Lukas Podolski.«

Wiggins schmunzelte noch immer. »Du willst doch bestimmt, dass ich mitkomme, oder?«

»Grundsätzlich immer. Aber heute müssen wir ermittlungstaktischen Erwägungen den Vorrang geben.«

»Ermittlungstaktischen Erwägungen?«, wiederholte Wiggins.

Kroll krempelte die Ärmel seines Hemdes hoch. »Es ist besser, das Gespräch zunächst unter vier Augen zu führen.

Frau Gans öffnet sich dann mehr. Ich habe sofort gemerkt, dass sie ein wenig eingeschüchtert wirkt, wenn ihr zwei Polizisten gegenüberstehen. Ein erfahrener Ermittler spürt so etwas sofort.«

»Vor allem, wenn der riecht wie Lukas Podolski«, murmelte Wiggins.

Anja Gans wartete in ihrem Büro auf Kroll. Sie begrüßte ihn mit einem freundlichen Lächeln. »Vielen Dank, dass Sie sofort gekommen sind.«

»Das ist doch selbstverständlich, ich bitte Sie.«

Sie ging zu ihrem Schreibtisch und deutete mit dem gebeugten Zeigefinger auf die Oberfläche. »Gucken Sie doch mal, was hier liegt.«

Kroll kam näher. »Ein uralter Füllfederhalter. Ich nehme an, der gehört Dr. Callidus.«

Die Assistentin nickte. »Ganz richtig. Ich habe noch nichts angerührt. Ich habe auch dem Chef noch nichts erzählt, ich dachte, Sie sollten sich das besser erst mal anschauen, wegen der Spuren und so.«

»Das haben Sie genau richtig gemacht.« Er holte ein Plastiktütchen aus der Gesäßtasche seiner Jeans und schnippte mit einem Lineal den Füllfederhalter hinein. »Vielleicht haben wir ja Glück und finden einen Fingerabdruck oder ein bisschen DNA auf dem guten Stück.«

Krolls Blick war gerade auf Anjas Pferdeschwanz fokussiert, der wieder lustig auf und ab wippte. Er hatte bislang nicht gewusst, wie anregend Pferdeschwänze sein konnten.

»Schön, dass Sie das sagen. Ich hatte schon Sorge, ich mach hier wegen einer Belanglosigkeit die Polizei verrückt. Schließlich ist es ja nur ein alter Füller.«

Kroll verstaute das Beweisstück in seiner Jackentasche und lehnte sich an die Fensterbank. »Wir nehmen die Sache hier sehr ernst. Bei uns ist nicht alles eine Belanglosigkeit, nur weil es nichts mit Mord und Totschlag zu tun hat. Wir haben es hier mit durchaus schwerwiegenden Verbrechen zu tun. Denken Sie doch nur an die Salmonellenvergiftung. Das ist eine schwere Straftat, weil es so viele Menschen betroffen hat. Alles andere als eine Kleinigkeit.«

Anja Gans wurde nachdenklich. »Das finde ich auch. Das war wirklich eine große Schweinerei. Lassen Sie doch mal so eine Vergiftung auf einen angeschlagenen Thomasser treffen. Wer weiß, wie das dann ausgeht.«

»Haben Sie eine Ahnung, wie der Füller in Ihr Büro gekommen ist?«

Anja zuckte mit den Schultern. »Als ich heute Morgen ins Büro kam, lag er definitiv nicht auf meinem Schreibtisch. Da bin ich mir ganz sicher. Bis circa elf Uhr habe ich das Büro nicht verlassen. Dann hatten wir eine Dienstberatung, die ungefähr eine Stunde gedauert hat. Als ich wiederkam, lag das Ding auf meinem Schreibtisch.«

»Sie schließen Ihr Büro nicht ab?«

»Eigentlich nie«, antwortete die Assistentin.

Kroll drehte sich um und sah aus dem Fenster. »Schöner Fußballplatz«, stellte er fest.

»Der ist hier das Wichtigste nach den Noten. Oben in der Turnhalle haben wir sogar noch einen für den Winter. Alle Thomasser spielen gern Fußball. Und das richtig gut! Der TC 1212 ist eine fußballerische Legende. Wenn wir den Kreuzchor aus Dresden besiegen, gibt der Kantor mindestens eine Woche frei.«

Krolls Blick fiel auf den Bereich des Hofes, der in der verlängerten Einfahrt vor dem Fußballplatz lag. Vor dem Lattenzaun, der die Grenze zum westlichen Grundstück bildete, erkannte er zwei Jungs. »Könnten Sie bitte mal herkommen?«

Anja Gans stellte sich neben den Kommissar. Er konnte ihr angenehmes, dezentes Parfüm riechen und musste gleich an Wiggins letzte Bemerkung im Präsidium denken. »Sehen Sie die beiden Jungs da? Den einen kenne ich. Den habe ich vorgestern hier getroffen. Ein großer Champion in Computerspielen. Der heißt doch Paul Holzhund? Ein Name, der leicht zu merken ist.«

»Ganz richtig. Und der andere ist Georg Schießer. Sehr nette Jungs. Bis auf einige pubertäre Ausfälle sind sie wirklich die reinsten Engel.«

Paul und Georg standen vor dem Holzzaun zum Nachbargrundstück. Der Zaun war normalerweise mit dichtem Wein überwuchert, der sich in vielen Jahrzehnten an den Latten ausbreiten und vermehren durfte. Jetzt bot sich ihnen aber ein anderes Bild. Das Grün war aus den Blättern gewichen. Farblos und traurig hingen sie an den schmalen Ästen herab. Die wuchtige Erscheinung der Kletterpflanze war verschwunden. Dort, wo man sonst nur die Blätter in ihren verschiedenen Schattierungen sah, schimmerte das abgenutzte Braun des Zaunes wie die Planken eines gestrandeten Schiffes hervor.

»Jetzt bin ich endgültig überzeugt, dass wir auf der richtigen Spur sind«, flüsterte Paul.

Georgs Stimme war monoton. »›Der Weinberg des Herrn müsse vertrocknen.‹ Das ist doch eindeutig.«

»Ich glaube, es wäre besser, wenn wir jetzt der Polizei Bescheid sagen«, schlug Paul vor.

»Nur weil jemand den wilden Wein hier mit Unkrautvernichtungsmitteln oder so etwas verdorben hat? Die lachen uns doch aus wegen der paar Rosinen.«

Paul sah sich um. »Achtung! Da kommt dieser Kommissar mit der Schnattergans.«

»Na, Jungs, alles klar bei euch?«, begrüßte sie der Kommissar.

Anja Gans sah erschrocken auf den Wein. »Oh, mein Gott! Was ist denn hier passiert?«

Georg zuckte mit den Schultern. »Keine Ahnung. Wir sind hier vorbeigegangen, weil wir gucken wollten, ob jemand Fußball spielt. Da haben wir das hier gesehen.«

Anja Gans war richtig traurig. »Oh Mann, der schöne Wein. Wer macht denn so was?«

»So etwas macht der gleiche Mensch, der Skelettteile stiehlt und Wasser vergiftet«, dachte Kroll laut nach.

»Und der Füllfederhalter klaut«, ergänzte die Assistentin.

Kroll sah die Jungs mit einem strengen Blick an. »Nein,

das glaube ich nicht. Die Sache mit dem Füller hat damit nicht das Geringste zu tun.«

»Ich muss sofort Dr. Callidus informieren«, sagte Anja Gans aufgeregt und ging zum Haus.

»Ja, ähm, wir gehen dann auch mal«, stammelte Paul.

Kroll war betont freundlich. »Warum denn so eilig? Ihr habt doch keine Schule. Lasst uns noch ein bisschen reden.«

Paul und Georg sahen sich verstohlen an. »Natürlich. Wenn Sie noch mit uns reden wollen … Von uns aus gern.«

»Ja«, bestätigte Paul etwas zu lässig. »Was wollen Sie denn wissen?«

»Als Erstes würde mich interessieren, warum ihr heute hier seid.«

Paul und Georg sahen sich wieder an. Dann kam Georg die zündende Idee. »Ich hatte mein Handy hier vergessen.« Er holte es aus seiner Jackentasche und hielt es in die Höhe.

Kroll glaubte den Sängern kein Wort. Er ließ es sich aber nicht anmerken. »Ach so, ein Handy ist in euerm Alter natürlich sehr wichtig. Das verstehe ich schon.«

»Sind Sie mit Ihren Ermittlungen schon weitergekommen?«, fragte Paul, um ihnen ein bisschen Entlastung zu verschaffen.

»Wir tappen noch völlig im Dunkeln. Ich hoffe, dass heute Nachmittag die ersten Laborergebnisse vorliegen. Dann wissen wir hoffentlich mehr.« Kroll lächelte. »Ist halt nicht so einfach, wenn das Opfer schon über 250 Jahre tot ist. Und für die Aktion mit dem Wasserspender gibt es auch keine Zeugen.«

Georg malte mit seinem Schuh Halbkreise auf den Boden. »Was mich mal interessieren würde, wenn ich Sie mal was fragen darf?«

»Na klar«, ermutigte ihn Kroll.

»Nehmen wir mal an, Sie finden im Labor DNA-Spuren von dem Täter, also an Bachs Grab in der Thomaskirche und an dem Wasserspender. Was wissen Sie dann?«

»Na ja. Als Erstes wissen wir natürlich, ob es sich um einen oder vielleicht um zwei Täter handelt. Die DNA ist da todsicher, die beseitigt alle Zweifel. Und dann wissen wir natürlich auch, ob wir einen Mann oder eine Frau suchen.«

»Und sonst nichts?«

»Wir gehen dann routinemäßig unsere Dateien durch und prüfen, ob die DNA bei uns registriert ist. Aber das wäre natürlich ein Zufall. Da habe ich in unserem Fall wenig Hoffnung.«

»Mehr können Sie mit der DNA nicht anfangen?«, hakte Georg nach. »Können Sie nicht Verwandte ermitteln oder so?«

Kroll war verwundert über die Frage. »Wir können anhand der DNA schon herausfinden, ob eine Person mit einer anderen verwandt ist, besonders im Verhältnis der Eltern zum Kind. Aber dafür brauchen wir Vergleichsmaterial. Warum willst du das wissen?«

»Nur so.«

Kroll beschloss, beim Thema zu bleiben. »Aber ihr habt

recht. Die DNA-Analyse ist für uns ein ganz wichtiges Hilfsmittel. Die Bedeutung hat mit dem Fortschreiten der Technik noch mehr zugenommen.«

Kroll bückte sich, hob einen Stein auf und gab ihn Georg. »Hier, wirf den mal weg.«

Georg sah den Polizisten irritiert an, tat dann aber, worum er ihn gebeten hatte.

»Stell dir mal vor, du hättest den Stein jetzt in einen See geworfen. Wenn wir den nach drei Tagen aus dem Wasser holen würden, fänden wir noch Schweißrückstände mit verwertbarer DNA. Im Salzwasser würde das nicht funktionieren, aber mit Süßwasser in einem stehenden Gewässer kriegen unsere Techniker das hin.«

»Echt?«, fragte Paul ungläubig. »Aber dann muss man sich doch die ganze Mühe mit dem Abwischen von Fingerabdrücken gar nicht machen, den Schweiß verreibt man dann doch nur, oder?«

»Genauso ist es«, bestätigte Kroll. »Ich muss jetzt gehen.«

»Wie ist dein Deo bei Frau Gans angekommen?«, wollte Wiggins wissen, als Kroll wieder das Büro betreten hatte.

»Super gut! Nun ja …, sie konnte das nur nicht so zeigen. Die Frau ist sehr zurückhaltend. Da kommst du mit der Macho-Masche nicht weiter. Da ist Sensibilität gefragt.«

»Aha«, gab sich Wiggins lernwillig. »Und was war der Grund für die Aufregung der schönen Frau?«

»Callidus' Füller lag plötzlich auf ihrem Schreibtisch.« Kroll kramte den Plastikbeutel mit dem Fundstück heraus. »Den müssen wir schnell ins Labor bringen. Hätte ich jetzt fast vergessen.«

Wiggins sah seinen Kollegen erstaunt an. Es war eigentlich nicht Krolls Art, wichtige Beweisstücke zu vergessen. »Jetzt mal langsam, Kroll. Was ist denn passiert? Du bist doch sonst an Gründlichkeit nicht zu übertreffen.«

Kroll war unaufgeregt. »Ich glaube, das waren diese beiden Thomaner, Paul und Georg. Die laufen auf einmal völlig unmotiviert im Alumnat rum. Kurz nachdem der alte Füller wieder aufgetaucht ist. Würde mich wundern, wenn das ein Zufall war. Und ihre Begründung war auch mehr als dünn. Georg wollte mir weismachen, dass er sein Handy im Kasten vergessen hätte. Ich könnte wetten, eine Überprüfung würde schnell ergeben, dass mit dem Handy ununterbrochen telefoniert wurde.«

Wiggins wurde nachdenklich. »Bliebe dann nur die unbedeutende Frage, warum unsere kleinen Freunde in den Kasten eingebrochen sind.«

»Das würde mich auch brennend interessieren«, bestätigte Kroll.

»Warum hast du sie dann nicht gefragt?«

Kroll wurde nachdenklich. »Ich glaube, die beiden führen irgendetwas im Schilde.«

»Das ist offensichtlich«, grinste Wiggins verständnislos.

»Aber wenn das so ist, dann sollten wir sie nicht aufhalten. Die beiden kennen doch den Chor besser als wir alle zusammen. Ich halte es für sinnvoller, die zwei noch ein bisschen machen zu lassen.«

Wiggins war von Krolls Idee nicht sonderlich begeistert. »Und wenn was passiert? Hast du mal darüber nachgedacht?«

»Natürlich. Noch ein oder zwei Tage, länger nicht. Die paar Tage machen den Kohl jetzt auch nicht mehr fett.«

»Hoffentlich hast du recht!«

Kroll machte sich auf, das Büro wieder zu verlassen, blieb aber abrupt stehen. »Ach, übrigens. Im Garten dieses Alumnates wurden Weinranken vernichtet, vermutlich mit Unkraut-Ex.«

Wiggins drehte sich interessiert zu Kroll. »Weinranken? Wo waren die denn genau?«

»Am Zaun zum Nachbargrundstück. Echt schade. Waren schön gewachsene Pflanzen.«

»Meinst du, das hat was zu bedeuten?«, fragte Wiggins.

Kroll zuckte mit den Schultern und verließ das Büro.

MITTWOCHNACHMITTAG

Paul und Georg saßen am Computer in Pauls Zimmer. Die Suche nach Ludwigs leiblichem Vater sollte sich nicht als allzu schwierig erweisen. Sie klickten die Homepage von Porsche an und gingen dann auf ›Aktuelles‹. Schnell erfuhren sie, dass vor wenigen Wochen im Werk Leipzig ein gewisser Dr. Franz Fleischer, 48 Jahre alt, gebürtig aus Düsseldorf, zum neuen Werksleiter bestellt wurde. »Das muss er sein!«, rief Paul.

Sie wechselten auf die Suchmaschine Google, klickten ›Erweiterte Suche‹ und tippten den Namen Franz Fleischer dann in die Spalte ›In der genauen Wortgruppe‹ ein. Google bot ihnen 11.473 Einträge an. Sie klickten in der oberen Leiste auf ›Bilder‹. Auf dem Bildschirm erschienen zahlreiche Aufnahmen, die einen korrekt gekleideten Mann, immer in Anzug und Krawatte, zeigten. Er war bei verschiedenen Anlässen zu sehen, mal bei einem Empfang, wo er Hände schüttelte, mal hinter einem Rednerpult oder auf Fotos, die erkennbar von einem professionellen Fotografen gemacht worden waren. Franz Fleischer war groß gewachsen, mindestens 1,90 Meter, hatte ein markantes Kinn, auf dem sich ein Grübchen befand, schmale Lippen und eine große, schmale Nase. Er wirkte aufgrund seiner Glatze deutlich älter, als er tatsächlich war. Die spärlichen Haare waren grau, auf der Stirn hatte er eine Narbe.

»Das ist er hundertprozentig!«, jubelte Georg. »Der

sieht ja genauso aus wie Ludwig, wenn du dir den mal mit Haaren vorstellst und mit richtigen Lippen. Aber Augen und Nase, das ist mit Sicherheit der Alte von Ludwig!«

Paul klickte sich auf die Web-Einträge von Google zurück. Sie sahen sich jetzt diejenigen näher an, die Zeitungsartikel wiedergaben. Es waren unzählige Meldungen aus den verschiedensten Zeitschriften aus ganz Deutschland und darüber hinaus. Sie begannen mit den Medien aus dem Umkreis von Leipzig und Sachsen. Die Personenporträts waren identisch, mehr oder weniger abgeschrieben: der Lebenslauf einschließlich der Ausbildung, der beruflichen Stationen, der Auszeichnungen, seiner Interviews und Kommentare. Dr. Franz Fleischer wurde in Düsseldorf geboren, hatte Ingenieurwesen und Betriebswirtschaft in Düsseldorf, München und Yale studiert, um dort sein Studium mit einer Promotion abzuschließen. Seine ersten beruflichen Erfahrungen sammelte er in Chattanooga, Tennessee, dem zentralen VW-Standort in den Vereinigten Staaten. Sein weiterer beruflicher Werdegang führte ihn über Südamerika wieder nach Deutschland, wo er zuerst für Toyota in Köln arbeitete, um dann schließlich bei Porsche in Stuttgart zu landen.

»Der ist ja wirklich weit rumgekommen«, bemerkte Paul.

»Und hatte keine Zeit, sich um Ludwig zu kümmern«, stellte Georg nüchtern fest.

»Er durfte sich nicht um Ludwig kümmern«, korrigierte ihn Paul. »Lass uns doch mal gucken, ob wir erfahren, wo der wohnt.«

Sie lasen weiter die zahlreichen Zeitungsartikel, die sie im Netz finden konnten. Bei einem Interview mit der Leipziger Volkszeitung fragte der Journalist, es war ein gewisser Günther Hirte, den neuen Werksleiter, ob er schon in Leipzig heimisch geworden sei. Dr. Fleischer bejahte diese Frage und erzählte, dass er schon eine sehr schöne Wohnung in der Tschaikowskistraße gefunden habe. »Jetzt müssen wir nur noch die Hausnummer rauskriegen«, strahlte Georg. »Die Tschaikowskistraße ist nicht allzu lang. Wir fahren da gleich mal hin und klappern die Klingelschilder ab!«

Kroll hatte Toni von der Hundestaffel abgeholt und joggte mit ihm durch den Auenwald. Toni war der beste Spürhund in ganz Sachsen. Kroll hatte sich schon vor Jahren mit dem Schäferhund angefreundet. Er hatte ihn als Welpen zu sich genommen, weil Tonis Herrchen einem Verbrechen zum Opfer gefallen war. Kroll hatte natürlich keine Zeit, sich um das Tier zu kümmern, und so entstand schnell der Gedanke, Toni bei der Polizei ausbilden zu lassen. Und der Hund erwies sich als Glücksgriff. Er lernte schnell und hatte einen ausgesprochen guten Spürsinn. Kroll hatte, wann immer er es einrichten konnte, die Ausbildung begleitet. Die beiden hatten sich nie aus den Augen verloren. Toni war jedes Mal außer sich vor Freude, wenn Kroll ihn zum Laufen abholte.

Kroll liebte es, im Auenwald zu laufen. Er kannte kein anderes Waldgebiet, in dem es so viel Wasser gab. Er wählte bewusst die Wege, die an kleinen und größeren Flüssen entlangliefen. Hier konnte er am besten entspannen und an der frischen Luft seine Gedanken kreisen lassen. Er hoffte, dass ihm auch eine gute Idee für seinen neuen Fall in den Kopf kommen würde, aber seine Erwartungen wurden enttäuscht. Nur der Verdacht, dass Paul und Georg etwas im Schilde führten, verfestigte sich mehr und mehr. Er würde sie im Auge behalten müssen.

Toni rannte natürlich nicht über die befestigten Wege, sondern eroberte den Wald querfeldein. Es gab kaum einen Busch, der nicht beschnuppert wurde, und keinen Wasserlauf, in den er nicht hineinsprang. Toni war ein guter Schwimmer. Er blieb nie lange von Kroll entfernt, spätestens nach zwei Minuten Abwesenheit kreuzte er wieder den Weg seines Herrchens.

Nach gut einer Stunde hatten sie wieder den kleinen Parkplatz am Forsthaus Raschwitz in Markkleeberg erreicht. Kroll machte noch einige Dehnübungen und holte eine Wasserflasche aus seinem Auto. Toni nutzte die verbleibende Zeit, um noch ein wenig herumzustöbern.

»Toni!«, hörte Kroll eine ihm nicht unbekannte Frauenstimme rufen. »Na, komm mal her, mein Guter!«

Toni reagierte sofort. Er drehte sich um und rannte erneut in den Wald. Wenig später tauchte er gemeinsam mit einer jungen Frau in weißer Laufkleidung auf. Sie hatte ihre langen schwarzen Haare mit einem Stirnband sportgerecht gebändigt.

Als sie Kroll erreicht hatte, streichelte sie den Hund überschwänglich. »Dass man dich mal wieder trifft, ist ja super! Dein Herrchen hat es ja nicht nötig, mal anzurufen oder eine SMS zu beantworten.«

»Hallo, Kati!«, begrüßte Kroll sie.

Sie lächelte Kroll an, während sie heftig den Hals des Hundes streichelte. Toni genoss die Liebkosungen und reckte bereitwillig seinen Kopf nach oben. Kati schien Kroll die Funkstille nicht übel zu nehmen. »Schön, euch zu sehen! Ich hoffe, es geht dir gut, Kroll.«

»An so einem herrlichen Tag, nach einem schönen Lauf? Und wenn man dann noch so liebe Menschen trifft, wie könnte es einem dann schlecht gehen?«

»Jetzt hör aber bloß auf!«, fuhr ihn Kati, immer noch lächelnd, an. »Du hast seit Monaten nichts mehr von dir hören lassen. Wenn ich nicht ab und zu andere Quellen hätte, dann wüsste ich nicht einmal, ob du überhaupt noch lebst.«

»Du meinst bestimmt die komische Berichterstattung über den Raub von Bachs rechter Hand.«

Kati lächelte geheimnisvoll, während sie sich jetzt Tonis Kopf widmete. Mit ihrer flachen Hand strich sie ihm liebevoll das Fell zurück. »Nein, ich lese doch nur die Süddeutsche. Und so weit hast du es leider noch nicht gebracht.«

»Bist du dir da ganz sicher? Vielleicht hast du bloß nicht richtig hingeguckt?«

Kati ließ den Hund los und stand auf. Sie gab Kroll einen flüchtigen Kuss auf die Wange und trabte in Richtung Straße.

»Warte doch mal!«, rief ihr Kroll hinterher. Kati blieb

stehen und drehte sich um. Sie stemmte die Hände provozierend in die Hüften.

Kroll ging auf sie zu. »Mich würde doch mal interessieren, von wem du etwas über mich gehört hast.«

Kati genoss es, Kroll ein wenig auf die Folter zu spannen. Für die lange Funkstille von seiner Seite war jetzt eine willkommene Gelegenheit für eine Retourkutsche gekommen. »Na ja, hier und da sperrt man ja doch mal seine Ohren auf. Ich lebe ja nicht auf dem Mond.«

Obwohl Kroll Kati längst durchschaut hatte, blieb ihm nichts anderes übrig, als auf ihr Spiel einzugehen. Er zeigte in Richtung Straße. »Da drüben gibt es hervorragendes alkoholfreies Weizenbier, gut gekühlt. Das ist genau das Richtige, um nach dem Sport wieder aufzutanken. Selbstverständlich würde ich auch noch einen Kaffee drauflegen.«

Kati sah ein wenig zu demonstrativ auf die Uhr. »Eigentlich bin ich noch verabredet. Und in die Stadt muss ich auch noch. Mein Kühlschrank ist total leer.«

»Und wenn ich hoch und heilig verspreche, die nächsten 100 SMS von dir umgehend zu beantworten? Sagen wir mal, mit einer Zeitverzögerung von höchstens einem Tag?«

»Einverstanden«, gab Kati nach und hakte sich bei Kroll ein.

Sie saßen in dem großen Gastraum des Forsthauses Raschwitz. Toni schlabberte Wasser aus seinem Saufnapf, als die Kellnerin die Weizenbiere auf den Tisch stellte. Sie prosteten sich mit den großen, beschlagenen Gläsern zu. Kroll nahm einen tiefen Zug und wischte sich mit dem Handrücken den Mund ab. Einen lauten Rülpser konnte er nur mühsam unterdrücken. »Also, was ist jetzt?«

Kati tat so, als würde sie angestrengt überlegen. »Was ist was?«

»Meine liebe Kati. Was muss ich denn noch alles tun, um Reue zu zeigen? Du warst doch noch nie nachtragend, oder?«

»Ach, jetzt weiß ich, was du meinst!« Sie erweckte den Eindruck, als wäre ihr der Einfall gerade erst gekommen. »Du meinst die Sache mit Bach. Das ist leider gar nicht so spektakulär, wie du denkst.« Sie trank einen weiteren Schluck Bier. »Eine Freundin von mir arbeitet im Thomanerchor, und der ist natürlich nicht entgangen, dass da auf einmal ein so gut aussehender Polizist rumschnüffelt.«

Das letzte Wort schien sie daran zu erinnern, dass Toni neben ihr lag. Sie bückte sich und kraulte den Hund.

»Aber da arbeiten doch gar nicht so viele Frauen. Eigentlich nur die Krankenschwester, die Assistentin vom Callidus und vielleicht noch ein paar Erzieherinnen oder Küchenfrauen.«

»Ich habe ja auch nicht gesagt, dass da viele Frauen arbeiten. Ich habe lediglich gesagt, dass eine Freundin von mir da arbeitet.«

»Darf ich raten?«, fragte Kroll. Kati nickte.

»Anja Gans, stimmt's?«

»Bingo!«, bestätigte Kati spontan.

Kroll trank sein Glas leer und überlegte, während er

trank, wie er die nächste Frage elegant formulieren konnte. Aber eigentlich kannte er Kati lange genug, um einfach ohne Umschweife auf den Punkt kommen zu können. »Und das mit dem gut aussehenden Polizisten, hat die das wirklich gesagt oder hast du dir das nur ausgedacht?«

Kati richtete sich wieder auf. »Das hat die wirklich gesagt.«

Kroll konnte ein Lächeln nicht unterdrücken. »Ehrlich? Ist ja kaum zu glauben.« Er wedelte mit dem Zeigefinger. »Wenn du mich jetzt verarschst, bin ich aber wirklich sauer. Dann melde ich mich die nächsten 20 Jahre nicht mehr.«

Katis Gesicht wurde wieder von diesem geheimnisvollen Lächeln erhellt. »Doch, ehrlich, das hat sie gesagt. Sogar mehrfach. Sie hat immer wieder diesen gut aussehenden Kommissar Wiggins erwähnt.«

Kroll ließ sich nicht anmerken, wie sehr ihn Katis letzte Bemerkung irritierte. Er hatte nicht vor, seine heimliche Schwärmerei für Anja Gans gerade Kati zu verraten. Andererseits war er sprachlos. Er konnte auch nicht zur Tagesordnung übergehen, ohne diese Frage zu klären. Er gab vor, souverän zu sein. »Das hatte ich aber auch noch nie, dass sich eine Frau mehr für Wiggins als für mich interessiert.«

»Stimmt nicht«, widersprach ihm Kati. »Denk doch mal an die Studentin aus der Nürnberger Straße.«

Kati hatte recht. Die Polizisten hatten die Studentin bei ihren Ermittlungen vor zwei Jahren kennengelernt. Sie waren skrupellosen Organhändlern auf der Spur gewesen.

Die junge Dame hatte sich tatsächlich nur für Wiggins interessiert, der mit ihr später auch ein Verhältnis hatte. Kroll war das gar nicht eingefallen, weil er zu der Zeit noch mit seiner damaligen Freundin Claudia zusammen war.

»Aber das ist doch was anderes. Ich war nämlich zu der Zeit eh nicht auf dem Markt.«

Kati schob die Kaffeetasse zur Seite und schnürte die Laufschuhe zu, die sie wegen der Bequemlichkeit geöffnet hatte. »Wenn ich dich nicht besser kennen würde, Kroll, würde ich sagen, deine letzte Bemerkung war arrogant. Aber was soll's. Ich muss los!« Sie küsste Kroll wieder auf die Wange und verabschiedete sich mit einer Streicheleinheit von Toni. »Ach, übrigens. Ich bin heute Abend mit Anja im ›SPIZZ‹. Wenn du Lust hast, komm doch einfach vorbei. Anja würde sich bestimmt freuen …, wenn du Wiggins mitbringst.«

Sie verließ eilig die Terrasse und lief zum Parkplatz.

Als Kroll dann Richtung Innenstadt fuhr, verdunkelte sich der Himmel zusehends, obwohl es erst fünf Uhr war. Das Wetter würde sich verschlechtern. Wenn er Toni wieder bei der Hundestaffel abgeliefert hatte, wollte er sich noch mit dem ›gut aussehenden‹ Wiggins im Büro treffen. Er hoffte, dass es irgendwelche Neuigkeiten gab, obwohl er das nicht wirklich erwartete. Seine Gedanken schweiften immer wieder ab. Hatte Kati das tatsächlich ernst gemeint? Warum eigentlich nicht? Wiggins war groß und schlank, intelligent und humorvoll. Warum sollte sich die Damenwelt eigentlich nicht für ihn interessieren? Er war eben ein ganz anderer Typ als Kroll, mehr der Intellektuelle und nicht so sehr der Draufgänger. Aber warum sollte das nicht auf die holde Weiblichkeit wirken? Nicht alle Frauen sehnten sich nach den Macho-Typen. Es musste ja auch noch Platz für die Softis geben. Dann musste Kroll grinsen, weil er seine Gedanken nicht einmal selbst glauben konnte. Wiggins als Softi zu bezeichnen, war wirklich eine Übertreibung.

Ein Ton aus seinem Handy verriet ihm, dass er eine SMS bekommen hatte. Er drückte auf die Taste mit dem gelben Briefumschlag.

›wollte dich nur ärgern. wär vielleicht doch besser, wenn du heute abend alleine kommst. gruß und kuss, kati!‹

Wiggins saß am Schreibtisch und war in das Studium der vor ihm liegenden Akten vertieft. »Ich hab hier den Bericht der Spusi.« Er schaute nur kurz zu Kroll auf. »Der Wasserspender im Alumnat war tatsächlich mit einem Kaugummi verklebt. Die Reste konnten eindeutig identifiziert werden. Den Laborbericht haben die auch gleich drangehängt. Das Wasser war verseucht mit Salmonellen von verdorbenem Hühnerfleisch. Da lag der Dr. Rabenstein schon ganz richtig.«

Kroll wurde nachdenklich. »Der Callidus hat erzählt, dass der Wasserspender eine Woche lang defekt war und dann auf einmal wieder funktionierte. Der Täter muss also mindestens zweimal im Alumnat gewesen sein.«

»Mindestens«, bestätigte Wiggins. »Einmal, um den Kaugummi vor den Auslass zu stopfen und das Wasser zu verseuchen, und dann noch einmal, um den Kaugummi wieder zu entfernen.«

»War das denn so einfach?«

Wiggins blätterte in der Akte. »Das war ein Kinderspiel. Du musst nur den Wasserbehälter leicht anheben und den Kaugummi von innen vor den Hahn stopfen. Wenn du weißt, wie das geht, dauert das nicht mal eine Minute.«

»Der Täter war also mindestens zwei Mal dort«, wiederholte sich Kroll. »Den muss doch einer gesehen haben. Da geht es nicht zu wie im Bienenstock. Es ist mit Sicherheit nicht möglich, dort hereinzuspazieren, ohne dass man von mindestens 20 Jungs gesehen wird.«

»Vielleicht kam der, als die Jungs in der Schule waren oder Probe hatten.«

Kroll schüttelte den Kopf. »Da ist immer jemand. Außerdem ist die Tür doch mit diesem Zahlencode gesichert. Woher kannte der denn die Kombination?«

»Keine Ahnung«, gestand Wiggins ein. »Vielleicht von den Jungs. Die Kombination kennen doch, alles in allem, fast 150 Leute. Ein Staatsgeheimnis sieht anders aus.«

»Oder der Täter ist im Alumnat nicht aufgefallen, weil er häufiger dort verkehrt«, schlug Kroll vor. »Vielleicht ein Elternteil oder jemand, der dort arbeitet.«

»Aber das gibt doch keinen Sinn. Warum sollte jemand die Kinder vergiften, wenn er dort arbeitet. Und die Eltern? Warum sollten die so etwas tun?«

»Was weiß ich! War doch nur so ein Gedanke! Hast du noch was in den Unterlagen gefunden?«

»Allerdings.« Wiggins hielt eine dünne blaue Akte in

die Höhe. »Die Kollegen im Labor waren wirklich fleißig. Die DNA aus dem Kaugummi im Wasserspender ist identisch mit der DNA, die die Spusi aus einem Schweißtropfen neben Bachs Grabplatte extrahiert hat. Es war übrigens ein frischer Schweißtropfen. Unser Täter ist männlich.«

»Derselbe Typ, der Bachs Grab geöffnet hat, hat auch den Wasserspender vergiftet? Kann mir mal jemand erklären, warum?«

»Ich nicht«, grinste Wiggins freudlos.

»Zum Glück sind wir nicht die Polizei«, wurde Kroll ironisch. »Schick auf jeden Fall mal die Spusi zu dem Weinstock hinter dem Alumnat. Ich möchte fast wetten, dass wir dort auch Spuren von unserem Freund finden.«

»Ist schon erledigt. Die hab ich schon vor drei Stunden losgeschickt.«

Kroll wurde nachdenklich. »Grabschändung, Salmonellen, Unkraut-Ex. Was kommt wohl als Nächstes?«

»Ich hoffe nur, nichts Schlimmes. Die Sache mit den Salmonellen war alles andere als eine Bagatelle.« Wiggins stöhnte. »Und wir können nichts tun.«

»Immerhin haben wir die DNA des Täters. Das ist doch besser als nichts.«

Wiggins sah seinen Kollegen erstaunt an. »Du glaubst doch wohl nicht etwa, dass ein Abgleich mit unseren Daten was bringen wird.«

»Natürlich nicht. Aber vielleicht finden wir irgendwo im Chor brauchbares Vergleichsmaterial.«

»Irgendwann vielleicht. Wir könnten einen Massengentest im Alumnat durchführen. Mit allen Eltern und Mitarbeitern. Vielleicht haben wir dann ja einen Treffer.«

Kroll dachte mit Schrecken an das Aufsehen, das ein Massengentest im Chor hervorrufen würde. »Vergiss nicht, dass wir bislang nicht mal einen Anfangsverdacht gegen jemanden haben. Wo nimmst du die rechtliche Grundlage her? Das ginge nur auf freiwilliger Basis. Wir sollten darauf hinarbeiten, müssen aber sehr sensibel sein. Da sind bestimmt ein paar militante Datenschützer unter den Eltern.«

MITTWOCHABEND

Kroll wollte nicht direkt vom Büro ins ›SPIZZ‹ fahren. Er fuhr zunächst in seine Wohnung in der Tschaikowskistraße, um sich frisch zu machen. Nach einer ausgiebigen Dusche und einem verschwenderischen Umgang mit verschiedenen Duftstoffen stellte er sich vor das große Fenster im Wohnzimmer seiner Wohnung und knöpfte das neue Hemd zu, das er sich gestern gekauft hatte. Die Fensterscheibe gab einen brauchbaren Spiegel ab, wenn es draußen dunkel war. Außerdem konnte er noch die Straße beobachten, die im gelben Licht der alten Laternen einen malerischen Anblick bot.

Es waren nicht mehr viele Menschen unterwegs. Eine ältere Dame mit deutlichem Übergewicht und unrundem Gang ging mit ihrem nicht minder übergewichtigen Dackel Gassi. Ab und zu hielt ein Auto, wenn der Fahrer mit etwas Glück einen der spärlichen Parkplätze im Waldstraßenviertel gefunden hatte. Die meisten Menschen, die Kroll beobachtete, kannte er nur vom Sehen. Gute Nachbarschaft wurde in dem Viertel, in dem überwiegend Geschäftsleute wohnten, nicht großgeschrieben.

Die beiden jungen Männer, die auf der gegenüberliegenden Straßenseite von Haustür zu Haustür gingen, um sich die Namensschilder neben den Klingelknöpfen genauestens anzusehen, kamen Kroll jedoch bekannt vor. Er beschloss, sie nicht aus den Augen zu lassen. Sie blieben vor jeder Haustür stehen und fuhren mit den Fingern über die kleinen Schilder. Dann sahen sie sich an, zuckten mit den Schultern oder schüttelten die Köpfe. Kroll ging von der Mitte des Fensters weg. Er wollte nicht riskieren, von den beiden entdeckt zu werden. Als die Jungs die Apotheke passiert hatten, drohten sie aus seinem Blickfeld zu verschwinden. Er rannte durchs Treppenhaus hinunter auf die Straße und beobachtete sie von der gegenüberliegenden Seite im Schutz der alten Bäume weiter. Kurz vor dem Liviaplatz schienen sie gefunden zu haben, wonach sie suchten. Sie klatschten sich ab, notierten etwas auf einem kleinen Zettel und traten den Rückweg an. Als Kroll von ihnen nicht mehr gesehen werden konnte, ging er zu dem Haus und sah sich die Namen der Bewohner genauer an. Keiner der Namen auf den kleinen Schildern sagte ihm spontan etwas. Nur der Name Fleischer blieb in seinem Gedächtnis hängen. Der Nachname des Thomaners, den er noch am gestrigen Tage im Krankenhaus besucht hatte.

Kroll ging zu Fuß in die Innenstadt. Das ›SPIZZ‹ lag direkt am Marktplatz, gegenüber dem Alten Rathaus. Er kam ins Grübeln. Diese arrangierten Treffen waren eigentlich nicht sein Ding. Er hatte Angst, zu verkrampft zu wirken. Und konnte er sich eigentlich so sicher sein, dass Anja sich tatsächlich über sein Kommen freute? Vielleicht wollte sie lieber mit Kati allein sein, unter Frauen reden. Nur weil sie mal beiläufig gesagt hatte, dass Kroll ein attraktiver Mann sei, bedeutete das ja noch lange nicht, dass sie gleich einen Abend mit ihm verbringen wollte. Vielleicht hatte Kati auch nur übertrieben. Wäre ja nicht das erste Mal gewesen. Kroll wurde immer mulmiger. Er versuchte, sich in Erinnerung zu rufen, was eigentlich für das Treffen heute Abend sprach: Er würde sich mal privat mit Anja treffen und wenn Kati das arrangieren konnte, war das sicherlich auch kein Zufall. Und Kati würde schon für einen lockeren Abend sorgen. Das war immer so. Und außerdem: Wer eine hübsche Frau kennenlernen wollte, der musste auch ein bisschen Mut mitbringen und durfte keine Angst vor einer Abfuhr haben. Was hatte er schon zu verlieren?

Kroll fuhr sich noch einmal durch die Haare und öffnete die Tür. Das ›SPIZZ‹ war bis auf den letzten Platz gefüllt. Endlich entdeckte er Kati und Anja an einem kleinen Tisch im hinteren Teil des großen Raumes. Sie unterhielten sich lebhaft, wobei sie ab und zu an einem langen Strohhalm zogen. Weil die Cocktailgläser schon fast leer waren, vermutete Kroll, dass sie schon länger da waren. Neben ihnen stand ein unbesetzter Stuhl.

Kroll ging zu ihnen und begrüßte Kati mit einem Kuss auf die Wange und Anja mit einem Handschlag. »Darf ich mich zu euch setzen?«

»Wir haben schon sehnsüchtig auf dich gewartet«, übertrieb Kati überschwänglich. Anja Gans lächelte ein wenig verlegen. Sie schien Katis Euphorie nicht zu teilen.

Kati hatte beschlossen, das Gespräch an sich zu reißen, was Kroll recht war. »Du musst unbedingt den Caipi probieren. Der ist hier einfach klasse!«

»Ich glaube, ich nehme erst mal ein Bier«, sagte Kroll und sah sich nach der Kellnerin um.

Er schaute Anja Gans an. »Ich wusste gar nicht, dass wir eine gemeinsame Freundin haben. Da können wir doch zum Du wechseln. Ich fürchte, das wird mir sonst zu kompliziert heute.«

»Gern, unbedingt«, stimmte Anja freudig zu. »Ich bin auch überrascht, dass ihr euch näher kennt.«

»Das liegt doch nur daran, dass sich diese treulose Tomate nie sehen lässt«, mischte sich Kati ein. »Wenn ich ihn nicht so gern hätte, würde ich ihn mit dem Hintern nicht mehr angucken.«

»Kati ist wirklich außergewöhnlich tolerant und geduldig. Das waren schon immer ihre größten Stärken«, grinste Kroll.

Die Bedienung brachte Krolls Bier. Eine kleine Flasche Becks.

Kati kam das Auftauchen der Bedienung gelegen. »Wir hätten gern noch zwei Caipis.«

»Ich glaube, ich nehme erst mal einen Kaffee«, widersprach Anja leise.

»Ach, Quatsch. Einen schaffen wir noch! Nach Kaffee kann man doch nicht schlafen!«

»Aber der …« Sie sah Kroll fragend an. »Wie heißt du eigentlich mit Vornamen?«

»Nenn mich bitte einfach Kroll! Das tun alle. Ich habe meinen Vornamen eigentlich schon vergessen.«

»Der muss ja wirklich schrecklich sein, wenn du dir nicht einmal deinen eigenen Namen merken kannst.«

»Genauso ist das«, bestätigte Kroll schmunzelnd. Er nippte an seinem Bier. Kati verhinderte, dass das Gespräch ins Stocken geriet. »Weißt du eigentlich, dass wir gerade von dir geredet haben?«

»Oh Gott!« Kroll befürchtete das Schlimmste, aber Kati beruhigte ihn, indem sie ihre Hand auf seinen Oberschenkel legte. »Nein, nein, keine Sorge.«

Kati prostete Anja zu und zog an dem Strohhalm des neuen Caipirinhas, der vor ihr stand. »Anja ist vor ein paar Tagen umgezogen, deshalb hatte sie auch Urlaub. In ihrer Wohnung liegt jetzt haufenweise Ikea-Gerümpel und wir suchen jemanden, der uns beim Aufbauen hilft.« Kati strahlte freudig. »Und ich habe der Anja erzählt, dass du quasi der Weltmeister am Akkuschrauber bist.«

Anja hatte den Caipirinha, den Kati für sie bestellt hatte, noch nicht angerührt. Die ganze Situation schien ihr unangenehm zu sein. Sie kannte Kroll kaum und fand es maßlos übertrieben, dass er jetzt bei ihr die Möbel aufbauen sollte. Das war wirklich keine gute Idee von Kati.

Kroll bemerkte Anjas Verlegenheit. Auch er hielt Katis Vorstoß für ein wenig unpassend. Aber was sollte er tun? Einfach abzusagen, kam ihm falsch vor.

Anja versuchte, ihm eine Brücke zu bauen. »Also, Kati. Jetzt hör bloß auf. Kroll hat zurzeit viel um die Ohren. Das krieg ich doch jeden Tag mit. Er hat bestimmt Besseres zu tun, als mit uns noch die Dinger zusammenzuschrauben.«

»Ich werde mal sehen, was ich machen kann«, nahm

Kroll die Vorlage dankend auf. »Für ein paar Schrauben wird die Zeit schon reichen.«

Ein lautes Piepen aus Katis Handy kündigte an, dass sie eine SMS bekommen hatte. Sie schlug sich mit der Hand vor die Stirn. »Ach, du Scheiße, ich habe völlig verpennt, dass mein Patenkind heute Geburtstag feiert. Er fragt schon, wo ich bleibe.« Sie sprang auf und gab Anja und Kroll einen Kuss auf die Wange. »Ich muss los. Du zahlst meine Caipis, Kroll! Tschüs!« Dann war sie verschwunden.

Kroll grinste. Mit einem so schnellen Abgang hatte er nicht gerechnet. Erstaunlicherweise schien sich Anja zu entspannen. Katis Abwesenheit schien ihr entgegenzukommen. Sie hatte wohl weitere Überrumpelungen befürchtet und war nun froh, das Heft selbst in die Hand nehmen zu können. Sie nahm ihren Caipirinha und lächelte fröhlich. »Ich hoffe, du rennst jetzt nicht genauso schnell weg. Ich hab mich nicht darauf eingestellt, um neun schon wieder in meiner Wohnung mit den ganzen Umzugskartons zu sitzen.«

»Wo wohnst du jetzt eigentlich?«

»Funkenburgstraße.«

Kroll stellte zufrieden fest, dass Anja nur einen Steinwurf von ihm entfernt wohnte. Er erklärte ihr, wo sich seine Wohnung befand, und bestand darauf, sie auf jeden Fall später noch nach Hause zu bringen. Sie plauderten locker über alles Mögliche. Kroll konnte in Erfahrung bringen, dass sich Anja von ihrem Freund getrennt hatte, mit dem sie drei Jahre zusammengewohnt hatte.

Anja schien sich immer mehr zu öffnen und war auch an Krolls bisherigem Leben interessiert. Es war unvermeidlich, dass sie irgendwann auch noch auf den aktuellen Fall kommen würden.

»Stört es dich sehr, wenn wir noch kurz über die Ereignisse im Kasten sprechen? Ich weiß, du hast Feierabend, aber das interessiert mich natürlich.«

»Kein Problem«, beruhigte sie Kroll. »Ich fürchte nur, wir haben nicht allzu viele Neuigkeiten.« Er nippte an seinem Bier. »Wir wissen jetzt definitiv, dass derjenige, es ist übrigens ein Mann, der das Wasser verseucht hat, derselbe ist, der Bachs Hand aus der Thomaskirche geklaut hat. Aber so richtig hilft uns das auch nicht weiter.«

Anja lächelte freudlos. »Das ist schon eine komische Sache. Ich würde euch ja gern helfen, aber …« Sie zuckte mit den Achseln.

Kroll malte mit seiner Bierflasche Kreise auf den Tisch. »Wir haben da so einen Verdacht, dass es tatsächlich zwei junge Männer gibt, die mehr wissen als wir oder das zumindest glauben.«

Anja sah ihn fragend an.

»Ich glaube, es ist kein Zufall, dass Paul und Georg genau zu der Zeit ins Alumnat gekommen sind, als der Füller von Callidus quasi aus heiterem Himmel wieder aufgetaucht ist.«

»Du meinst, die Jungs haben den auf meinen Schreibtisch gelegt …, aber das würde ja bedeuten …«, Anja nippte an ihrem Strohhalm, »… dass die den Füller auch eingesteckt haben. Dann wären sie auch ins Büro des

Chefs eingebrochen. Warum sollten sie denn so etwas tun?«

Kroll zuckte mit den Achseln. »Keine Ahnung. Ich hatte gehofft, dass du vielleicht eine Idee hast.«

Kroll war überrascht, dass Anja seinen Verdacht nicht sofort entschieden zurückwies, sondern überlegte. »In Callidus' Büro sind eigentlich nur langweilige Schreiben und Formulare. Warum sollten sich zwei pubertierende Jungs gerade dafür interessieren?«

»Was sind denn das für langweilige Schreiben?«, hakte Kroll nach.

»Alles Mögliche. Du kannst dir gar nicht vorstellen, wie viel Verwaltungskram so ein Chor auslöst. Die Tourneen, die Konzerte, die Mitarbeiter, die Personalien der Kinder, die Bestellungen. Über den Schreibtisch des Chefs läuft einfach alles, vom Frühstücksbrötchen bis zur Nachttischlampe.«

»Verstehe«, murmelte Kroll frustriert.

»Eine Sache ist mir aber schon aufgefallen. Ich hätte nie gedacht, dass das wichtig sein könnte. Mein Chef ist doch so ein Ordnungsfanatiker.« Sie lächelte, als müsste sie sich für die Eigenarten von Dr. Callidus entschuldigen. »Er hatte den Eindruck, als hätte jemand die Personalakten im Hängeschrank durchsucht.«

»Und wie kommt dein Chef darauf?«

»Er ist sich da auch nicht so ganz sicher. Es sind ja auch nur Kleinigkeiten. Die Akten hängen nicht so sorgfältig in der Registratur wie gewöhnlich. Sie wurden mehr oder weniger einfach nur reingestopft. Teilweise haben sich die Aktendeckel dabei verbogen. Zwei Akten hängen nicht in der alphabetischen Reihenfolge. So etwas wäre bei Callidus undenkbar.«

Kroll sah, dass Anja ein Gähnen unterdrückte.
»Soll ich dich nach Hause bringen?«
Sie lächelte. »Gern.«

Er klappte das Fotoalbum zu und streichelte nachdenklich den Rücken des Buches, während er in die Leere starrte. Er überlegte, wie lange er sein Schicksal schon tatenlos ertragen hatte. Zu lange, da war er sich jetzt sicher. Natürlich war da viel Rücksichtnahme im Spiel, das war auch richtig gewesen, als der Junge noch klein war. Aber jetzt. Jetzt musste sich etwas ändern. Und wenn kein anderer den ersten Schritt machte, dann war er eben dran. Alles war besser, als tatenlos herumzusitzen. Alles, koste es, was es wolle.

DONNERSTAGMORGEN

Paul und Georg hatten sich für sechs Uhr vor dem Haus von Ludwigs Vater in der Tschaikowskistraße verabredet. Natürlich nicht direkt vor dem Eingang, sondern schräg gegenüber, hinter der dicken Linde. Sie hatten gute Fahrräder, 36 Gänge, das musste reichen.

Georg wartete schon eine Weile, als Paul endlich auftauchte. Er lehnte sein Fahrrad an den Baum und atmete in die Innenseiten seiner Hände, die er zu einer Kugel geformt hatte. »Ist das eine Scheißkälte. Die nächste Verfolgungsjagd machen wir aber im Sommer. Ist schon was passiert?«

»Das Zielobjekt hat seine Wohnung noch nicht verlassen«, berichtete Georg und starrte weiterhin auf die Tür.

»Hoffentlich hat er heute nicht Urlaub und bleibt bis elf im Bett, während wir uns hier die Nüsse schaukeln.«

Pauls Sorge war unbegründet. »Achtung, da kommt er!«

Dr. Fleischer verließ das Haus in einem weißen Jogginganzug mit blauen Schulterstreifen. Auf dem Kopf trug er ein Basecap, auf dem das Porschelogo deutlich zu erkennen war. Er zog die Tür zu und joggte über den Liviaplatz ins Rosenthal. Paul und Georg nahmen mit ihren Fahrrädern die Verfolgung auf. Sie hielten einen Sicherheitsabstand von ungefähr 150 Metern, wobei sie sich nicht viel Mühe machen mussten, unentdeckt zu bleiben. Dr. Fleischer gehörte nicht zu den Menschen, die sich beim Joggen ständig umdrehten.

Schon nach 20 Minuten schien Paul die Sache langweilig zu werden. Sechs Uhr früh war nicht seine Zeit. Außerdem begann er bei dem langsamen Tempo wieder zu frieren. »Kann der alte Sack nicht mal ein bisschen schneller laufen? Das ist doch kein Jogging. Da rennt mein Opa ja noch schneller!«

»Ich dachte, dein Opa ist schon lange tot.«

»Eben, das mein ich ja.«

»Die Observation ist ein mühsames Geschäft«, klärte ihn Georg auf. »Da ist man manchmal wochenlang mit beschäftigt, ohne dass irgendetwas Interessantes passiert!« Er sah seinen Freund an. »Oder hast du etwa erwartet, dass der hier gleich jemanden umbringt?«

»Er könnte sich ja wenigstens mit einer hübschen Frau treffen«, motzte Paul.

»Achtung! Da tut sich was. Komm, wir fahren rechts ran.« Dr. Fleischer war abrupt am Elstermühlgraben hinter dem Aussichtsturm stehen geblieben. Jetzt sah er sich um.

Paul und Georg hatten sich hinter einer großen Eiche verschanzt. Sie konnten Fleischer beobachten, ohne dass er sie sehen konnte. »Ich fürchte, gleich kriegst du deine hübsche Frau«, flüsterte Georg.

Er hatte sich gründlich geirrt. Die Person, mit der sich Fleischer offenbar verabredet hatte, war alles andere als eine charmante, hübsche Frau. Der Mann war auffallend dürr, trug einen schwarzen Anzug mit weißem Hemd und schwarzer Krawatte. Seine nach hinten gegelten Haare waren schneeweiß, genauso wie sein wuchtiger Vollbart. Er trug eine dunkle Sonnenbrille, obwohl es um diese Uhrzeit noch nicht besonders hell war.

»Der Typ sieht ja gruselig aus«, flüsterte Paul.

»Pscht!«

Dr. Fleischer und der dunkle Mann redeten kurz miteinander. Nach wenigen Minuten griff Fleischer in die Tasche seiner Trainingshose und holte etwas heraus. Die Jungs vermuteten, dass es sich um ein Bündel Geldscheine handelte. Genau konnten sie aber nicht sehen, was Fleischer seinem Gegenüber in die Hand drückte. Dann drehte sich der Mann um und ging.

»Fahr du hinter dem Alten her«, zischte Georg. »Ich bleib an Ludwigs Vater dran.«

Als Kroll ins Büro kam, war Wiggins gerade mit der Lektüre der Tageszeitung beschäftigt. Er begrüßte Kroll mit einem kurzen Nicken. »Da hat der liebe Günther ja ganze Arbeit geleistet. Ich fürchte, das wird mächtig Ärger geben.«

Kroll ging auf seinen Kollegen zu. »Lass mal lesen.«

Die Überschrift war schon reißerisch. ›Leipziger Anwalt bedrängt Thomaner – Beschwerden der Eltern‹

Der Artikel selbst war gut recherchiert. Günther hatte sich viel Mühe gegeben. Er schilderte zunächst das Verhältnis des bekannten Strafverteidigers Dr. Trutbert M. zu seinem eigenen Sohn und kam zu dem Ergebnis, dass der Anwalt diesem nicht die gebotene Aufmerksamkeit zukommen ließ. Günther Hirte kannte sich gut aus in der Leipziger Fußballszene, vom Vorstand der Vereine bis zu den Fans und Gruppen. In Fußballkreisen war es bekannt, dass Mascheks Sohn zu einer berüchtigten Ultra-Gruppierung zählte.

»Dr. Trutbert M.«, las Kroll vor. »Den Kerl hat der ja super anonymisiert. Es gibt ja auch so viele Trutberts in Leipzig!«

Die Kontakte und Treffen mit den Mitgliedern des Thomanerchors gab Hirte objektiv und unkommentiert wieder. Den Abschluss des Artikels, der ein Viertel der Seite einnahm, bildeten besorgte Stimmen der Eltern. Natürlich wollte niemand Herrn Dr. M etwas unterstellen, aber alle befragten Eltern hielten diese Kontakte für überflüssig und im Übrigen: Man konnte ja heutzutage nicht vorsichtig genug sein.

Kroll schob die Zeitung beiseite. Er konnte ein Grinsen nicht verbergen. »Der Artikel ist doch gar nicht so schlecht.«

»Ich hoffe nur, das sehen hier im Haus alle so!«

Die Antwort ließ nicht lange auf sich warten. Staatsanwalt Reis stürmte herein und knallte ein Zeitungsexemplar auf den Schreibtisch der Kommissare. »Kann mir das bitte einmal einer erklären?«

»Wir haben doch Pressefreiheit«, bemerkte Kroll kleinlaut.

Diese Antwort war allerdings nicht geeignet, den Staatsanwalt zu beruhigen. »Pressefreiheit. So, so! Und sicherlich gehört es auch zu euerm Verständnis von Pressefreiheit, dass interne Ermittlungsergebnisse an die Presse gegeben werden, oder?«

»Was meinen Sie denn konkret?«, fragte Wiggins.

Der Staatsanwalt atmete zweimal tief durch. »Wenn ihr mich jetzt verarschen wollt, dann bitte! Ich dachte nur, wir hätten inzwischen einen anderen Umgang miteinander. Oder habe ich mich da getäuscht?«

Kroll versuchte, beruhigend zu wirken. »Wir haben dem Günther Hirte wirklich nicht viel erzählt. Nur ein paar Andeutungen gemacht. Der kann eben sehr gut recherchieren. Im Übrigen nehme ich alles auf meine Kappe. Wiggins war eher Ihrer Meinung. Ich habe mit Günther gesprochen, als er nicht dabei war.«

Wiggins wollte gerade widersprechen, aber der Staatsanwalt kam ihm zuvor. »Und was hast du dir dabei gedacht?«

Krolls Antwort kam spontan. »Ich halte die Geschichte mit den Kontakten von Maschek für eine Spur, der wir unbedingt nachgehen müssen. Wir waren bei Maschek, aber der ist zu sehr Profi, um sich aus der Reserve locken zu lassen. Da habe ich mir halt gedacht, ich versuche, ihn auf diesem Weg ein bisschen zu reizen.« Er setzte eine entschuldigende Miene auf. »Wir haben halt nicht so viele Möglichkeiten in diesem Fall.«

Reis beruhigte sich langsam. »Und das hat wirklich nichts damit zu tun, dass Maschek Anzeige gegen dich erstattet hat?«

Kroll schüttelte den Kopf. »Wirklich nicht, Chef. Daran denke ich zurzeit überhaupt nicht.«

»Maschek hat viele Freunde in der Politik. Bis rauf zum Minister.«

»Aber es kann doch überhaupt niemand erfahren, woher Hirte die Infos hat«, sagte Wiggins. »Günther Hirte hält dicht. Beim Quellenschutz ist der absolut zuverlässig. Da sind wir uns sicher. Und denken Sie bitte nur an die vielen besorgten Eltern. Die Wahrscheinlichkeit, dass die Eltern mit der Presse geredet haben, ist doch viel größer.«

Der Staatsanwalt faltete die Zeitung zusammen. »Also gut. Ich werde es so darstellen, dass diese Informationen nicht durch uns rausgegeben wurden. Das ist aber das letzte Mal, dass ich für euch den Kopf hinhalte, verstanden?«

»Danke, Chef!«

Reis drehte sich in der Tür noch einmal um. »Ich hoffe, euer Freund von der Zeitung hält wirklich dicht. Und, Kroll: Es wäre schön, wenn dein Bericht wegen der Sache mit Mascheks Sohn so langsam auf meinem Schreibtisch landen würde.«

»Der Tag fängt ja gut an«, sagte Wiggins ironisch, als sie wieder allein waren.

»Lass uns lieber überlegen, was wir als Nächstes machen«, erwiderte Kroll. »Ich glaube, ein kleines Erfolgserlebnis wäre jetzt ganz gut für die Stimmung.«

Paul verdrehte die Augen, als er sah, dass der schwarz gekleidete Mann in eine dunkle Mercedes S-Klasse mit getönten Scheiben stieg. Alles an dem Mann schien schwarz zu sein, bis auf seinen weißen Vollbart und seine weißen Haare. Zum Glück fuhr der Wagen in langsamem Tempo die kleine Straße neben dem Elstermühlgraben entlang. Paul konnte ihm mit einem gehörigen Sicherheitsabstand leicht folgen. Auch auf der Waldstraße bereitete die Verfolgung keine Probleme. Der schon beginnende Berufsverkehr sorgte für lange Staus an den Ampeln. Paul ließ immer mindestens ein Auto zwischen sich und sein Fahndungsobjekt. Die Kälte machte ihm nichts mehr aus. Muskeln waren die Heizung des Körpers. Er überlegte kurz, ob er Georg anrufen sollte. Aber eine Verfolgungsjagd mit dem Handy in der einen und dem Lenker in der anderen Hand machte wenig Sinn.

Am Waldplatz waren keine Staus mehr. Der Fahrer der dunklen Limousine drückte kurz auf das Gaspedal. Der Wagen passierte die Kreuzung während der Gelbphase. Paul blieb dran, konnte die Geschwindigkeit jedoch nicht mehr halten. Er legte seine ganze Kraft in die Pedale, aber der Abstand wurde immer größer. Paul strampelte und strampelte. Als er die Linkskurve vor dem ehemaligen Reichsgericht passiert hatte, konnte er noch sehen, wie der Mercedes an der Ampel Richtung Innenstadt links abbog. Er hatte keine Chance mehr, ihm zu folgen. Seine Ampel war rot. Er atmete tief durch. Erst jetzt fiel ihm auf, wie viel Kraft ihn die Verfolgung gekostet hatte. Trotz der kühlen Temperaturen war sein T-Shirt, das er unter dem Pullover trug, klatschnass.

Er fuhr langsam auf den Innenstadtring und sah sich um. Natürlich war der Wagen verschwunden. Paul war sicher, dass er schon über alle Berge war oder in einem der Parkhäuser steckte. Aber dort zu suchen, wäre sinnlos gewesen. Die berühmte Stecknadel im Heuhaufen.

Vor der Thomaskirche bog er rechts ab. Er lehnte sein Fahrrad gegen das Bachdenkmal und setzte sich auf den Sockel. Dann kramte er sein Handy aus der Hosentasche und wählte die abgespeicherte Nummer von Georg. »Ich habe ihn verloren. Er ist am Reichsgericht in die Innenstadt. Ich war so dicht dran, aber die Kiste hat bestimmt 350 PS mehr als ich. Wie war's bei dir?«

»Unspektakulär. Der Fleischer ist nach Hause gejoggt. Keine besonderen Vorkommnisse.«

»Wo bist du jetzt?«

»Noch in der Tschaikowskistraße. Und du?«

»Ich sitze hier am Bachdenkmal. Muss noch ein bisschen Luft schnappen.«

»Warte. Ich bin in fünf Minuten bei dir.«

Paul sah sich während des Gespräches auf dem Thomaskirchhof um. Plötzlich stockte ihm der Atem. »Ach, du Scheiße!«

Georg war besorgt. »Was ist, Paul?«

»Ich muss Schluss machen … Beeil dich!«

Der schwarze Mann kam aus der Thomaskirche und sah sich um. Er trug immer noch die dunkle Sonnenbrille, was Paul irritierte, weil er nicht wusste, wohin genau der Mann blickte. Als sich sein Kopf in Pauls Richtung drehte, sprang er vom Sockel und versteckte sich hinter dem Denkmal. Hoffentlich noch rechtzeitig, flehte er. Paul schloss die Augen und zählte bis drei. Dann lugte er vorsichtig hinter dem Denkmal hervor. Der Mann kam mit langsamem Schritt direkt auf ihn zu. Paul fühlte, wie sein Herz klopfte und das Blut in seinen Halsschlagadern pulsierte. Hoffentlich hat er mich nicht gesehen, dachte er. Er machte sich so klein, wie er konnte, und bewegte sich langsam in Richtung der Rückseite des Denkmals. Jetzt vermochte er die Schritte des Mannes deutlich zu hören. Er trug diese teuren Lackschuhe mit den Absätzen, die immer klackerten. Paul hielt die Luft an. Als die Schritte am lautesten waren, wurde es auf einmal still. Der Mann stand unmittelbar vor dem Denkmal. Die Zeit schien stillzustehen. Nichts tat sich. Paul wartete nur darauf, dass ihm eine kräftige Hand in den Nacken greifen würde. Wann kam endlich Georg? Die fünf Minuten mussten doch schon längst um sein. Paul wurde mit jeder Sekunde ängstlicher. Er konnte seinen Atem, der jetzt immer schneller wurde, deutlich hören. Der Mann etwa auch? Vielleicht sollte er einfach wegrennen. Der alte Sack konnte ihm doch wohl nicht folgen. Und wenn doch?

Dann kam die Erlösung. Die Schritte entfernten sich wieder. Paul blieb in seinem Versteck, bis er nichts mehr vernahm, und noch ein bisschen länger.

Er hörte, wie jemand seinen Namen rief. Gott sei Dank! Wenn Georg so ungeniert rumbrüllte, war die Luft rein. Langsam stand er auf und winkte seinem Freund zu.

»Du siehst ja aus wie ausgeschissen! Solltest mehr trainieren, wenn dir die paar Meter schon so zu schaffen machen.«

Paul stand der Sinn nicht nach Humor. Er ignorierte

Georgs ironische Bemerkung. »Der ZZ TOP war hier. Er hätte mich fast erwischt!«

»Was? Wo war der genau?«

»Der kam aus der Thomaskirche, während wir telefoniert haben. Ich habe mich sofort versteckt und dann kam der auf mich zu. Ich hatte noch nie in meinem Leben so einen Schiss.«

»Hat er dich gesehen?«

Paul zuckte mit den Achseln. »Weiß ich nicht. Ist mir auch scheißegal. Die Sache wird mir langsam zu heiß. Lass uns zu Kroll gehen!«

Georg nickte. »Später. Du sagst, der kam aus der Thomaskirche?«

Paul nickte geistesabwesend.

»Lass uns da noch mal kurz reingehen!«

Georg ging in die Thomaskirche. Paul stapfte ihm widerwillig hinterher. Ihm kam die so vertraute Kirche zum ersten Mal unheimlich vor. Auf den ersten Blick konnten sie nichts Auffälliges entdecken. Das Epitaph von Ritter Harras war unversehrt. Sie gingen zum Altarraum.

»Guck dir mal die Blume da an«, sagte Georg und deutete auf die schwere Platte, die wieder auf Bachs Grab lag.

Paul wusste nicht, worauf sein Freund hinauswollte. »Aber da liegen doch ständig irgendwelche Blumen rum.«

Georg kniete sich hin und betrachtete die weiße Blume aus der Nähe. »Ja, weiß ich doch. Aber frische oder verwelkte. Aber diese hier, die ist durchgebrochen.«

»Ja, und? Vielleicht ist da jemand draufgelatscht.«

Georg sah sich um. »Und da liegt noch eine. Auch zerbrochen. Und da auch.«

Die Jungs suchten den Altarraum gezielt nach Blumen ab. Sie fanden über 20 langstielige Pflanzen, alle waren weiß und alle waren abgeknickt. Georg hob eine Blume auf. Die Blüte schwankte traurig vor ihm hin und her. »Glaubst du immer noch, dass jemand die Blumen alle zertrampelt hat? Mich würde mal interessieren, was das für Blumen sind. Ich bin mir sicher, dass solche Blumen auf dem Sarg von meiner Oma lagen.«

Paul sah sich den Altar genauer an. Auf dem weißen Tischtuch lag eine abgeknickte Blume. Darunter befand sich ein weißer Briefumschlag. Kein gewöhnlicher. Das Format war größer, das Papier ganz fein, schon eher wie Stoff. An der Stärke des Umschlages konnte man unschwer erkennen, dass er gefüttert war. Derartige Kuverts wurden üblicherweise verwendet, um Beerdigungskarten zu verschicken. »Komm mal her!«

»Wow! Das ist ja krass!« Georg streckte seine Hand nach dem Umschlag aus, aber Paul griff ihm in den Arm. »Bist du bescheuert? Das ist doch Sache der Polizei! Willst du, dass da unsere Fingerabdrücke drauf sind?«

Georg beugte sich vor, bis seine Wange das Tischtuch des Altars berührte. »Der ist nicht zugeklebt. Wir können ihn ganz unauffällig wieder verschließen.«

Paul verdrehte die Augen, aber Georg nahm es nicht wahr. Sein Ermittlungsdrang schien größer zu sein als alle Hemmungen. Schnell nahm er den Umschlag in die Hand und öffnete ihn. Darin befand sich nur ein Zettel, auf dem mit einem dicken Stift ein Wort geschrieben stand: ›HARRAS‹.

»Das gibt's doch nicht«, flüsterte Georg.

Paul hatte keine Lust auf weitere Diskussionen. »Du hattest von Anfang an recht. Ich kriege langsam Angst. Wir rufen jetzt sofort Kroll an!«

»Wir informieren erst mal Pfarrer Brecht. Das ist schließlich seine Kirche. Der wird schon die Polizei verständigen. Komm, lass uns hier abhauen!«

Georg legte den Zettel wieder in den weißen Umschlag und verschloss ihn. Dann legte er die abgeknickte Blume sorgfältig darauf. Bevor sie die Kirche verließen, steckte er noch eine Blume ein, die auf dem Boden lag.

»Du bist doch bescheuert!«, schimpfte Paul. »Kannst du mir bitte mal erklären, was das jetzt soll?«

Georg versuchte, seinen Freund zu beruhigen. »Lass uns doch erst mal herausfinden, ob das wirklich was mit Ritter Harras zu tun hat. Wenn ja, gehen wir sofort zu Kroll. Versprochen. Aber die Mühe sollten wir uns noch machen!«

Kroll und Wiggins beratschlagten die weitere Vorgehensweise, als sie das Klingeln des Telefons unterbrach. Pfarrer Brecht war ungehalten. »Kommen Sie bitte sofort in unsere Kirche.« Nach einer kurzen Schilderung der Situation bat ihn Kroll, die Kirche für den Publikumsverkehr zu schließen.

Der Kirchenmann wartete vor dem Gotteshaus auf die Polizisten. Er wedelte aufgeregt mit einem weißen Briefumschlag. »Gucken Sie da mal rein.«

Wiggins streifte sich Latexhandschuhe über und betrachtete das Corpus Delicti. »Harras«, bemerkte er emotionslos. Dann sah er Kroll fragend an und zuckte mit den Achseln. »Das sagt mir jetzt auf Anhieb nichts.«

Kroll legte die Stirn in Falten. »Mir auch nicht.«

Pfarrer Brecht hatte es die Stimme verschlagen. Er klang heiser. »Von dem hängt ein Bild in unserer Kirche. Das zeige ich Ihnen gleich. Aber das ist ja noch nicht alles. Kommen Sie mal rein!«

Brecht rannte von Blume zu Blume. Wie ein Ball an einer Wand schien er an einer Blume abzuprallen, um die Aktion bei der nächsten zu wiederholen. »Alle sind sie abgeknickt und alle sind sie weiß.«

Wiggins benachrichtigte die Spurensicherung. Kroll ging in die Mitte des Altarraumes und versuchte, sich ein Bild zu verschaffen. Lauter abgeknickte weiße Blumen. Ansonsten schien sich nichts verändert zu haben.

Er ging zu Pfarrer Brecht, der vor dem Altarbild unruhig auf und ab ging. »Wo lag denn der Briefumschlag?«

»Dort, mitten auf dem Altar. Auch unter so einer abgeknickten Blume.«

»Haben Sie sonst noch etwas verändert?«

Der Pfarrer schüttelte den Kopf. »Nein, ich habe mir nur den Umschlag genauer angesehen.«

Kroll sah sich wieder um. »Haben Sie das alles hier zufällig entdeckt?«

Der Pfarrer schien ins Leere zu blicken. »Ich wurde angerufen. Von einem Mobiltelefon.«

»Wurde eine Rufnummer angezeigt?«

»Unterdrückt.«

»Kam Ihnen die Stimme irgendwie bekannt vor?«

Pfarrer Brecht schüttelte mit dem Kopf. »Es war, glaube ich, eine Kinderstimme, vielleicht auch eine Frauenstimme, auf keinen Fall eine tiefe Männerstimme.«

»Wir müssen das natürlich überprüfen«, bemerkte Kroll, wobei er in Gedanken schon bei dem Anrufer war.

»Brauchen Sie dazu mein Handy?«

»Ich glaube, das wird nicht nötig sein.«

Paul und Georg betraten den Blumenladen in der Fußgängerzone. Eine freundliche Verkäuferin lächelte sie an und fragte, was sie für sie tun könne.

Georg kramte die Blume hervor, die er aus der Kirche mitgenommen hatte. »Würden Sie uns bitte sagen, was das für eine Blume ist?«

Die Verkäuferin sah sich die Pflanze genauer an. »Oh je. Wer hat denn die so zugerichtet?« Sie war immer noch auffallend freundlich. »Das ist eine Lilie.«

»Eine Lilie«, wiederholte Georg. »Hat es mit der Blume etwas auf sich?«

Die Verkäuferin sah ihn fragend an. »Sie ist abgeknickt. Aber das seht ihr doch selbst.«

»Ja, das stimmt. Das meine ich ja gerade. Eine zerbrochene Lilie. Hat das was zu bedeuten? Ich meine, eine Rose ist doch das Zeichen der Liebe. Steht die Lilie auch für so etwas in der Richtung?«

Die Verkäuferin hatte schon angefangen, einen großen Strauß zu binden. »Nicht, dass ich wüsste.«

»Vielen Dank und tschüs.«

Sie setzten sich auf eine Bank in der Innenstadt. »Was machen wir jetzt?«, fragte Paul.

Georg zuckte mit den Achseln. »Keine Ahnung. Auf jeden Fall sind wir bei dem alten Fleischer auf der richtigen Spur. Dass der mit dem Vollbart gerade vor dir in der Kirche war, ist bestimmt kein Zufall. Darauf verwette ich meinen Arsch! Hast du ein Foto von ihm gemacht?«

»Bist du bescheuert? Ich bin heilfroh, dass er mich nicht gesehen hat. Meinst du, ich stelle mich mit meinem Handy noch vor den hin und sage: ›Bitte lächeln, Herr ZZ TOP!‹?«

Georg ging nicht auf die letzte Bemerkung seines Freundes ein. »Wenn ich nur wüsste, was der mit den Lilien gemeint hat. Zerbrochene Lilie. Was ist die nächste Forderung in der Geschichte von Ritter Harras?«

Paul überlegte kurz. »Die Reinheit muss gebrochen werden oder so ähnlich.«

»Stimmt«, nickte Georg. »Also gebrochen passt ja schon ganz gut. Aber was hat denn eine Lilie mit Reinheit zu tun?«

»Keine Ahnung. Vielleicht kommt das aus dem Griechischen. Lilios heißt bestimmt rein oder so.«

Georg überlegte. »Schon möglich. Oder auch nicht. Ich habe aber eher das Gefühl, das hat etwas mit Kirche zu tun. Denk nur an die Zahl des Teufels. Wen können wir denn da mal fragen?«

»Pfarrer Brecht jedenfalls nicht. Der hat bestimmt gerade einen Herzinfarkt.«

Paul hatte die rettende Idee. »Mein Onkel hat Theologie studiert. Katholische zwar, aber das geht ja vielleicht auch.«

»Ist er Priester?«

»Nein, er arbeitet bei VW in der Personalabteilung.«

»Egal, ruf ihn an.«

Paul tippte schnell auf seinem Handy herum und hielt es ans Ohr. Nach dem üblichen Begrüßungssmalltalk, wie es ihm ginge, dass es ja so schade sei, dass man sich so lange nicht gesehen habe, und was die Eltern gerade so machten, kam Paul zur alles entscheidenden Frage. »Sag mal, Benedikt, ich brauche dich mal als Theologen. Kannst du mir vielleicht erklären, was eine Lilie mit Reinheit zu tun hat?«

Paul hörte interessiert den Ausführungen seines Onkels zu, während Georg ungeduldig mit dem Fuß auf den Boden trommelte. »Was hat er gesagt?«, fragte Georg, als Paul sich von seinem Onkel verabschiedet hatte.

»Eigentlich ist es doch ganz einfach. Wer hat Maria die Geburt Jesu verkündet?«

»Der Erzengel Gabriel. Aber ist das jetzt ein Ratespiel?«

»Maria gilt auf Grund der jungfräulichen Geburt schon immer als Inbegriff der Reinheit. Der Erzengel Gabriel wird auf fast allen Bildnissen der Verkündigung mit einer Lilie in der Hand dargestellt. Und deshalb gilt jetzt auch die Lilie als Symbol der Reinheit. So einfach ist das manchmal.«

»Die Reinheit ist zerbrochen. Mensch, Paul. Wir sind auf der richtigen Spur.«

»Da hast du total recht. Und genau deshalb werden wir jetzt Kommissar Kroll alles erzählen, bevor noch zwei Jungs mit gebrochenem Genick in der Kirche herumliegen.«

»Da kommen die Herren Polizisten schon«, sagte Georg frustriert.

»Na, ihr beiden«, begrüßte Kroll sie freundlich. »Ist ja schön, dass wir uns mal wiedersehen!«

»Haben Sie schon neue Erkenntnisse?«, wollte Georg wissen.

»Oh ja, sehr viele«, berichtete Kroll. »Ich könnte inzwischen ein Wettbüro aufmachen. Wette Nummer eins: Wenn ich eure Handys untersuchen lasse, finde ich heraus, dass einer von euch heute Morgen mit Pfarrer Brecht telefoniert hat. Wette Nummer zwei: Wenn ich den Umschlag auf dem Altar untersuchen lasse, finde ich Fingerabdrücke oder Spuren von euch. Wette Nummer drei: Wenn ich alle Lilien untersuchen lasse, finde ich Schweißpartikel von euch. Wollt ihr noch mehr Wetten hören, zum Beispiel über Dr. Fleischer, oder reicht euch das?«

»Das reicht«, bestätigte Paul reumütig. »Wir wären ohnehin jetzt zu Ihnen gekommen. Wir mussten nur sicher sein, dass an der Sache etwas dran ist. Wir hatten keine Lust, uns lächerlich zu machen.«

»Aber jetzt seid ihr euch sicher?«, fragte Wiggins.

»Absolut! Es gibt keine Zweifel mehr. Sie haben doch den Zettel in der Kirche auch gefunden, oder?«, erkundigte sich Georg.

»Ja, dann schießt mal los«, ermunterte sie Kroll.

»Das ist nicht so einfach«, wandte Georg ein. »Sie müssen erst die Geschichte vom Ritter Harras lesen. Das Buch liegt in meinem Zimmer. Wir treffen uns in einer halben Stunde dort. Okay?«

Kroll und Wiggins sahen sich kurz fragend an, stimmten dann aber zu.

Sie saßen zu viert in Georgs Zimmer. Georg gab den Polizisten kommentarlos das alte Buch mit der Geschichte vom Ritter Harras. »Hier, lesen Sie.«

Georg schaute verstohlen zu Paul. Kroll hielt das Buch so, dass Wiggins mitlesen konnte. Nach einer Weile sahen sich die Polizisten wieder an. In ihren Blicken konnten die Jungen eine gewisse Anerkennung lesen.

»Fangen wir mal von vorn an«, schlug Kroll vor. »Die Lobpreisung Gottes ist wohl Bach.«

Paul war kleinlaut. Er wusste nicht, ob die Kommissare sie ernst nahmen. »Er ist der größte Komponist für geistliche Musik, den es je gab.«

»Und die Stimmen der Engel sind die Thomaner?«, fuhr Kroll fort. Die Freunde nickten.

»Gut«, ergänzte Wiggins. »Das mit dem Weinberg dürfte auch offensichtlich sein. Das war die Aktion in euerm Hof.«

Paul und Georg nickten wieder.

»Und was haben die Blumen in der Kirche mit Reinheit zu tun?«, fragte Kroll.

Paul erzählte ihm die Geschichte, die er kurz zuvor von seinem Onkel gehört hatte.

Kroll nickte anerkennend. »Verdammt gute Arbeit, Jungs. Wir sind schwer beeindruckt. Das wären wirklich zu viele Zufälle, um nicht wahr zu sein. Ich bin mir sicher, dass hier jemand tatsächlich die Geschichte vom Ritter Harras nachspielt. Aber was soll das bezwecken?«

Paul und Georg sahen sich kurz an. Sie konnten ihren Stolz nicht verbergen. Die jungen Hobbydetektive hatten mehr herausgefunden als die Polizei. Georg wollte ihren Erfolg noch ein bisschen auskosten. »Sind Sie sich wirklich ganz sicher, dass wir auf der richtigen Spur sind?«

»Absolut«, bestätigte Kroll noch einmal. »Das war wirklich gute Arbeit. Wie seid ihr denn auf die alte Geschichte gekommen?«

»Das war ich!«, preschte Georg vor. Er redete wie ein Wasserfall. »Ich weiß auch nicht, warum mir die Geschichte wieder eingefallen ist. Meine Oma hat mir früher oft aus dem Buch vorgelesen. Und bei ›Lobpreisung Gottes‹ und ›Engelsstimmen‹ hat es einfach klick gemacht. Dann waren wir uns natürlich überhaupt nicht sicher, ob wir nicht auf dem falschen Dampfer sind. Aber dann kam die Sache mit dem Weinstock bei uns im Hof. Allerdings hätte das ja immer noch ein dummer Zufall sein können oder ein harmloser Bubenstreich. Doch als dann die Lilien in der Kirche lagen und der ZZ TOP da rauskam, da waren wir uns ganz sicher. Wir wären auch von selbst zu Ihnen gekommen. Hundertprozentig.«

»Eins nach dem anderen«, bremste ihn Wiggins. »Ihr

habt uns noch immer nicht gesagt, was nach eurer Meinung dahintersteckt.«

Georg konnte es kaum erwarten, weiterreden zu dürfen. »Aber das ist doch sonnenklar. Versetzen Sie sich doch mal in die Person von Ritter Harras. Er kommt nach Hause, seine Frau hat einen anderen. Harras ist außen vor, und dann bekommt sie noch ein Kind. Das bringt einen doch auf die Palme.«

Kroll war sich nicht sicher, ob er Georg richtig verstanden hatte. »Ihr glaubt also, jemand, dessen frühere Frau jetzt mit einem anderen zusammenlebt, will irgendwie auf sich aufmerksam machen?«

»Und jemand, der einen Sohn hat, um den er sich nicht kümmern darf«, bestätigte Georg.

»Außerdem scheint uns der Bezug zum Chor offensichtlich zu sein. Es fängt schon bei Ritter Harras an. Sein Epitaph hängt in der Thomaskirche. Bach liegt in der Thomaskirche und war der erste Kantor, es wurden Thomaner vergiftet, der Weinstock war in unserem Garten und schließlich wurden auch die abgeknickten Lilien in der Thomaskirche verteilt.«

Kroll und Wiggins hielten sich bewusst mit eigenen Bemerkungen zurück. Sie wollten einfach nur herauskriegen, was die Burschen wussten.

»Und deshalb habt ihr das Büro von Dr. Callidus – sagen wir mal – besucht.«

Die Kommissare konnten sehen, wie den beiden der Schrecken in die Glieder fuhr. »Wir können darüber jetzt wirklich nicht reden«, sagte Georg, nachdem er sich mehrfach geräuspert hatte. »Tut uns leid. Aber ich habe keinen Bock, wegen dieser Geschichte aus dem Chor zu fliegen. Bei aller Liebe.«

»Wir versprechen euch, dass wir niemandem etwas darüber erzählen«, versuchte ihn Kroll zu beruhigen.

»Ehrenwort?«

»Versprochen.«

Paul war wieder besänftigt. »Wir mussten natürlich herausfinden, wer von unseren Leuten, ich meine den Thomassern, nicht mehr bei seinem leiblichen Vater lebt.«

»Und dann dachtet ihr, ihr seht euch mal die Personaldatei bei Callidus genauer an«, half ihm Wiggins auf die Sprünge.

»Es war alles ganz einfach. Ganz vorn in den Akten ist so ein Personalbogen. Wir haben einfach nur geguckt, bei welchen Mitschülern der Nachname des Vaters nicht mit dem der Mutter übereinstimmt. Und so wussten wir natürlich, dass da ein anderer im Spiel sein musste. Schließlich hat die Mutter dann ja neu geheiratet.«

»Oder«, ergänzte Paul nicht ohne Stolz, »wir haben die Thomasser genommen, bei denen der Name des Kindes zwar mit dem des Vaters identisch ist, die Mutter aber unter ›benachrichtigen‹ einen anderen Mann angegeben hat.«

»So wie bei Ludwig Fleischer«, ergänzte Kroll.

Paul war überrascht. »Woher wissen Sie das denn jetzt schon wieder?«

»Ein bisschen arbeiten müssen wir ja schließlich auch noch«, lächelte Wiggins.

Georg nahm die letzte Bemerkung des Kommissars als

Kompliment auf. »Ja sicher, natürlich. Ludwigs Vater war ein Volltreffer. Hätten wir selbst nicht für möglich gehalten. Aber das wissen wir auch erst seit heute Morgen.«

»Heute Morgen?«, wiederholte Wiggins.

»Wir sind ihm nachgefahren«, sprudelte es wieder aus Georg heraus. »Heute Morgen um sechs. Mit unseren Fahrrädern. Der ist erst im Rosenthal und dann im Auenwald joggen gegangen. War arschkalt, aber es hat sich gelohnt.«

»Der hat nämlich«, unterbrach Paul seinen Freund, »im Wald einen Mann getroffen. Echt gruselig. So was von krass!«

»Das können Sie sich nicht vorstellen«, war jetzt wieder Georg dran. »Spindeldürr, schwarzer Anzug und auch sonst alles schwarz. Der sah aus wie der Tod persönlich. Dann hatte der noch diesen weißen Bart und die Sonnenbrille. Das war hundertprozentig ein Schwerverbrecher. Den können Sie gleich verhaften. Da machen Sie bestimmt keinen Fehler.«

Paul holte kurz Luft. »Aber das ist noch nicht alles. Wir haben genau beobachtet, dass der Fleischer dem schwarzen Mann etwas in die Hand gedrückt hat.«

»Hundertprozentig Kohle!«, ergänzte Georg.

»Ich bin dann dem schwarzen Mann hinterher. Der fuhr so eine dunkle Mercedes-Limousine, S-Klasse, Fenster abgedunkelt, alles schwarz. An der Kreuzung am Reichsgericht habe ich ihn dann verloren, ich war ja schließlich nur auf dem Fahrrad. Ich bin dann zur Thomaskirche und habe mich am Bachdenkmal ein bisschen ausgeruht.

Ich war total fertig von der ganzen Raserei. Und auf einmal kommt der Schwarze aus der Kirche. Ich dachte, ich sterbe vor Angst. Ich habe mich dann hinter dem Denkmal versteckt. Der Kerl hat mich zum Glück nicht gesehen, hoffe ich jedenfalls.«

Paul sah kurz zu Georg. »Und dann kam Georg und wir sind in die Kirche. Und den Rest kennen Sie ja.«

»Donnerwetter!«, sagte Kroll anerkennend. »Da habt ihr ja richtig viel rausgekriegt. Alle Achtung!«

Paul und Georg sahen sich an. Sie waren sichtlich stolz auf ihre Ermittlungstätigkeit.

»Habt ihr euch die Nummer von dem Mercedes gemerkt?«, fragte Wiggins.

»Das war kein deutsches Nummernschild. Irgend so ein ausländisches. Da waren nur Zahlen drauf, die konnte ich mir bei der hektischen Verfolgung natürlich nicht merken.«

Kroll nickte. »Schon klar. Dann werden *wir* jetzt wohl mal weiterermitteln.« Er hob mahnend den Zeigefinger. »Ihr haltet euch ab sofort raus, ist das klar?«

Paul und Georg nickten heftig. »Werden Sie Fleischer und den Mann jetzt verhaften?«

Kroll gab vor, über diese Frage ernsthaft nachzudenken. »Dafür haben wir zu wenig. Es ist in Deutschland nicht verboten, abgeknickte Blumen in eine Kirche zu legen, zumindest wird man dafür nicht eingesperrt.«

Georg war enttäuscht. »Aber Bach ... und der Wasserspender!«

»Dafür haben wir leider keine Beweise, zumindest noch nicht. Wir bleiben aber dran, versprochen.«

Georg blieb hartnäckig. »Aber Sie haben doch bestimmt Spuren?«

»Natürlich. Wir haben sogar ein ganz ausgezeichnetes Spurenbild. Uns fehlt aber das Vergleichsmaterial. Ich glaube nicht, dass sich Herr Dr. Fleischer in unseren Akten befindet, und von deinem ZZ TOP kennen wir nicht einmal den Namen!«

»Könnt ihr dem nicht einfach ein Haar abschneiden?«

»Das ist heute alles nicht so einfach. Dazu brauchen wir erst mal einen Beschluss.«

Der Blick, den Georg Paul zuwarf, war eindeutig. ›Wir werden doch noch gebraucht.‹ Die Kommissare taten so, als hätten sie das nicht bemerkt.

Kroll wartete einen Moment. Die Jungs hatten ihnen offensichtlich alles gesagt, was sie wussten. »Noch mal, Jungs. Ihr habt wirklich tolle Arbeit geleistet. Und ich bin mir ganz sicher, dass wir ohne euch noch immer im Dunkeln tappen würden. Ganz ehrlich. Auf die Geschichte mit Ritter Harras wären wir nie gekommen.«

Die Freunde konnten ihre Freude über die Anerkennung nicht verbergen. Kroll fuhr fort. »Eine Sache sehe ich aber anders als ihr.« Er rieb sich die Nasenwurzel. »Wenn Ritter Harras nichts unternommen hätte, hätte seine Frau ein Kind von einem anderen bekommen.«

Die Freunde sahen Kroll gespannt an. »Vielleicht hätte sie Harras gar nichts von der Liebschaft erzählt. Dann hätte er ein fremdes Kind großgezogen, ohne es zu merken.«

Paul war beeindruckt. »Ein Kuckuckskind!«

»Ganz recht! Ich glaube eher, wir müssen nach einem Mann suchen, der Vater eines Jungen, vermutlich eines Thomaners, ist, der gar nicht weiß, dass sein Vater nicht sein leiblicher Vater ist. Versteht ihr, was ich meine?«

Wiggins versuchte, sich deutlicher auszudrücken. »Wir glauben, es gibt jemanden, der der leibliche Vater eines Thomaners ist, aber niemand außer ihm weiß es, außer der Mutter natürlich. Aber die erzählt natürlich niemandem, dass das Kind nicht von ihrem Mann stammt. Schon gar nicht ihrem eigenen Sohn.«

Georgs Augen weiteten sich. »Und das geht dem Vater, also dem leiblichen Vater, auf den Geist. Er hat keine Möglichkeit, mit seinem Sohn Kontakt aufzunehmen. Deshalb zieht er jetzt hier die Show ab.«

»Das würde zumindest Sinn machen«, bestätigte Wiggins.

Paul wurde nachdenklich. »Das macht die Sache natürlich nicht einfacher. Und … außerdem lägen wir dann mit Herrn Fleischer falsch. Der ist mit Sicherheit der Vater von Ludwig. Das sieht man ja aus zehn Kilometern Entfernung. Dann war ja alles für 'n Arsch.«

Kroll lächelte. »Ach, Jungs! Das ist doch unsere tägliche Arbeit. Man hat Spuren, die sich bestätigen oder im Sande verlaufen. Und es gibt neue Spuren und dann wieder neue Spuren. Dr. Fleischer hat sich auf jeden Fall verdächtig benommen, und den Umstand, dass der schwarze Mann in der Kirche war, bevor die Blumen dort aufgetaucht sind, müssen wir unbedingt aufklären.« Seine Miene wurde ernst. »Aber das ist jetzt unsere Arbeit.«

»Kennt ihr den Schauspieler Yves Montand?«, fragte Wiggins.

»Klar«, antwortete Georg. »Der spielt doch immer in diesen alten Filmen mit.«

»Ganz recht. Es gab einmal ein Mädchen, das hieß Aurore. Die hat behauptet, die uneheliche Tochter von Montand zu sein, und wollte an sein Erbe. Alle, die sie gesehen haben, hatten keinen Zweifel, dass sie seine Tochter war. Sie war dem Schauspieler wie aus dem Gesicht geschnitten. Eine unglaubliche Ähnlichkeit. Dann hat man das Grab von Montand geöffnet und eine Probe entnommen, um seine DNA zu bekommen. Die hat man anschließend mit der von Aurore verglichen.«

»Und?«, fragte Paul gespannt.

»Sie war nicht seine Tochter«, lächelte Wiggins. »So viel zum Thema: Das sieht man ja aus zehn Kilometern Entfernung.«

Krolls Handy klingelte. Auf dem Display erschien der Name Anja. Kroll entfernte sich einige Meter, damit die anderen ihm nicht zuhören konnten. Nach wenigen Minuten kam er zurück. »Ich muss los. Bis dann, Jungs. Wir sehen uns im Büro, Wiggins.«

Anja erwartete Kroll schon aufgeregt in ihrer Wohnung. Sie begrüßten sich mit einem Kuss auf die Wange. Er sah sich kurz in ihrem Zuhause um. Anja war noch ganz am Anfang ihres Einzuges. Die meisten Kisten waren noch nicht ausgeräumt, was auch nicht möglich war, weil nur wenige Schränke und Regale aufgebaut waren. Kroll erinnerte sich an sein Versprechen im ›SPIZZ‹. »Ich denke, ich muss wirklich mal mit einem Akkuschrauber vorbeikommen.«

»Das ist doch jetzt scheißegal!« Anjas Stimme versagte. Sie räusperte sich.

»Was ist los, Anja? Was wolltest du mir am Telefon nicht erzählen?«

In ihren Augen sammelten sich Tränen, die sie mit einer heftigen Bewegung des Ärmels abwischte. »Das ist total beschissen, Kroll. Ich will dich auch nicht damit belästigen. Aber ich weiß einfach nicht, was ich machen soll. Und ich habe keinen anderen, mit dem ich darüber reden kann.«

Kroll legte seine Hand auf ihre Schulter. »Erzähl doch einfach mal, was los ist. Wir finden schon eine Lösung.«

»Wollen wir uns nicht setzen?«

Kroll sah sich um. Er konnte keinen Stuhl oder Sessel entdecken. Anja musste lächeln. Dann verschwand sie im Nebenzimmer und kam mit zwei riesigen Sitzkissen zurück.

»Ich weiß gar nicht, wo ich anfangen soll«, sagte sie, nachdem sie sich auf einem Kissen niedergelassen hatte.

»Am besten am Beginn.«

»Also … Macht es dir wirklich nichts aus …, ich meine, wir kennen uns ja noch nicht so lange.«

Kroll versuchte, beruhigend zu wirken. »Erzähl doch einfach mal.«

»Also, ich habe vor ungefähr zwei Monaten mit meinem Freund Schluss gemacht. Helmut. Wir waren etwa drei Jahre zusammen.« Sie atmete einmal tief durch. »Ich habe erst bei einer Freundin gewohnt, bis ich hier die Wohnung bekommen hab. Aber Helmut lässt mich einfach nicht in Ruhe. Am Anfang ist es ja normal, dass man noch mal über alles reden will. Doch es wird immer schlimmer. Anrufe, SMS, er lauert vor meiner Wohnung; wenn ich da bin, klingelt er an der Tür.« Anja begann zu weinen. »Ich weiß nicht mehr, was ich machen soll. Ich trau mich nicht mehr raus; wenn das Handy klingelt, bleibt mir fast das Herz stehen, und wenn es an der Tür läutet, habe ich eine Todesangst. Er hört einfach nicht auf. Auch nachts nicht. Gestern Nacht hat er die ganze Zeit geklingelt.«

»Das nennt man Stalking«, stellte Kroll nüchtern fest. »Dagegen kann man etwas unternehmen. Das kommt leider nicht so selten vor.«

Anja knetete ein Papiertaschentuch und sah auf den Boden. Die ganze Sache war ihr unangenehm.

»Gibst du mir mal dein Handy?«

Sie reichte es ihm wortlos rüber. Kroll tippte sich in den Posteingang und versuchte, sich einen Überblick zu verschaffen. Es mussten weit über 100 SMS sein. »Bitte, lösch die Nachrichten nicht. Kann sein, dass wir die noch brauchen, zu Beweiszwecken.«

Kroll sah sich einige Nachrichten genauer an. Die meisten enthielten Aufforderungen an Anja, sich zu melden, viele kündigten seinen Besuch an, weitere enthielten Einladungen zu Partys, Konzerten und ähnlichen Anlässen. Drohungen waren nicht dabei, es waren die Masse und die Penetranz, die belastend wirken mussten.

Anjas Stimme war jetzt monoton. »Er steht auch jetzt vor der Tür.«

Kroll sah sie interessiert an. »Fährt der einen roten Golf?«

Anja nickte. »Wie hast du das bemerkt?«

»Nenne es einfach Berufskrankheit. Es kommt nicht so häufig vor, dass jemand vor einem Haus parkt und nichts Besseres zu tun hat, als ständig nach oben zu den Fenstern zu glotzen.«

Anja sprang auf und ging auf Kroll zu. »Weißt du jetzt, was ich meine? So geht das Tag und Nacht. Ich halte das nicht mehr länger aus.«

Kroll nahm sie in den Arm. »Keine Panik. Lass uns jetzt mal in Ruhe überlegen. Es gibt mehrere Möglichkeiten.«

Er lächelte sie an. »Ich könnte natürlich runtergehen und ihn vermöbeln. Aber das wäre keine gute Lösung. Der Effekt wäre nur kurzfristig und ich hätte das nächste Disziplinarverfahren am Hals. Aber jetzt mal ernsthaft: Wir haben eine sehr gute Abteilung für diese Stalkingfälle. Das geht auch relativ schnell. Du kannst ihm verbieten lassen, sich in deiner Nähe aufzuhalten und mit dir in Kontakt zu treten. Ich kenne die Abteilungsleiterin sehr gut. Die weiß, wie man mit solchen Dingen umgeht. Ich könnte dafür sorgen, dass dein Fall bei uns Priorität hat.«

Anja schien sich zu beruhigen. Es tat ihr gut, dass Kroll sich ihres Problems annahm.

»Ich hatte eigentlich eine andere Idee. Das klingt jetzt zwar völlig bescheuert, aber ich kenne ihn schon lange.«

»Was für eine Idee?«

»Ich glaube, wenn er mitkriegt, dass ich einen neuen Freund habe, wird er ziemlich schnell aufgeben. Er dreht zwar zurzeit durch, aber er ist der absolute Realist. Wenn er merkt, dass es endgültig vorbei ist, wird er kapitulieren und mich in Ruhe lassen.«

Kroll ahnte nichts Gutes. »Wie meinst du das genau?«

Anja lächelte verlegen. »Ach, vergiss es. War nur so eine Idee.«

»Meintest du etwa, ich sollte jetzt deinen Freund spielen, ihm etwas vorgaukeln?«

»Ich hab doch gesagt, vergiss es.« Die Tränen liefen an ihren Wangen herunter. Sie biss sich auf die Unterlippe. »Es war wirklich ein kindischer Einfall.«

Kroll ging zum Fenster und sah hinaus. Der rote Golf stand immer noch da. »Hat der eigentlich Zeit ohne Ende?«

Anja zuckte mit den Schultern. »Er hat eine kleine Firma. Die machen Verpackungsschächtelchen für Schmuck. Hat seine Arbeit anscheinend sehr umfassend delegiert. Helmut konnte schon immer ganz gut andere für sich arbeiten lassen.«

Kroll drehte sich um. »Ich muss frische Luft schnappen. Ich drehe jetzt mal eine Runde durchs Rosenthal.« Er streckte ihr seine Hand entgegen. »Kommst du mit?«

Anja lächelte und ergriff schnell seine Hand. Obwohl Kroll wusste, dass alles nur gespielt war, empfand er es als sehr angenehm, ihre zarten Finger mit seinen zu umschließen.

Als sie den Gehweg erreicht hatten, lachte Anja Kroll an, legte ihren Arm um seinen Hals und gab ihm einen

Kuss. Auch die Runde durchs Rosenthal gingen sie Händchen haltend. Kroll wusste nicht, ob das überhaupt erforderlich war, aber Anja dachte sich wohl, sicher ist sicher. Kroll hatte zumindest keine Einwände.

Die Aktion schien erste Früchte zu tragen. Als sie zurückkamen, war der rote Golf samt Fahrer verschwunden. Kroll musste Anja versprechen, am Abend wiederzukommen und zumindest zum Abendessen zu bleiben. Sie würde etwas Leckeres kochen. Kroll wünschte sich irgendetwas mit Fisch.

DONNERSTAGMITTAG

Kroll und Wiggins beratschlagten in ihrem Büro die weitere Vorgehensweise.

»Meinst du, wir sollten uns mal mit diesem Dr. Fleischer unterhalten?«, fragte Wiggins.

»Ich glaube, das ist noch zu früh. Wir brauchen erst mehr Informationen. Und diesen Anwalt Maschek müssen wir uns auch noch mal vorknöpfen.«

»Der erzählt uns doch noch weniger.«

»Reden wir noch mal mit Callidus«, schlug Kroll vor und griff nach seiner Jacke.

Dr. Callidus empfing sie in seinem Büro. Er gab sich keine Mühe, seine Verärgerung zu verbergen. »Dr. Maschek macht ziemlich Ärger wegen des Zeitungsartikels. Er hat uns schon mit rechtlichen Schritten gedroht. Das können wir zurzeit überhaupt nicht gebrauchen. Haben *Sie* etwa mit diesem Reporter geredet?«

Kroll versuchte, diplomatisch zu wirken. »Aber es ist doch klar, dass die Presse an der Geschichte dran ist, nach all den Vorfällen. Es war bestimmt nicht schwierig, gesprächige Eltern zu finden, die gegenüber der Zeitung ihren Sorgen Luft machen. Wurden nicht sogar Eltern in dem Artikel erwähnt?«

Krolls Antwort schien Callidus zu beruhigen. »Zumindest wird Herr Dr. Maschek das akzeptieren müssen.«

»Ihnen kann doch gar nichts passieren«, legte Wiggins nach. »Für Auskünfte von Eltern gegenüber der Presse ist die Chorleitung sicher nicht verantwortlich. Weder rechtlich noch sonst wie.«

»Was gedenken Sie jetzt zu tun?«, wechselte der Alumnatsleiter das Thema.

Kroll wollte gerade erzählen, was er von Paul und Georg erfahren hatte. Er unterbrach sich jedoch selbst, weil er befürchtete, dass Dr. Callidus dann klar sein würde, wer ins Alumnat eingebrochen war. Er gab vor, den Zusammenhang mit der Geschichte um Ritter Harras selbst herausgefunden zu haben.

Dr. Callidus überlegte lange. »Ich kenne die Geschichte sehr gut. Die Ähnlichkeiten sind wirklich verblüffend. Was ist Ihre Schlussfolgerung?«

»Ich glaube«, antwortete Kroll, »Anlass ist der Umstand, dass Harras befürchtete, seine Frau bekäme ein Kind von einem anderen. Mit der Nachahmung der Geschichte will der Täter Aufmerksamkeit erregen …, vielleicht irgendetwas bewegen. Und das kann eigentlich nur ein Vater sein, dessen Kind wahrscheinlich bei seiner Mutter und ihrem neuen Lebenspartner als Kuckuckskind aufgewachsen ist, ohne dass auch nur einer der beiden Männer eine Ahnung hatte.«

»Ein Kuckuckskind?«, vergewisserte sich der Alumnatsleiter.

»Und der enge Bezug zum Thomanerchor ist offensichtlich.« Kroll machte eine kleine Pause, bevor er fortfuhr: »Wir müssen herausfinden, wer das Kind ist und wer der Vater ist. Dann haben wir den Fall gelöst.«

»Und wie wollen Sie das anstellen?«

Kroll setzte sich auf die Fensterbank. »Ich hatte gehofft, dabei könnten Sie uns helfen.«

»Ich?«, Dr. Callidus war überrascht. »Aber wie sollte ich denn dabei helfen können?«

»Sie sind näher am Chor«, half ihm Wiggins auf die Sprünge. »Sie kennen alle Kinder und alle Eltern. Vielleicht haben Sie eine Vermutung oder zumindest einen Verdacht.«

Der Alumnatsleiter lachte freudlos. »Also, wenn Sie recht haben, und dafür scheint eine Menge zu sprechen, weiß das Kind nicht einmal selbst, dass sein offizieller Vater nicht sein leiblicher Vater ist. Und die Mutter wird einen Teufel tun, es mir oder jemand anderem zu erzählen. Und der leibliche Vater hat ja keinen Kontakt zum Chor.« Er schüttelte frustriert den Kopf. »Ich kann Ihnen beim besten Willen nicht helfen …, so gern ich es auch tun würde.«

»Wir müssen auf jeden Fall die Personalakten von allen Burschen durchgehen.«

Callidus zögerte einen Moment. Er schien sich immer noch nicht sicher zu sein, dass die Presseinformationen über Dr. Maschek nicht doch von den Polizisten kamen. »Das können Sie gern tun. Ich gehe davon aus, dass der Inhalt streng vertraulich behandelt wird.«

Er stand auf und ging in Richtung Tür. »Ich wollte eh gerade Mittag machen. Sie können gern mein Büro benutzen.«

Kurz bevor er die Tür schloss, blieb er noch einmal

stehen. »Wann waren Sie eigentlich zum letzten Mal in der Kirche?«

Kroll und Wiggins sahen sich ein wenig verlegen an. Das schien Callidus als Antwort zu genügen. »Was ich mich nämlich die ganze Zeit frage: Selbst unter den Menschen, die regelmäßig unsere Kirche besuchen, dürfte das Epitaph von Ritter Harras nicht sehr bekannt sein. Und schon gar nicht seine Geschichte. Aber Sie, die die Kirche kaum kennen, haben auf einmal die ganzen Informationen. Und ich frage mich, woher?«

»Wir sind eben gute Ermittler«, lächelte Kroll.

Sie wurden durch das Klingeln von Callidus' Telefon unterbrochen. Der Alumnatsleiter nahm den Hörer ab. »Callidus ... bitte verbinden Sie mich ... ja ... hmm ... das ist ja schrecklich.«

»Das war die Uniklinik«, erklärte er, als er wieder aufgelegt hatte. »Max Hamann hat eine schwere Lungenentzündung. Sie haben ihn auf die Intensivstation verlegt. Ich fahr da sofort hin. Sein Zustand ist sehr kritisch.«

Kroll atmete tief durch, nachdem Dr. Callidus sein Büro verlassen hatte. »Ich bin mir sehr sicher, dass unser Täter die ganze Situation unterschätzt hat. Möglicherweise wollte er nur ein paar mehr oder weniger harmlose Scherze machen, um auf seine Situation aufmerksam zu machen. Aber jetzt wird es langsam besorgniserregend.«

»Die Sache mit dem Wasserspender war doch alles andere als ein harmloser Scherz!«, entgegnete ihm Wiggins.

»Ja, klar. Aber vielleicht war ihm die Gefährlichkeit seiner Aktion gar nicht so bewusst. Kann ja auch sein, dass wir einen Täter suchen, der nicht gerade der Hellste ist.«

Das Studium der Akten brachte die Kommissare nicht weiter. Frustriert schlug Wiggins die letzte Akte zu. »Wir haben immerhin die DNA vom Täter.« Er atmete tief durch. »Fehlt nur noch die vom Kind und von der Mutter.«

»Ein Gentest im Thomanerchor? Dafür brauchen wir eine richterliche Anordnung. Da weist uns der Ermittlungsrichter nur mit einem müden Lächeln ab.«

»Das weiß ich auch. Aber vielleicht schaffen wir es ja doch auf freiwilliger Basis.«

Kroll schüttelte den Kopf. »Ich glaub nicht, dass wir da auf viel Gegenliebe stoßen. Ich hab's dir doch gestern schon gesagt: Wenn du heutzutage so etwas nur erwähnst, schreien die doch gleich alle Datenschutz.«

Wiggins wechselte das Thema. »Wo ist eigentlich die hübsche Frau Gans heute?«

»Die hat heute noch einen Tag Urlaub, wegen ihres Umzuges. Sie muss noch einräumen und so Sachen erledigen«, antwortete Kroll wie aus der Pistole geschossen.

Wiggins war erstaunt. »Du bist aber gut informiert.«

»Sie schraubt gerade ein Wohnzimmerregal zusammen.«

Wiggins' Blick war eine Kombination aus Überraschung und Anerkennung. »Und woher weißt du das so genau?«

»Weil ich gerade bei ihr war. Wir sind sozusagen Nachbarn.«

»Läuft da was?«

»Nur gute Freunde.«

Wiggins gab sich mit der Antwort zufrieden. »Dann fassen wir mal zusammen: Der Verdächtige Dr. Fleischer wird nicht vernommen, der Verdächtige Dr. Maschek wird nicht vernommen, Gentests machen wir auch nicht, neue Spuren gibt es ebenfalls nicht, dann können wir ja jetzt Anja Gans bei ihren Möbeln helfen.«

»Gute Idee. Die wird sich bestimmt freuen.«

»Fragt sich nur, ob sich auch der Chef freut, wenn wir ihm statt eines Ermittlungsergebnisses freudestrahlend erzählen, dass wir immerhin vier Birkelands aufgebaut haben.«

»Vermutlich wird sich der Chef nicht darüber freuen, wenn wir nur Ikea-Schränke aufgebaut haben«, antwortete Kroll.

»Also?«

»Lass uns doch mal den kleinen Fleischer besuchen, diesen Ludwig. Ich weiß, dass der jetzt schon wieder zu Hause ist. Vielleicht haben wir ja Glück und können die Mutter ein bisschen ausquetschen.«

Ludwig Fleischer, seine Mutter Heidi und ihr Lebensgefährte bewohnten ein hübsches Einfamilienhaus im Leipziger Stadtteil Leutzsch. Der Garten war auffällig gut gepflegt, unter dem Carport neben der weiß gepflasterten Einfahrt stand ein Mercedes C-Klasse Coupé.

Heidi Fleischer öffnete ihnen die Tür und führte die Polizisten ins Wohnzimmer, nachdem sie sich vorgestellt hatten. Aus dem oberen Stockwerk war deutlich die Musik von Linkin Park zu hören. Ludwigs Mutter war alles andere als eine unscheinbare Frau. Schon der Duft ihres Parfüms, der ihnen entgegenschlug, war außergewöhnlich, obwohl es sehr dezent und nicht aufdringlich war. Sie trug eng anliegende weiße Armani-Jeans, ein weinrotes Top und einen anthrazitfarbenen Blazer. Über ihrem Dekolleté hing ein goldenes Kreuz an einer feingliedrigen Kette. Sie hatte dunkles, gewelltes Haar, das am Hinterkopf über den Kragen reichte. Ihr Make-up betonte die gebräunte Haut. Ihr Alter war nur schwer zu schätzen, aber Kroll dachte, dass sie mindestens zehn Jahre älter war, als sie aussah.

»Ich bin sehr froh, Sie kennenzulernen«, sagte sie, nachdem sie den Kommissaren einen Platz in den großen, dunklen Ledersesseln angeboten hatte. »Unser Ludwig ist gestern aus dem Krankenhaus entlassen worden, und Sie können sich sicherlich vorstellen, dass eine Mutter sich da auch so ihre Sorgen macht.«

Sie selbst setzte sich nicht hin, sondern blieb gegenüber den Polizisten stehen. »Ich wollte mir gerade einen Latte macchiato machen. Darf ich Ihnen auch einen anbieten?«

Kroll und Wiggins bejahten höflich lächelnd. Heidi Fleischer verließ das Wohnzimmer, vermutlich in Richtung Küche.

Wiggins sah sich um. »Hab schon schlimmere Hütten gesehen.«

»Nach Hartz IV sieht mir das hier nicht gerade aus«, bestätigte Kroll.

»Mich würde mal interessieren, woher sie die ganze Asche hat. Es gibt doch eigentlich nur drei Möglichkeiten: Entweder von unserem verdächtigen Doktor, von Ludwigs neuem Vater oder sie hat die Knete selbst verdient.«

»Du hast die Eltern vergessen«, schmunzelte Kroll.

»Glaub mal jemandem, der mehr Erfahrung mit Frauen hat als du. Diese Lady kommt nicht aus einfachen Verhältnissen. Die ist nicht neureich. Ich vermute, ihre Familie hat seit vielen Generationen Geld ohne Ende.«

Die Polizisten brachen abrupt ihr Gespräch ab, als Heidi Fleischer zurückkam. In ihren Händen hielt sie ein Silbertablett mit drei Kaffeegläsern.

Kroll entschied sich, das Gespräch mit ein wenig Small Talk zu eröffnen. »Wie geht's Ludwig?«

»Er ist oben und hört Musik.« Sie lächelte entschuldigend. »Das ist Ihnen ja bestimmt nicht entgangen. Es geht ihm eigentlich wieder ganz gut. Ist noch ein bisschen wackelig auf den Beinen, aber das Schlimmste hat er überstanden.« Sie stöhnte leicht. »Im Gegensatz zu dem armen Max.«

Kroll löffelte mit dem langen Löffel den Schaum aus seinem Latte macchiato. »Ich kann gut verstehen, dass Sie sich große Sorgen machen. Wir nehmen die Angelegenheit sehr ernst. Es ist alles andere als eine Bagatelle, Wasser im Alumnat zu vergiften.«

Heidi Fleischer klemmte sich eine Haarsträhne hinters Ohr. »Wie weit sind Sie denn mit Ihren Ermittlungen?«

»Es erhärtet sich immer mehr unser Verdacht, dass der Täter ein leiblicher Vater eines Thomaners sein muss. Derjenige will auf seine Situation aufmerksam machen. Vermutlich ist es jemand, der keinen Kontakt zu seinem Sohn hat oder haben darf. Es ist gut möglich, dass der Junge selbst nicht einmal weiß, dass derjenige, den er für seinen Vater hält, nicht sein richtiger Vater ist«, erklärte Wiggins.

Heidi Fleischer schien sich angesprochen zu fühlen. »Ich habe Ludwigs Vater auch mal den Kontakt zu seinem Sohn verboten. Aber das ist schon lange her. Außerdem hat sich das im Laufe der Jahre alles relativiert. Ludwig ist ja inzwischen 14 Jahre alt. Da machen die Kinder eh, was sie wollen.«

Kroll griff den Gedanken erleichtert auf. »Ihr Exmann wohnt jetzt auch in Leipzig?«

»Ja, seit ein paar Wochen, glaub ich. Aber so genau kann ich Ihnen das nicht sagen. Ich habe keinen Kontakt zu ihm.«

»Hat Ihr Exmann denn Kontakt zu Ludwig?«

»Sie sehen sich ab und zu. Meist in der Innenstadt, essen zusammen Mittag. Aber allzu häufig eher nicht.« Sie lächelte. »Mein Exmann hätte keinen Grund, derartige Sachen zu veranstalten, außerdem wusste Ludwig immer, wer sein Vater ist.«

Kroll und Wiggins sahen sich an. Heidi Fleischer hatte eigentlich ihre Fragen beantwortet, bevor sie sie stellen konnten. Eine eher seltene Situation.

Sie unterbrach die kurze Stille. »Das stelle ich mir schwierig vor, den Vater eines Kuckuckskindes zu suchen. Haben Sie irgendwelche Anhaltspunkte?«

»Wir haben natürlich die DNA des Täters«, antwortete Wiggins. »Aber die allein bringt uns nicht weiter.«

Heidi Fleischer nickte.

Kroll stellte sein Glas auf den Tisch. »Dann reden wir jetzt mal mit Ludwig.«

Sie gingen nach oben und unterhielten sich mit dem Jungen.

»Dr. Fleischer können wir als Verdächtigen wohl ausschließen«, sagte Wiggins, als sie wieder im Auto saßen. »Der hat doch nun wirklich keinen Grund, so ein Theater zu veranstalten, zumal der sich doch jederzeit mit seinem Sohn treffen kann.«

»Das sehe ich ähnlich«, bestätigte Kroll. »Was war eigentlich die nächste Aufgabe in dieser Harras-Sage?«

Wiggins holte ein zusammengefaltetes Blatt Papier aus der Innentasche seines Jacketts. »Ich habe die Seite kopiert. ›Der, der abnimmt, muss Trauer tragen‹«, las er vor.

»Hat ja echt Humor, der gute alte Herr Teufel«, scherzte Kroll.

»Wie meinst du das?«

»Na, ich meine, irgendwie sind doch alle, die abnehmen müssen, irgendwie traurig, schlecht gelaunt oder so ähnlich. Sollen wir unsere Ermittlungen jetzt bei den Weight Watchers fortsetzen?«

»Sehr witzig«, konstatierte Wiggins. »Wenn die Sache nicht so ernst wäre, hätte ich noch ein paar Kandidaten im Kollegenkreis.«

»Was machen wir jetzt?«, fragte Kroll.

»Vielleicht hilft uns der Hinweis ja wirklich weiter«, orakelte Wiggins.

»Inwiefern?«

»Na ja, das nächste Opfer wird mit Sicherheit kein Hungerhaken sein.«

»Und welchen Body-Maß-Index willst du anlegen? 25 oder 30?«

Kroll spürte, dass ihm seine flapsige Art allmählich selbst auf die Nerven ging. Er wusste zwar nicht, was der nächste Hinweis zu bedeuten hatte, aber es war gut möglich, dass ein Kind in Gefahr war. Trauer tragen!

»Jetzt mal ohne Quatsch, Wiggins. Unser Täter hat sich doch bis jetzt immer streng an die Abfolge in dieser Sage gehalten. Wenn wir diesmal schneller sind, haben wir ihn.«

Kroll kannte das fotografische Gedächtnis seines Partners. »Was haben wir denn für eine zeitliche Abfolge?«

Wiggins rieb sich mit Daumen und Zeigefinger die Nasenwurzel. Er antwortete in Zeitlupentempo. »Also … die Sache mit Bachs Hand war am Sonntagmorgen, zumindest wurde sie da entdeckt. Die Aktion mit dem Wasserspender ist am Montagmorgen bekannt geworden, vergiftet hat der Täter den Spender aber bestimmt vorher.«

»Und der Weinstock?«, fragte Kroll.

»Den haben wir gestern Mittag entdeckt. Aber natürlich hat der das Unkraut-Ex schon vorher in die Erde gekippt. Das Zeug muss ja bestimmt ein paar Tage wirken.«

»Also nichts Genaues weiß man nicht. Aber eines

scheint mir doch sicher zu sein. Wir haben nicht viel Zeit. Spätestens morgen müssen wir mit der nächsten Aktion rechnen.«

Kroll startete den Motor. »Wir fahren noch mal zu Callidus.«

Der Alumnatsleiter empfing sie im Büro.

»Wie geht es Max?«, eröffnete Kroll das Gespräch.

Dr. Callidus sah die Polizisten sorgenvoll an. Er schüttelte den Kopf. »Maxis Lunge ist von Bakterien befallen. Leider auch noch ein multiresistenter Keim. Sie versuchen jetzt, mit einem Antibiotikum was zu erreichen.«

Er machte eine Pause, weil ihm das Reden schwerfiel. »Sie haben ihn in ein künstliches Koma versetzt. Er muss künstlich beatmet werden. Die Ärzte überlegen gerade, ob sie einen Luftröhrenschnitt machen, um ihn dann durch den Hals beatmen zu können.«

»Das ist ja schrecklich!«, stieß Wiggins hervor, der Kroll fassungslos ansah.

»Das Problem liegt darin, dass die Lunge nicht mehr genügend Sauerstoff an den Körper abgibt. Es reicht gerade noch so aus, um die inneren Organe zu versorgen, damit sie arbeiten können. Aber wenn sich sein Zustand verschlechtert, dann … Ich kann gar nicht daran denken.«

»Was ist das denn für ein Keim?«, fragte Kroll. »Wo kommt der denn her?«

»Wie es der Name schon sagt: Er ist multiresistent. Das Gute ist eigentlich, dass sie den Keim kennen, aber, wie gesagt: multiresistent heißt, dass sie nicht allzu viel machen können. Unter vorgehaltener Hand hat man mir gesagt, dass das ein typischer Krankenhauskeim ist.«

»Hoffen wir das Beste«, stöhnte Kroll.

Der Alumnatsleiter wechselte das Thema, auch, um selbst auf andere Gedanken zu kommen.

»Haben Sie schon was Neues?«

Kroll beantwortete die Frage nicht. »›Der, der abnimmt, muss Trauer tragen.‹ Können Sie sich vorstellen, was das für unseren Fall bedeutet?«

Dr. Callidus zuckte mit den Schultern. »Darüber zerbreche ich mir auch schon den ganzen Tag den Kopf. Es ist die nächste Aufgabe aus der Harras-Sage.« Er schüttelte den Kopf. »Ich habe keine Idee. Aus der Bibel stammt diese Stelle aber, soweit ich weiß, nicht. Ich kann mich nicht erinnern, dass in der Heiligen Schrift irgendwo vom Abnehmen die Rede ist.«

»Ich denke, da haben Sie recht. Stellt sich nun die Frage, wer von den Thomanern abnehmen muss.«

Callidus lächelte bitter. »Die Thomasser machen hier viel Sport, vor allem Fußball. Aber natürlich gibt es unter ihnen auch ein paar Jungs mit ordentlich Speck auf den Rippen.«

»Wie viele ungefähr?«, hakte Kroll nach.

Der Alumnatsleiter sah ihn verständnislos an. »Wo fangen Sie an? Die einen haben ein bisschen Übergewicht und andere könnte man schon als richtig … sagen wir mal … übergewichtig bezeichnen. Aber das sind nicht viele. Vielleicht eine Handvoll.«

Kroll ging um den Schreibtisch herum und klopfte Callidus auf die Schulter. »Umso besser. Wir brauchen die

Namen der Thomaner, die deutliches Übergewicht haben, natürlich mit Adresse.«

Dr. Callidus legte ein Blatt Papier auf seine Schreibtischunterlage und schraubte die Kappe von seinem alten Füllerfederhalter ab. »Das ist ja ein Chaos. Versprechen Sie mir bitte, dass Sie mit der gebotenen Zurückhaltung und vor allem Sensibilität vorgehen.«

Er fing an, Namen zu notieren. »Also, der erste Kandidat ist sicherlich Mobby. Der heißt mit richtigem Namen Franz Kohl. 15 Jahre alt. Den finden Sie jetzt natürlich bei seinen Eltern, die wohnen in der …«

Paul und Georg saßen in Pauls Zimmer und rätselten über die gleichen Dinge wie die Polizei. Die Mahnung der Kommissare, sich jetzt aus dem Fall herauszuhalten, schienen sie schon vergessen zu haben. »Der, der abnimmt, muss Trauer tragen«, brummte Georg mit sonorer Stimme nicht zum ersten Mal vor sich hin.

»Soll ich noch mal meinen Onkel anrufen?«, schlug Paul vor.

»Quatsch!«, zischte Georg, der sich in seinen Überlegungen gestört fühlte. »In der Bibel steht doch bestimmt nichts über das Abnehmen. Die Bibel ist doch kein Ernährungsberater!«

»Dann fällt mir nur noch Mobby ein«, bemerkte Paul ein wenig eingeschnappt.

Georg ging im Zimmer mit großen, langsamen Schritten auf und ab. »Und Balu und Sumo und Kanzler und Freddy.«

»Freddy ist bei seinen Eltern in Stuttgart und Kanzler in Oberelchingen.«

»Blieben noch Mobby, Balu und Sumo.«

»Balu kannst du auch knicken.«

»Wieso?«

Paul fasste sich an die Stirn. »Hallo? Balu macht im Sommer Abi! Glaubst du etwa, sein leiblicher Vater würde in dieser Phase so einen Stress machen?«

»Also noch Mobby und Sumo. Die wohnen doch in Leipzig.« Paul nickte.

Nur zur Sicherheit drückte er trotzdem die Nummer seines Onkels in die Tastatur seines Handys.

DONNERSTAGNACHMITTAG

Kroll und Wiggins nahmen Staatsanwalt Reis beim Wort. Er hatte versprochen, dass es kein Problem sei, so viele Leute zu bekommen, wie sie benötigten. Die Rund-um-die-Uhr-Bewachung für Mobby, Balu und Sumo wurde tatsächlich umgehend bewilligt. Die Kommissare beschlossen, mit den betroffenen Kindern und den Eltern zu reden, um sie ins Bild zu setzen und für die kommenden Tage zu sensibilisieren. Sie beschlossen, zunächst zur Familie von Franz ›Mobby‹ Kohl zu fahren.

»Super Idee«, bemerkte Wiggins sarkastisch. »Jetzt kannst du den Eltern noch erklären, dass ihr Kind in Gefahr ist, weil es so fett ist. Und dass es deshalb sogar Polizeischutz bekommt!«

»Lass mich das nur machen. Dafür braucht man nur das erforderliche Fingerspitzengefühl.« Kroll gab sich Mühe, väterlich beruhigend zu wirken.

Wiggins verstellte seine Stimme. Er klang jetzt wie ein meckerndes Waschweib. »Guten Tag, Frau Kohl. Ich muss Ihnen leider mitteilen, dass Ihr Sohn sich in großer Gefahr befindet, weil er so superfett ist. Verstehen Sie mich bitte nicht falsch. Ich rede jetzt nicht von Cholesterin oder Diabetes Typ II. Wir glauben, dass der Typ, der die Hand von Bach aus der Thomaskirche geklaut hat, es jetzt auf dicke Kinder abgesehen hat. Aber nicht nur auf das fette Patschehändchen, sondern auf das ganze schwabbelige Teil!«

Kroll gab sich Mühe, trotz des Lachanfalls noch auf den Verkehr zu achten. »Ich sagte doch gerade: Lass das mal lieber mich machen.«

Sie hielten vor einem großen Neubau in der Kurt-Eisner-Straße. Die Wohnung der Familie Kohl befand sich im dritten Stock. Sofort nach dem Klingeln konnten sie hören, dass sich drinnen etwas bewegte. Frau Elisa Kohl öffnete die Tür. ›Mama Mobby‹, war Krolls erster Gedanke. Frau Kohl war eher klein, aber keineswegs zierlich. Sie hatte halblanges, dauergewelltes Haar. Auf ihrer fleischigen Nase saß eine Brille mit runden Gläsern, die bei jedem anderen Menschen wahrscheinlich intellektuell gewirkt hätte. Ihr Kleid war eher ein Umhang, der ihr bis zu den Knöcheln reichte. Die Füße waren in Birkenstock-Sandalen gepresst. Sie zeigten ihre Ausweise. Frau Kohl bat sie, ihr in die Stube zu folgen. Überall roch es nach Essen.

»Sie kommen bestimmt wegen der Ereignisse im Thomanerchor«, sagte sie im Gehen. »Schön, dass auch mal jemand mit uns Eltern redet. Sind ja schließlich unsere Kinder.«

»Ja ..., äh ...«, stammelte Kroll. »Die Sache ist nämlich die: Es gibt schon einen konkreten Anlass, weshalb wir gekommen sind.« Er sah zum Sofa. »Können wir uns setzen?«

Elisa Kohl sah sie mit ihren kleinen Augen, die durch die Brille noch kleiner wirkten, abwartend an.

Kroll sah zu Wiggins. »Erzähl du mal weiter. Du bist doch näher an den Ermittlungen dran.«

Den kurzen, ungläubigen Blick, den Wiggins Kroll zuwarf, hatte Frau Kohl hoffentlich nicht zur Kenntnis genommen. »Ich möchte gleich zum Thema kommen. Wir erzählen Ihnen jetzt von unserem Ermittlungsstand, verbunden mit der Bitte, die Informationen, die wir Ihnen jetzt geben, streng vertraulich zu behandeln.«

Das gibt der Sache mehr Seriosität, dachte Wiggins, obwohl er jede Wette eingegangen wäre, dass es sicherlich keinen unpassenderen Ort gab, um Geheimnisse preiszugeben, als das Wohnzimmer von Frau Kohl. Er gab sich große Mühe, die Parallelen zwischen der Harras-Sage und den jüngsten Ereignissen im Chor möglichst dramatisch und authentisch darzustellen. Es schien ihm zu gelingen. Frau Kohl hörte gebannt zu und unterbrach ihn nicht. Als er von der letzten Aufgabe des Teufels erzählt hatte, machte er eine taktische Pause und wartete darauf, dass Elisa Kohl die auf der Hand liegenden Schlüsse selbst ziehen würde.

Tat sie aber nicht. »Und was hat das jetzt alles mit unserem Franz zu tun?«

Kroll beschloss zu übernehmen. »Es ist so, Frau Kohl. Die Kinder im Thomanerchor machen ja sehr viel Sport, vor allem Fußball.«

»Unser Franz ist Torwart der zweiten Mannschaft«, warf sie nicht ohne Stolz ein.

»Das ist es ja gerade«, war Kroll dankbar für die Vorlage. »Die meisten Thomaner sind wegen der vielen Bewegung sehr schlank, und wenn es um das Abnehmen in der Harras-Sage geht, dann müssen wir uns natürlich zuerst um die kümmern, die, sagen wir mal, ein wenig mehr auf den Rippen haben.«

Frau Kohl hatte verstanden. Sie überlegte einen Moment. »Da haben Sie natürlich recht. So ein paar Pfündchen weniger würden unserem Franz sicherlich ganz guttun. Aber als Torwart, da muss man halt zwischen den Pfosten stehen.«

Kroll und Wiggins nickten verständnisvoll.

»Wir hatten Ihnen ja bereits gesagt, dass wir die Angelegenheit sehr ernst nehmen«, fuhr Wiggins fort. »Ab sofort wird ein Polizeibeamter vor Ihrem Haus stehen, falls etwas Außergewöhnliches passiert. Sie mögen die Maßnahme vielleicht für ein wenig übertrieben halten, aber wir wollen einfach auf Nummer sicher gehen. Wenn Ihr Sohn das Haus verlässt, muss er bitte dem Kollegen vor dem Haus Bescheid geben. Er wird ihn begleiten. Natürlich ist der Kollege für Sie auch jederzeit telefonisch erreichbar. Ich gebe Ihnen gleich die Nummer unserer Bereitschaft, die auf das Handy des diensthabenden Beamten umleitet. Bitte kooperieren Sie jetzt mit uns. Es wird nur ein paar Tage dauern, aber wir müssen jedes Risiko im Keim ersticken.«

Elisa Kohl sah sie einen kurzen Moment überrascht an. Dann nickte sie zustimmend.

»Und jetzt das Allerwichtigste«, ermahnte Kroll die Frau. »Wenn in den nächsten Tagen etwas Ungewöhnliches passiert, vor allem, wenn Ihr Sohn von irgendjemandem angesprochen wird, müssen Sie uns sofort informieren.« Er drückte ihr seine Karte in die Hand. »Sie können mich Tag und Nacht anrufen. Tag und Nacht. Das ist wörtlich gemeint.«

Frau Kohl hatte den Ernst der Lage begriffen. »Das mache ich natürlich.« Sie räusperte sich. »Vielen Dank«, sagte sie mit gedämpfter Stimme.

»Und jetzt würden wir gern noch mit Ihrem Sohn sprechen.«

»Franz ist in seinem Zimmer. Ich gehe mal vor.«

Kroll und Wiggins statteten noch den Familien von Balu und Sumo einen Besuch ab und baten sie gleichfalls, achtsam und kooperativ zu sein.

DONNERSTAGABEND

Kroll freute sich, dass er seit Langem mal wieder die Gelegenheit hatte, am Taekwondo-Training teilzunehmen. Obwohl Kroll nicht besonders eitel war, hatte er doch heimlich zwei Sorgen. Nämlich, dass sein Fett mehr und sein schön proportioniertes Muskelkorsett weniger werden könnten. Der Kampfsport war seine große Leidenschaft, er hatte einen schwarzen Gürtel in Karate, Judo und Taekwondo. Nach seinem Dienst in der Armee hatte Kroll sogar ein paar Semester Sport studiert, musste dann aber mit Schrecken feststellen, dass das Studium viel mehr theoretischen Unterricht beinhaltete, als er sich das vorgestellt hatte. Er wechselte dann auf die Polizeischule, eine Entscheidung, die er trotz unregelmäßiger Arbeitszeit und wenig Freizeit nie bereut hatte.

Nach dem Duschen zog er sich Jeans, Oberhemd und Turnschuhe an. Die Sportklamotten stopfte er bewusst in die große, weiße Sporttasche mit der Aufschrift seines Vereins ›Taekwondo Yom Chi‹. Eine Flasche Rotwein, nicht ganz passend für den angekündigten Fisch, aber wenigstens zur noch kühlen Jahreszeit, hatte er in seinem Auto deponiert.

Er parkte sein Auto in der Funkenburgstraße direkt hinter dem roten Golf. Er tat so, als würde er den Mann auf dem Fahrersitz nicht zur Kenntnis nehmen, ging aber bewusst so, dass Anjas ehemaliger Freund sowohl die

Weinflasche als auch die Kampfsporttasche nicht übersehen konnte.

Kurz bevor er die Haustür erreicht hatte, hörte er eine Stimme hinter sich. Kroll blieb abrupt stehen und drehte sich um.

»Wohin willst du?«

Der Fahrer des Golfs war ausgestiegen und stand unmittelbar vor Kroll. Er war einen halben Kopf größer als der Polizist und von kräftiger Statur. Sein Blick war stechend, er war bemüht, sich unter Kontrolle zu halten.

»Ich glaube nicht, dass Sie das etwas angeht«, antwortete Kroll ruhig.

Anjas ehemaliger Freund überlegte nicht lange. »Verschwinde von hier und lass vor allem Anja in Ruhe. Sonst kriegst du Ärger und das nicht zu knapp!«

Kroll stellte vorsorglich die Weinflasche und die Sporttasche auf den Gehweg. Er wollte die Hände frei haben, für alle Fälle. »Ich glaube, Anja ist alt genug, um allein zu entscheiden, mit wem sie sich trifft. Aber wenn ich sie richtig verstanden habe, legt sie zurzeit keinen gesteigerten Wert auf Ihre Gesellschaft. Ich schlage vor, Sie setzen sich jetzt wieder in Ihr Auto und fahren nach Hause.«

»Du hast es ja nicht anders gewollt.«

Kroll war ein geübter Kampfsportler. Es war kein Problem, der heranfliegenden Faust auszuweichen.

»Sie sollten sich gut überlegen, mit wem Sie sich prügeln. Das könnte sonst vielleicht wehtun. Und das täte mir wirklich leid.«

Krolls Gegenüber sah auf die Sporttasche und lachte abfällig. »Glaubst du etwa, mit diesem Karatescheiß kannst du mich beeindrucken?«

Kroll blieb immer noch ruhig. »Ich will hier niemanden beeindrucken. Ich wollte Ihnen nur sagen, dass es für Sie besser wäre, wenn Sie von weiteren Handgreiflichkeiten absehen.«

Krolls Warnung beeindruckte seinen Gegner nicht. Wieder kam eine Faust auf ihn zu. Diesmal blockte Kroll den Schlag mit dem linken Unterarm ab und griff blitzschnell mit seiner rechten Hand nach dem Handgelenk des Angreifers. Hebel waren schon immer seine große Stärke gewesen. Er bog die Hand zuerst bis zum Anschlag nach hinten und dann langsam nach rechts. Sein Gegner machte ein schmerzverzerrtes Gesicht. Kroll erhöhte den Druck. Anjas ehemaligem Freund blieb nichts anderes übrig, als auf die Knie zu sinken. Er musste dem Druck ausweichen.

Kroll beugte sich über ihn und flüsterte ihm ins Ohr: »Wenn ich die Hand noch einen Zentimeter weiter nach rechts drehe, bricht das Handgelenk.«

Sein Widersacher biss so heftig die Zähne zusammen, dass Kroll ein deutliches Knirschen hörte. Kroll erhöhte den Druck noch ein wenig. Ein lauter Schrei war zu hören.

Kroll beugte sich wieder über ihn. »Wenn Anja mir noch einmal erzählt, dass du in ihrer Nähe bist, komm ich persönlich vorbei und breche dir alle Knochen, hast du mich verstanden?«

Als Kroll ein kurzes Nicken sah, ließ er die Hand los. Sein Gegner rieb sich das schmerzende Handgelenk.

Der Polizist nahm die Weinflasche und seine Sporttasche und ging ins Treppenhaus. Hoffentlich zeigt der mich nicht auch noch an, dachte er. Noch ein Verfahren wegen Körperverletzung würde sicherlich eine Menge Ärger bedeuten.

Anja empfing ihn mit einem Kuss auf die Wange und einer Umarmung, die deutlich länger war als das übliche Drücken zur Begrüßung. Sie lächelte Kroll freudestrahlend an. »Heute noch keine SMS. Du kannst dir gar nicht vorstellen, wie erleichtert ich bin. Das ist so eine Befreiung. Und alles habe ich nur dir zu verdanken. Ich glaube, das kann ich nie wiedergutmachen.«

Kroll fiel spontan ein, wie Anja das wiedergutmachen könnte, aber natürlich äußerte er seine Gedanken nicht laut.

Er ging zum Fenster und sah auf die Straße. Der rote Golf war verschwunden. Anja schien sich tatsächlich für die richtige Vorgehensweise entschieden zu haben. Er drehte sich um und rümpfte die Nase. »Lachs, wenn mich mein feines Näschen nicht täuscht.«

»Mit Zitronenrisotto«, bestätigte Anja nicht ohne Stolz. »Den Tipp habe ich von Kati bekommen. Aber freu dich nicht zu früh. Ich bin sicherlich alles andere als eine perfekte Köchin.«

Sie lächelte. »Eigentlich hasse ich das Kochen sogar, aber irgendwie musste ich dich ja heute in meine Wohnung lotsen.«

»Da fühle ich mich ja richtig geehrt, dass du sogar Dinge tust, die du nicht magst, nur damit ich zu dir komme.«

»Kannst du auch!«, sagte Anja und verschwand in der Küche.

Paul und Georg fuhren mit ihren Fahrrädern zum Fitnessstudio in der Fußgängerzone der Innenstadt. Sie wussten, dass ihr Freund jeden Donnerstagabend dort Sport trieb. Als sie ankamen, war es halb zehn.

Georg untersuchte die Fahrräder, die vor dem Gebäude standen. »Wir haben Glück, er ist noch hier.«

»Sollen wir nicht einfach reingehen und mit ihm reden?«, fragte Paul.

»Das können wir machen. Da vorn können wir die Räder zusammenschließen.«

Sie befestigten ihre Fahrräder an einem Laternenpfahl. Paul sah sich noch mal um, bevor sie ins Studio hochgingen. Er traute seinen Augen nicht, als er die Person sah, die offensichtlich auf sie zukam. Heftig klopfte er Georg auf die Schulter. »Das gibt's doch nicht! Guck mal, wer da kommt!«

Georg sah in die Richtung, in die Paul gezeigt hatte. »Ach, du Scheiße! Bloß weg hier! Wir können da jetzt nicht hochgehen.«

Sie hatten keine Zeit mehr, die Fahrräder wieder aufzuschließen. Schnell rannten sie um die Ecke und versteckten sich hinter dem Haus.

Den Lachs hatte Anja, trotz ihrer fehlenden Routine in der Küche, sehr gut hinbekommen, zumindest hatte er

Kroll ganz vorzüglich geschmeckt. Er schwenkte den restlichen Rotwein in seinem Glas. Die drei Kerzen, die Anja auf den Tisch gestellt hatte, gaben dem Wein eine warme Farbe. »Vielen Dank. Das war wirklich super. Ich denke, du solltest öfter mal kochen.«

Anja lächelte. »Ich habe zu danken, Kroll. Das war wirklich total lieb von dir, dass du dich auf dieses Spielchen eingelassen hast. Du musst mich ja wirklich für bescheuert halten.«

»Alles, was hilft, ist doch okay.« Kroll stand auf und ging mit seinem Weinglas zu dem großen Fenster des Gründerzeithauses. Die Luft war rein. Der rote Golf war noch immer verschwunden. »Sieht tatsächlich so aus, als wäre unsere kleine Mission erfolgreich gewesen. Dein Ex scheint es jetzt wirklich gefressen zu haben.«

Anja stellte sich neben ihn und hob ihr Glas zum Anstoßen. Der helle Klang schien das ganze Zimmer auszufüllen. Ihre Stimme klang traurig. »Heißt das etwa, dass du jetzt nicht mehr wiederkommst?«

Kroll sah wieder auf die Straße und suchte dann Anjas Augen. »Wenn ich mir das so recht überlege, Stalker sind meist sehr hartnäckig. Wenn der erst merkt, dass ich nicht mehr wiederkomme, dann legt er wieder los. Wir dürfen jetzt nicht so schnell alles umschmeißen.«

»Da hast du völlig recht«, stimmte Anja nickend zu. »Und wenn ich mal ganz ehrlich sein darf«, sie errötete leicht, »so schlecht finde ich unser Spielchen gar nicht. Macht doch eigentlich Spaß, oder?«

»Dann wird es jetzt aber Zeit für Stufe zwei.«

»Stufe zwei?«, wiederholte Anja neugierig.

»Jetzt glaub doch mal einem erfahrenen Polizisten. Was soll denn dieser Typ denken, wenn er uns immer nur Händchen halten sieht? Irgendwann fliegt doch der Schwindel auf.«

Anja gab vor, ernsthaft zu grübeln. »Meinst du etwa, er könnte uns jetzt, gerade in diesem Moment, beobachten?«

»Das ist nicht auszuschließen. Wir sollten jedem Risiko von Anfang an aus dem Weg gehen.«

Anja stellte ihr Weinglas auf die Fensterbank. Langsam legte sie ihre Arme um Krolls Hals. Ihr Kopf näherte sich seinem, sie stellte sich auf die Zehenspitzen, um seinen Mund zu erreichen. Es war ein langer Kuss. »Meinst du, das war jetzt überzeugend?«

Kroll schüttelte den Kopf und legte seine Arme um sie. Der nächste Kuss schien nicht enden zu wollen.

»Bleib bei mir, Kroll. Ich fühle mich so gut, wenn du da bist«, flüsterte sie in sein Ohr. Sie nahm seine Hand und führte ihn zum Sofa. »So schnell hat es bei mir noch nie gekracht.«

Anja legte sich aufs Sofa und zog Kroll zu sich. Er streichelte ihre Haare. Der Rufton seines Handys meldete sich im denkbar ungünstigsten Moment. »Lass doch einfach klingeln«, flüsterte Anja, während ihre Lippen seinen Mund suchten. Kroll zögerte einen kurzen Moment, ließ sich aber schnell von Anjas Zärtlichkeiten überzeugen. Man würde doch wenigstens am Abend mal für zehn Minuten nicht erreichbar sein dürfen. Das

Handy meldete sich hartnäckig weiter, bis der Anrufer aufgab.

Nach einer halben Stunde nervte Krolls Handy erneut. Er verdrehte die Augen und sah Anja entschuldigend an. Dann drückte er auf die grüne Taste.

»Guten Abend, Herr Kommissar. Hier ist Pfarrer Brecht. Ich hoffe, ich störe Sie nicht zu so später Stunde.«

»Ich bin immer im Dienst«, beruhigte ihn Kroll und sah Anja verständnisheischend an.

»Es ist nur, weil … Also, Dr. Callidus war irgendwie unruhig und hat mich noch mal angerufen, wegen der Sache mit dem Abnehmen. Er meinte dann, es wäre besser, wenn ich gleich direkt mit Ihnen rede.«

»Ich stelle das Handy mal laut«, sagte Kroll. »Ich sitze hier gerade mit einem Kollegen.«

»Hallo, Herr Wiggins«, sagte der Pfarrer. »Also, es ist so. Die christliche Kirche hat die Geburt von Jesus Christus in die Nacht vom 24. auf den 25. Dezember gelegt. Das ist die längste Nacht des Jahres und natürlich dann auch der kürzeste Tag. Bei Johannes dem Täufer hat man das umgekehrt gemacht. Seinen Geburtstag, den Johannistag, feiern wir am 24. Juni, also dem Tag der Sonnenwende. Das ist der längste Tag des Jahres und natürlich dann auch die kürzeste Nacht.«

»Verstehe«, sagte Kroll. »Aber was hat das jetzt mit Abnehmen zu tun?«

»Das ist es ja gerade. Die Geburt von Johannes dem Täufer ist am längsten Tag des Jahres. Von da an nehmen die Tage ab.«

Kroll ahnte nichts Gutes. Die Bestätigung folgte prompt. »Das Johannes-Evangelium, also ich meine jetzt den Apostel, sagt uns, dass Johannes der Täufer, nachdem er Jesus und seine Jünger im Jordan getauft hat, Folgendes gesagt hat: ›Er muss wachsen, ich aber muss abnehmen.‹«

Kroll fühlte sich, als hätte ihn gerade ein Blitzschlag getroffen. »Vielen Dank, Herr Pfarrer. Sie haben uns sehr geholfen.«

Er beendete das Gespräch, bevor der Pfarrer noch etwas sagen konnte.

»Wir sind so bescheuert! Das gibt es doch nicht. Warum haben wir das nicht abgeklärt?«

Er rieb sich genervt die Augen und wählte die Nummer von Dr. Callidus. »Hallo, Herr Doktor Callidus, Kroll hier. Wie viele Sänger haben Sie, die Johannes heißen?«

»Nur einen, den Johannes Weiding.«

»Ich brauche ganz schnell seine Adresse.«

Der Alumnatsleiter wollte nachfragen, aber Kroll ließ ihn nicht zu Wort kommen.

»Bitte, Herr Doktor Callidus! Wir haben jetzt keine Zeit. Geben Sie mir die Adresse!«

Callidus war hörbar irritiert. »Einen Moment …, ich bin noch im Büro.«

Kroll hörte, wie er in einer Akte blätterte. »Johannes wohnt in der Fichtestraße 12.«

Kroll notierte sich die Adresse auf einer Zeitung. »Danke, Herr Callidus. Ich melde mich später.« Dann legte er auf.

»Ist was passiert?«, fragte Anja aufgeregt.

»Große Scheiße!«, fluchte Kroll und wählte die Nummer von Staatsanwalt Reis. »Hallo, Herr Reis. Wir haben neue Erkenntnisse. Vermutlich ist der Thomaner Johannes Weiding in großer Gefahr. Schicken Sie bitte sofort eine Streife dort hin. Seine Adresse ist …«

»Ich habe gerade auch schon versucht, dich zu erreichen«, unterbrach ihn der Staatsanwalt. »Die Eltern haben vor einer Viertelstunde aufgeregt die Polizei angerufen. Johannes ist noch nicht nach Hause gekommen. Wiggins ist bereits auf dem Weg zu ihnen.«

»Wo war er zuletzt?«

Der Staatsanwalt redete wie immer in einem ruhigen und sachlichen Ton. »Er wollte, wie jeden Donnerstagabend, ins Fitnessstudio. Er geht da immer gegen acht Uhr hin.«

»Welches Fitnessstudio?«

»›Fit and Form‹, das ist in der Innenstadt.«

»Ich kenne das Studio«, beeilte sich Kroll zu sagen. »Ich fahre da sofort hin. Geben Sie die Fahndung raus!«

»Meinst du, es ist wirklich so dringend, ich meine, der Junge ist 14 Jahre alt. Da kann es doch schon mal vorkommen, dass …«

»Geben Sie bitte die Fahndung raus!«, blieb Kroll beharrlich. »Den Rest erkläre ich Ihnen später. Wiggins soll das übliche Programm abspulen. Freunde, Mädchen und, und, und.«

»Alles klar«, stimmte der Staatsanwalt zu. »Ich fahre jetzt auch zu den Eltern. Halt mich auf dem Laufenden.«

»Mach ich.«

»Ich muss los«, sagte Kroll zu Anja, als er wieder aufgelegt hatte.

Auch bei Anja war die romantische Stimmung verflogen. »Sag mir bitte, was los ist, Kroll!«

»Johannes Weiding ist verschwunden. Ich muss jetzt sofort ins ›Fit and Form‹! Tut mir leid. Ich melde mich morgen.«

Anja stand von der Couch auf und ordnete ihre Kleider. »Ich komme mit! Johannes gehört zu meinen Schäfchen. Ich kann jetzt hier nicht tatenlos rumsitzen.«

Kroll zögerte einen Moment. »Okay. Vielleicht kannst du uns ja helfen.«

Ricky, der Inhaber des Fitnessstudios, kannte Kroll noch aus gemeinsamen Studentenzeiten. Auch er hatte ein paar Semester Sport studiert, das Studium aber dann doch aufgegeben. Das wäre ihm vermutlich mit jedem Studium so gegangen, weil er ohnehin keine Lust zum Studieren hatte. Er wollte lieber arbeiten und hatte nur kurze Zeit später das ›Fit and Form‹ gegründet.

»Hoher Besuch!«, empfing er Kroll mit einem freundschaftlichen Strahlen. »Willst du um diese Zeit noch trainieren?«

»Ich bin leider dienstlich hier«, kam Kroll ohne Umschweife zum Thema. »War Johannes Weiding heute Abend bei euch?«

Ricky zuckte mit den Schultern. »Keine Ahnung. Ich war heute den ganzen Tag im Büro und habe die Buchhaltung für das fucking Finanzamt gemacht.« Er sah sich um. »Aber die Svea war heute im Einsatz.« Er deutete mit dem Kopf in Richtung einer jungen Frau, die in moderner Sportkleidung neben einem Gerät stand und einen übergewichtigen Mann bei seinen Bemühungen unterstützte.

Kroll kannte Svea. Er tippte ihr leicht auf die Schulter. Sie drehte sich um und begrüßte Kroll mit einem Kuss auf die Wange. »Schön, dass du mal wieder reinschaust.« Sie kniff ihn in die Hüfte. »Hast du etwa ein kleines Fettpölsterchen entdeckt?«

»War Johannes Weiding heute Abend hier?«

Svea war ein wenig irritiert, als Kroll nicht auf ihre kleine Frotzelei einging. Sie erkannte aber, dass ihm nicht nach Small Talk zumute war. »Ja, klar, der war heute Abend hier.« Sie überlegte einen Moment. »Er ist so gegen neun gegangen.«

»Bist du dir da ganz sicher?«, hakte Kroll nach.

»Ja, ganz sicher. Eine Kollegin hatte um neun Feierabend und ist kurz vor Johannes raus.«

»Hat er gesagt, wo er hingeht?«

Svea schüttelte den Kopf. »Der macht seine Übungen immer allein. Johannes braucht kein Personal Training mehr. Ich habe ihm nur ein paar Mal zugelächelt. Er machte mir eigentlich einen ganz lockeren Eindruck.«

»Wie meinst du das?«

Svea sah ihn verständnislos an. »War halt so ein Gefühl. Er war nicht so verbissen an den Geräten. Aber vielleicht täusche ich mich auch. Möglicherweise hat das alles gar nichts zu bedeuten.« Plötzlich schien Svea einzufallen, dass Kroll bei der Mordkommission war. »Oh Gott! Ist was passiert?«

»Hast du gesehen, ob er noch jemanden getroffen hat oder ob er abgeholt wurde?«

Svea zuckte mit den Schultern. »Ich sehe die Kunden ja nicht mehr, wenn sie unter die Dusche gehen, bin ja immer hier bei den Geräten.«

»Wer könnte uns denn da weiterhelfen?«

»Keine Ahnung.« Sie sah auf die Uhr. »Aber alle, die mit Johannes in der Kabine waren, sind jetzt bestimmt schon weg.«

Als Kroll wieder draußen war, sah er sich auf dem Platz vor dem Fitnessstudio um. »Johannes war mit dem Fahrrad hier«, überlegte er laut. »Hier steht aber kein Fahrrad mehr. Also ist er selbst weggefahren, aber wohin?«

»Wenn er selbst weggefahren ist, wurde er also nicht entführt?«, fragte Anja in einem flehenden Ton. »Dann ist ihm doch auch nichts passiert, oder?«

»Zumindest nicht hier.«

Er sah sie an. »Komm, wir fahren zu Johannes' Eltern. Vielleicht gibt es ja irgendwelche Neuigkeiten.«

Kroll wusste natürlich, dass es keine neuen Nachrichten geben konnte. Dann hätte man ihn längst informiert.

Sie mussten nicht klingeln. Der Türöffner summte, als sie auf das Haus in der Fichtestraße zugingen. Kroll vermutete, dass Wiggins sie gesehen hatte. Frau Weiding führte sie ins Wohnzimmer. Sie war schlicht gekleidet. Eine graue Cordhose, die an ihrem hageren Körper keine Konturen zeigte, und ein rosafarbener Pullover mit V-Ausschnitt aus Textilfaser. Ihre glatten schwarzen Haare, die unmotiviert wie Spaghettifäden herabhingen, machten einen fettigen Eindruck, was mit Sicherheit täuschte. Sie hatte sich einfach nicht um ihre Haare gekümmert. Sie sah Kroll mit roten Augen, unter denen sich schwarze Schatten zeigten, an. »Haben Sie was von Johannes gehört?«

Sie wartete die Antwort nicht ab und fiel Anja in die Arme. »Wir machen uns so große Sorgen!«

Johannes' Vater stand am Fenster und starrte auf die Straße. Neben ihm stand Wiggins und sah gleichfalls hinaus. Staatsanwalt Reis saß auf dem Sofa und beendete ein Telefongespräch, als er Kroll und Anja sah. »Bei der Bereitschaft gibt's leider nichts Neues. Was hast du erfahren?«

»Wir kommen gerade aus dem Fitnessstudio. Johannes hat gegen 21 Uhr das Studio verlassen. Mehr Infos haben wir leider nicht. Die Kollegen befragen gerade die Anwohner. Sein Fahrrad ist nicht mehr vor dem Studio. Wir können also davon ausgehen, dass er selbst weggefahren ist. Ich glaube nicht, dass jemand mitten in der Fußgängerzone ein Fahrrad ins Auto packt.«

Kroll legte eine Denkpause ein. »Aber wohin?«, überlegte er laut.

Johannes' Vater, der sich inzwischen zusammengekauert auf dem Sofa niedergelassen hatte, sprang wie vom Blitz getroffen auf.

»Können Sie denn gar nichts tun?«, schrie er hilflos.

»Wir haben eine Fahndung rausgegeben«, versuchte ihn der Staatsanwalt zu beruhigen. »Unsere besten Leute sind im Einsatz. Wir tun wirklich alles, was möglich ist.«

»Die Befragung der Freunde hat wohl nichts ergeben?«, vergewisserte sich Kroll.

Wiggins drehte sich um und lehnte sich an die Fensterbank. »Bislang nicht. Die telefonischen Befragungen waren negativ. Diejenigen, die wir am Telefon nicht erreichen konnten, werden gerade von den Kollegen abgeklappert.«

Frau Weiding ging auf Kroll zu. »Aber wir können hier doch nicht nur einfach rumstehen und warten.«

»Wer sind Johannes' beste Freunde im Chor?«, fragte Kroll unvermittelt.

»Paul und Georg«, antworteten die Eltern zugleich.

»Ich fahre zu den Jungs, vielleicht haben die ja eine Idee.« Kroll versuchte, sich seine Vermutung nicht anmerken zu lassen, dass Johannes möglicherweise Geheimnisse vor seinen Eltern hatte, die er mit seinen Kumpels teilte.

Das Handy des Staatsanwaltes klingelte. »Okay ... Beschreibung ... sofort die Hundestaffel hinschicken ... konzentriert euch auf den Fundort ... Hubschrauber mit Wärmebildkamera ... das volle Programm ... und halt die Leitung frei. Ich will über alles informiert werden!«

Johannes' Mutter stürmte auf den Staatsanwalt zu. »Was ist passiert? Was haben sie gefunden?«

Reis sah Kroll einen Moment an. Kroll kannte den Blick: Große Scheiße, wie sollen wir jetzt mit der Situation umgehen?

Er sammelte sich. Seine Sorge ließ sich nun nicht mehr überspielen. »Sie haben eine Sporttasche und Bekleidung gefunden. Die Beschreibung passt auf Johannes' Sachen.«

Frau Weiding sackten die Knie weg. Wiggins reagierte schnell und konnte sie mit einer Blitzaktion aufs Sofa hieven. Johannes' Vater sprang auf und rannte zu ihr. Er zitterte am ganzen Körper. »Es wird alles gut ..., es ... bestimmt wird alles gut«, stammelte er monoton.

Staatsanwalt Reis griff nach seinem Handy. »Ich hole einen Arzt.«

»Einen Moment noch«, unterbrach ihn Kroll. »Wo haben sie Johannes' Sachen gefunden?«

»An der Aral-Tankstelle Marschnerstraße, in der Nähe der Einfahrt.«

»Ich fahre dahin.«

Die Marschnerstraße war im Bereich der Tankstelle großzügig abgesperrt. Kroll stellte den Dienstwagen vor dem Flatterband mit der Aufschrift ›Polizeiabsperrung‹ in der Käthe-Kollwitz-Straße ab und ging mit Anja zu Fuß zur Fundstelle. Die Marschnerstraße wurde mit großen Scheinwerfern ausgeleuchtet. Eine Hundestaffel suchte jeden Quadratmillimeter der näheren Umgebung ab, getrieben von der Hoffnung, eine brauchbare Spur zu finden, und begleitet von der Angst, die Leiche eines Kindes zu entdecken.

Kroll fand die Stelle, an der die Tasche und die Kleidungsstücke lagen, sofort. Ein Beamter der Spurensicherung in einem weißen Overall untersuchte die Fundstücke, während ein uniformierter Beamter im respektvollen Abstand die Prozedur beobachtete. Die Arme hatte er vor der Brust verschränkt.

Kroll begrüßte ihn, indem er ihm auf die Schulter schlug. »Hallo, Holger. Was habt ihr rausgefunden?«

Der uniformierte Beamte zeichnete mit ausgestrecktem Arm einen Halbkreis. Seine Stimme klang resigniert. »Herausgefunden?«, er sah Kroll an. »Guck dir doch mal an, wie weit die Klamotten hier verstreut liegen. Die hat einer aus dem fahrenden Auto rausgeworfen, dafür brauche ich keine Spusi. Das erklärt auch, warum die Hunde keine Spur finden. Da können die suchen, bis die schwarz werden, wenn du mich fragst.«

»Ich fürchte, da hast du recht«, murmelte Kroll, während er zum Beamten der Spurensicherung ging. »Habt ihr was Brauchbares für mich?«

Der Mitarbeiter war nicht begeistert, dass Kroll im Spurenfeld stand. Er verkniff sich jedoch eine Bemerkung. »Sieh dich doch mal um, Kroll. Es sind ganz normale Kleidungsstücke. Bislang keine Besonderheiten.«

Kroll atmete einmal durch. »Habt ihr Blut an der Kleidung des Jungen gefunden?«

Sein Kollege schüttelte den Kopf. »Nein, bis jetzt nicht. Ich bin mir auch sicher, dass aus der Richtung nichts mehr kommt. Ich bin mit der Untersuchung der Kleidung fast fertig.«

»Sonst was, Sperma oder andere Flüssigkeiten?«

»Negativ«, war die knappe Antwort. »An den Jeans

sind auffällig viele Grasspuren, die stammen bestimmt nicht von hier. Sieht aus, als hätte der Junge im Gras gesessen.«

Kroll dachte einen Moment nach. »Johannes hat gegen 21 Uhr das Fitnessstudio verlassen. Davor hat er gut eine Stunde trainiert. Kannst du mir sagen, ob die Grasspuren vorher oder nachher an die Hose gekommen sind?«

»Definitiv nachher. Die Halme sind noch richtig saftig und ...«, er griff mit seinen behandschuhten Händen nach den Jeans, »... hier haben wir eine frische und feuchte Stelle im Gesäßbereich mit reichlich Chlorophyll. Die wäre längst trocken, wenn die Durchfeuchtung vor halb acht Uhr eingetreten wäre. Definitiv!«

»Also hat der Junge nach dem Training noch im Gras gesessen«, dachte Kroll laut nach. »Was ist mit der Sporttasche?«

»Ich bin noch nicht so weit.«

»Räum die mal aus!«

»Aber doch nicht hier! Das machen wir im Präsidium unter sterilen Bedingungen.«

Kroll holte sein Handy aus der Hosentasche und zeigte es demonstrativ dem Kollegen. »Brauchst du eine persönliche Anweisung von Staatsanwalt Reis?«

»Du und der Reis«, brummte der Kollege. »Da werden immer alle Vorschriften ausgehebelt und wir können die Scheiße nachher auslöffeln.«

Er ging zu einem kleinen Metallkoffer und holte eine weiße Plane heraus, breitete sie vor sich aus und begann, die Sporttasche auszuräumen: Turnschuhe, Sportsocken, eine zerknüllte Trainingshose, ein nasses T-Shirt, eine Unterhose, ein frisches Handtuch, Duschgel und Shampoo.

»Bist du jetzt zufrieden?«

Kroll gab keine Antwort und ging wieder zu dem uniformierten Kollegen. »Ihr meldet euch ja, wenn ihr etwas findet.«

»Ist doch klar, Kroll.«

»Was machen wir jetzt?«, fragte Anja, als sie wieder im Auto saßen.

Kroll startete den Motor. »Wir fahren zu Paul Holzhund. Georg und er sind Johannes' beste Freunde«, er lächelte bitter. »Polizeiarbeit ist manchmal sehr, sehr mühsam.«

Er zögerte, bevor er losfuhr. »Ich werde das dumme Gefühl nicht los, dass ich etwas übersehen habe. Wenn ich nur wüsste, was.«

Kroll und Anja sprachen kein Wort, während er durch die Straßen Leipzigs fuhr. Sie waren beide in ihre eigenen Überlegungen versunken.

Ein Signal aus der Freisprechanlage riss sie aus ihren Gedanken.

»Reis hier. Wir haben eine weitere Vermisstenmeldung. Eine gewisse Silke Merkel ist heute nicht nach Hause gekommen. Sie sollte eigentlich spätestens um zehn daheim sein, ist aber nicht aufgetaucht. Die Eltern haben schon alle Freunde angerufen. Wir bleiben natürlich an der Sache dran.«

»Haben wir eine Beziehung zu Johannes?«

»Nicht direkt. Aber Silke ist die Freundin eines Thomaners, Ludwig Fleischer ist sein Name.«

»Okay, Chef. Halten Sie mich auf dem Laufenden.«

»Natürlich. Seid ihr weitergekommen?«

»Nicht wirklich. Die Kleidungsstücke wurden wohl aus einem fahrenden Auto rausgeworfen. Das macht die Sache natürlich nicht einfacher, die Hunde finden beim besten Willen keine Spur.«

»Wie auch ... Ich fahre jetzt ins Präsidium. Frau Weiding liegt im Elisabeth-Krankenhaus. Ihr Kreislauf ist nicht mehr stabil geworden. Ihr Mann ist bei ihr. Aber der ist in seinem Zustand natürlich auch keine große Unterstützung.«

Kroll rieb sich die Augen. »Ich fürchte, wir müssen jetzt auf das berühmte Wunder hoffen.«

»Sieht so aus. Aber auf der anderen Seite ist es das erste Mal, dass mir eine Vermisstenmeldung Hoffnung macht.«

Kroll schaute Anja kurz an, bevor er wieder auf die Straße sah. »Wie meinen Sie das?«

»Na ja ... War nur so eine Idee. Ich meine, vielleicht ist es ja kein Zufall, dass die beiden gleichzeitig verschwunden sind. Kann doch sein, dass die in irgendeinem Keller sitzen und schmusen.«

»Alles klar, Chef! Bis später.«

Anja sah Kroll ungläubig an. »Und warum liegen seine Klamotten dann in der Marschnerstraße?«

»Die Hoffnung stirbt zuletzt. Kennst du Silke Merkel?«

»Nicht gut. Sie ist eigentlich ein ganz liebes Mädchen. Sie geht auch auf die Thomasschule, ist bei Ludwig, Paul, Georg und Johannes in der Klasse.«

Sie sah aus dem Fenster. »Ich hoffe, es kommen nicht noch mehr schlechte Nachrichten.«

Kroll riss das Steuer nach rechts und hielt abrupt auf dem Gehweg an. Er schlug mit beiden Händen auf das Lenkrad. »Jetzt weiß ich, was mich die ganze Zeit irritiert hat. Wofür braucht man ein Handtuch?«

Anja verstand die Frage nicht.

»Alle Sachen in Johannes' Sporttasche waren völlig zerknüllt. Nur das Handtuch war fein säuberlich zusammengefaltet, also unbenutzt. Johannes hatte Duschgel und Shampoo dabei. Er hatte also ursprünglich vor, nach dem Training zu duschen. Er hat es aber nicht getan. Und ich frage mich jetzt, warum.«

Anja war starr vor Aufregung. Sie versuchte, einen klaren Gedanken zu fassen. »Irgendetwas muss ihn davon abgehalten haben.«

Kroll öffnete die Autotür, um frische Luft hereinzulassen. »Das kann auch Routine sein, dass er immer ein Handtuch mitnimmt. Das Duschgel war vielleicht ständig in der Tasche. Aber wir kommen auch dann zu dem gleichen Ergebnis. Er hat regelmäßig nach dem Sport geduscht, nur heute nicht!«

Anja massierte sich die Stirn. »Lass mich mal in Ruhe überlegen.« Sie stieg aus und ging vor dem Auto auf und ab.

Das Tuten der Freisprechanlage riss Kroll aus seinen

Überlegungen. »Hallo, Kroll, hier ist Holger. Wir haben noch etwas entdeckt, was vielleicht für euch von Interesse ist. Johannes' Hemd hat im Brustbereich einen circa vier Zentimeter langen Riss.«

»Hat der Kollege von der Spusi eine Erklärung?«

»Na ja, du kennst den doch. Der sagt immer, wir müssen die Laboruntersuchungen abwarten, aber er meinte, von der Lage des Risses her wäre es gut möglich, dass er über einen Zaun geklettert und dabei irgendwie hängengeblieben ist.«

»Danke, Holger. Halt mich auf dem Laufenden.«

Kroll öffnete die Beifahrertür. Anja lief sofort zurück zum Auto und setzte sich auf den Beifahrersitz.

»An Johannes' Hemd ist ein kleiner Riss. Die Spusi meint, Johannes müsse über einen Zaun geklettert sein. Fällt dir dazu was ein?«

Anja schlug sich auf die Stirn. »Bin ich bescheuert! Natürlich! Das Schreberbad. Das ist doch keine 300 Meter von der Tankstelle entfernt. Die haben da ein beheiztes Außenbecken. Ich weiß, dass einige Thomaner manchmal nachts über den Zaun klettern, um sich dort zu amüsieren. Das ist so eine Art geheimer Treffpunkt. Warum ist mir das nicht früher eingefallen?«

»Johannes hat nicht geduscht, weil er noch schwimmen gehen wollte«, überlegte Kroll laut.

Er ließ den Motor an und wendete mit quietschenden Reifen. Dann wählte er die abgespeicherte Nummer. »Herr Reis, wir sind uns ziemlich sicher, dass Johannes im Schreberbad war. Schicken Sie bitte umgehend einen Suchtrupp dahin. Hundestaffel, Hubschrauber, das volle Programm. Ich fahre da jetzt auch hin.«

Der Staatsanwalt war Profi genug, um nicht durch Nachfragen kostbare Zeit zu verlieren. Zudem konnte er seinem Kommissar blind vertrauen. »Mach ich, Kroll. Ich komme auch!«

Als sie am Schreberbad ankamen, war die Hundestaffel schon da. Der Weg von der Marschnerstraße war nicht weit. Die uniformierten Beamten hatten mit einer Spezialschere im Nu den Metallzaun durchtrennt. Kroll wartete, bis die Hundeführer durchgegangen waren, und folgte ihnen. Sie verteilten sich auf der großen Wiese und liefen ihren Hunden nach, die an langen Leinen die Spur suchten, die Nasen immer am Boden.

Toni, Krolls treuer Partner, war der Erste, der eine Fährte aufnahm. In dem für einen Spürhund typischen Zick-Zack-Gang lief er schnurstracks auf das Schwimmbecken zu. Ungefähr fünf Meter vor dem Beckenrand blieb er stehen und bellte. Es dauerte nicht lange, bis sich die anderen Hunde an derselben Stelle eingefunden hatten.

»Er war hier, Kroll«, sagte Holger. »Das ist absolut sicher.«

Kroll nickte. »Können die Hunde die Spur weiterverfolgen?«

»Das dürfte kein Problem sein«, antwortete Tonis Hundeführer, der den Tatendrang des Tieres ohnehin kaum noch bändigen konnte.

Toni führte sie weg vom Pool, über die Wiese, zwischen Bäumen und Sträuchern hindurch zu einem Zaun. Dort blieb er stehen und bellte.

Der Hundeführer zeigte auf eine Stelle am oberen Ende des Maschendrahtzaunes, die eine große Delle aufwies. »Hier haben sie rübergemacht.«

Kroll leuchtete mit seiner Taschenlampe den Zaun ab. »Was ist das denn, da vorn?«

Der Hundeführer, der offensichtlich die Vorsichtsmaßnahmen der Spurensicherung für eine überflüssige Formsache hielt, entfernte mit der bloßen Hand ein schwarzes Stück Stoff vom Zaun und rieb es zwischen Daumen und Zeigefinger. »Irgend so ein Stück Stoff.« Er gab es Kroll. »Könnte von einem Vorhang sein oder so was in der Art.«

Der, der abnimmt, müsse Trauer tragen, dachte Kroll. Er riss dem Hundeführer die Leine aus der Hand. »Geh zu den Kollegen! Die sollen sofort die andere Seite des Zaunes absuchen.«

Der Beamte wollte protestieren, aber Kroll hatte sich schon im Laufschritt mit dem Hund entfernt. Anja folgte ihm. Sie rannten zu der durchtrennten Stelle, wo sie hineingekommen waren, und liefen am Zaun entlang, bis sie wieder dort angekommen waren, wo der Stoff gehangen hatte. Toni nahm sofort die Spur auf. Kroll und Anja folgten dem Hund, wobei sie die nähere Umgebung mit der Taschenlampe absuchten. Nach wenigen Minuten entdeckten sie ein junges Pärchen hinter einem Busch, das zusammengekauert auf dem Boden saß. Der Junge war in ein schwarzes Gewand mit einer Kapuze gekleidet, das Mädchen trug normale Straßenkleidung.

Als Kroll den Lichtkegel der Taschenlampe auf das Gesicht des Jungen richtete, hielt der schützend eine Hand vor seine Augen.

»Johannes?«, fragte Kroll vorsichtig.

Der Junge nickte kaum merklich.

»Weißt du, wie viel Sorgen sich deine Eltern gerade machen?«

Johannes' Stimme war fast unhörbar. Tränen liefen über sein Gesicht. Er zitterte am ganzen Körper. »Das kann ich mir leider denken«, flüsterte er mit kaum hörbarer Stimme.

Der Strahl von Krolls Taschenlampe wanderte kurz zu dem Mädchen. Sie machte einen besorgten, aber gefassten Eindruck. »Ich bin die Silke. Machen Sie sich bitte keine Sorgen. Mir geht es gut«, kam sie Krolls Frage zuvor.

Kroll sah sich im Licht der Taschenlampe den Umhang genauer an. Er erinnerte mit der großen Kapuze an eine Mönchskutte, war jedoch nicht aus diesem dicken, warmen Stoff, aus dem diese Kleidungsstücke in der Regel geschneidert waren, sondern aus einem dünnen, seidigen Material. Kroll überlegte, ob es überhaupt Sinn machte, den Umhang der Spurensicherung zu geben. Viel würden die bestimmt nicht finden, aber einen Versuch war es sicher wert.

Er nahm sein Handy und informierte Staatsanwalt Reis. »Wir haben Johannes und Silke am Schreberbad gefunden. Benachrichtigen Sie die Eltern?«

»Mach ich sofort. Was ist passiert?«

»Das weiß ich auch noch nicht.« Sein Blick wanderte zu den Jugendlichen. »Aber das werden mir die jungen Leute hier bestimmt gleich erzählen.«

»Dann bin ich mal gespannt. Wir treffen uns im Präsidium. Und ... gute Arbeit, Kroll!«

Herbeigeeilte Beamte wollten eine Decke um Johannes legen, aber Kroll hielt sie mit ausgestrecktem Arm davon ab. Wenn überhaupt noch Spuren an dem Umhang zu finden waren, sollten die nicht auch noch unbrauchbar gemacht werden. Er reichte Johannes die Hand und half ihm auf. Gemeinsam gingen sie zu einem VW-Bus, auf dem lautlos ein Blaulicht zuckende Blitze durch die Nacht warf.

Noch bevor Johannes sich setzen konnte, hielt Kroll ihn auf. »Wir müssen den Umhang zur KTU schicken.« Er reichte dem Jungen einen Plastikbeutel. »Steck den bitte hier rein. Decken haben wir ohne Ende. Du musst nicht frieren.«

Johannes tat kommentarlos, was Kroll ihm gesagt hatte. Nachdem er sich in eine der grüngrauen Decken mit der Aufschrift ›POLIZEI SACHSEN‹ gehüllt hatte, hockte er sich neben Silke an den kleinen Tisch des Busses.

Kroll setzte sich zu ihnen. »Wie geht's euch?«

Johannes zitterte immer noch am ganzen Körper. »Es ist so schweinekalt. Ich bin immer noch ganz steif!«

»Jetzt erzählt mir bitte mal, was heute Abend los war.«

Johannes schien sich langsam wieder zu sammeln. Die

Wärme der Decke und des Autos taten ihm gut. »Ich weiß gar nicht, wo ich anfangen soll.«

»Fang im Fitnessstudio an«, schlug Kroll vor.

Johannes schaute Silke kurz an und sah dann etwas beschämt auf den Boden. »Ich habe meine Übungen gemacht, eigentlich wie immer. Als ich in der Umkleidekabine war, ich wollte gerade duschen, da rief mich Silke an.« Er sah wieder kurz zu ihr. »Silke hat mir dann erzählt, dass sie mit Ludwig Schluss gemacht hat. Sie wollte noch mit mir reden und hat mir gesagt, dass sie schon kurz vor dem ›Fit and Form‹ ist. Ich habe dann meine Sachen schnell zusammengepackt und bin nach unten gegangen.«

Silke malte mit dem Finger Kreise auf den kleinen Tisch. »Im Schreberbad gibt es ein beheiztes Becken. Das ist so ein Treffpunkt von unserer Clique. Wir wollten einfach noch ein bisschen schwimmen gehen. Das war meine Idee. Vermutlich keine besonders gute.«

»Wir haben uns ausgezogen und sind dann ins Wasser«, fuhr Johannes fort. »Wir waren eigentlich nur mit uns beschäftigt. Haben an nichts anderes gedacht. Wir waren ja auch ganz allein.« Er drückte Silkes Hand. »Und als wir wieder rausgegangen sind, waren meine Klamotten und meine Tasche weg und da lag nur dieser komische schwarze Umhang.« Er lächelte freudlos. »Mir blieb gar nichts anderes übrig, als den anzuziehen.«

»Meine Sachen waren zum Glück noch da«, beeilte sich Silke einzuwerfen. »Aber ich konnte Johannes leider auch nicht helfen. Ich habe Größe 36. Wir saßen dann am Beckenrand und wussten gar nicht, was wir jetzt machen sollten. Wir haben dann erst mal gewartet. Es war schweinekalt! Zuerst dachte ich, Ludwig hat uns einen blöden Streich gespielt, er kannte den Treffpunkt ja schließlich auch.«

»Aber irgendwann wurde uns klar, dass Ludwig nicht dahintersteckt«, sagte Johannes. »Wir kennen den. Der wäre irgendwann aufgetaucht und hätte sich vermutlich kaputtgelacht oder uns angeschrien oder sonst was …, aber es kam niemand.«

Kroll stützte seinen Kopf auf die zusammengelegten Hände. Er wollte die Jugendlichen nicht unterbrechen.

Johannes' Blick war weiterhin auf den Tisch gerichtet. »Und irgendwann kam dieser Hubschrauber mit den grellen Scheinwerfern. Deshalb haben wir uns in den Büschen versteckt.«

»Aber warum?«, fragte Kroll.

Silke war deutlich selbstbewusster als Johannes. »Es ist ja schließlich nicht erlaubt, sich nachts im Schreberbad aufzuhalten. Wir hatten einfach Schiss.«

Kinder, dachte Kroll. Da startet man eine große Suchaktion, und die Einzigen, die sich verstecken, sind die Gesuchten. »Aber ihr habt doch bestimmt Handys.«

Johannes sah Kroll zum ersten Mal an. »Ich war so aufgeregt nach Silkes Anruf …, mein Handy liegt irgendwo in der Umkleidekabine.«

Silke kramte ihr Handy aus den Jeans und hielt es hoch. »Akku leer!«

»Wer wusste, dass ihr ins Schreberbad geht?«

»Garantiert niemand«, beeilte sich Silke zu versichern. »Das war mehr so eine spontane Idee.«

Kroll rieb sich die Augen. Mit dem Abfallen der Anspannung nahm seine Müdigkeit zu. »Kann es sein, dass euch jemand beobachtet hat?«

»Wir haben nichts bemerkt.«

»Okay. Wir fahren jetzt ins Präsidium. Wir müssen noch ein Protokoll machen und unser Staatsanwalt hat sicher auch noch ein paar Fragen. Eure Eltern wurden natürlich informiert. Sie werden euch bestimmt dann abholen.« Das ›zumindest dein Vater‹ verkniff sich Kroll.

Johannes war plötzlich hellwach. »Wir kriegen jetzt bestimmt 'ne Menge Ärger, oder?«

»Meinst du von euren Eltern oder von der Polizei?«

»Beides.«

»Da müsst ihr jetzt durch. Aber ihr werdet es überleben.«

Die Prozedur im Präsidium brachte keine weiteren Erkenntnisse. Das war auch nicht zu erwarten gewesen, aber so ein Einsatz musste schließlich protokolliert werden. Von Silkes und Johannes' Eltern schien auch kein großes Ungemach zu drohen. Silkes Eltern und Johannes' Vater waren nur erleichtert, ihre Kinder in die Arme schließen zu können. Alles andere war Nebensache.

Auch Kroll, Wiggins und Anja waren trotz der Anstrengungen der letzten Stunden guter Dinge. Sie hatten mit dem Schlimmsten rechnen müssen und waren nur froh, dass sich die scheinbar dramatische Situation als harmlose Teenagerbeziehung entpuppt hatte.

»Ich weiß nicht, wie es euch geht«, sagte Anja, als sie vor dem Präsidium standen. »Aber ich brauche jetzt einen Schnaps!«

Wiggins war froh, dass der Vorschlag von Anja kam. Er war schon auf denselben Gedanken gekommen, zögerte aber noch, weil er das junge Glück nicht stören wollte. »Gehen wir doch in die ›MÜNZBAR‹. Da gibt es Wodka mit O-Saft und O-Saft mit Wodka, jedenfalls steht das so auf der Karte.«

»Ich nehme beides!«, strahlte Anja und hakte sich bei Kroll und Wiggins ein.

Die ›MÜNZBAR‹ war ein Geheimtipp unter Sportlern. Matthias, der Inhaber, war ein ehemaliger Fußballprofi und Trainer, der dem Stress des anstrengenden Sportbetriebes aus dem Weg gegangen war, indem er sich in seine kleine Bar zurückgezogen hatte. Ob er dort nun weniger oder nur anderen Stress hatte, vermochte er allerdings auch nicht zu sagen. Auf jeden Fall war ihm die Abstinenz vom Sport deutlich anzusehen. Zu seinen aktiven Zeiten hatte er rund 20 Kilo weniger auf den Rippen gehabt.

Alles, was im Leipziger Sport Rang und Namen hatte, traf sich dort, um unter Gleichgesinnten zu fachsimpeln. Ehemalige Sportgrößen, inzwischen ein wenig in die Breite gegangen, fanden sich dort ebenso ein wie Aktive, die sich an einem Wasser erfreuten oder auch mal über die Stränge schlugen, wenn sie wussten, dass ihr Trainer nicht in der Nähe war. Zu später Stunde, wenn auf den vielen Monitoren kein Sportprogramm mehr zu sehen war, wurde der Barbetrieb mit dezenter Musik untermalt.

Matthias kannte die Polizisten gut, weil sie schon viele gesellige Abende in der Bar verbracht hatten. Deshalb waren sie überrascht, dass Matthias zuerst Anja mit einer herzlichen Umarmung begrüßte. »Hi, Anja, ich wusste ja gar nicht, dass du jetzt schon Polizeischutz bekommst. Pass bloß auf, die beiden sind nicht gerade Musterknaben.«

»Ich schlage vor, dass du mal ganz schnell hinter deinem Tresen verschwindest und drei Bier bringst«, raunzte Kroll übertrieben ernst.

Matthias fügte sich widerspruchslos und öffnete den Kühlschrank. Die Polizisten tranken hier immer das Bier aus kleinen Flaschen.

»Kannst du mir mal sagen, woher du unseren alten Freund kennst?«, fragte Kroll so laut, dass Matthias es mithören konnte.

Anja nippte an ihrem Bier und sah geheimnisvoll lächelnd zu Matthias herüber, der ihr Lächeln charmant erwiderte. »Wir kennen uns schon lange. Oder glaubst du etwa, ich war noch nie auf einem Fußballplatz?«

»Leipzig ist ein Dorf«, bemerkte Wiggins und hielt den anderen seine Flasche zum Anstoßen entgegen. »Ich stelle das immer wieder fest.«

Während sie erleichtert und ausgelassen plauderten, sah Kroll durch das große Fenster hinaus in die Münzgasse, die von den gelben Straßenlaternen und dem Licht des Vollmondes erleuchtet wurde. Der heftige Regen, der auf die Straße prasselte, sorgte für eine eigenartige Gemütlichkeit. Morgen war Karfreitag. Der Tag, an dem die Christen der Kreuzigung Jesu Christi gedachten. Natürlich ein Feiertag, wenn auch nicht für Kroll und Wiggins. Aber das waren sie schon gewohnt. Bald begannen die Feierlichkeiten zum Osterfest, und zum ersten Mal seit 800 Jahren würden die Thomaner nicht singen. Obwohl Kroll kein regelmäßiger Kirchgänger war, empfand er es als traurig. Er wusste, was dieses Fest und seine würdevolle Feier vielen Leipzigern bedeutete, und auch für den Chor war es mehr als schade.

»Dein Wodka ist gleich verflogen!«, riss ihn Wiggins aus seinen Gedanken.

Kroll hob sein Glas und prostete den anderen zu.

»Ich hab euch noch gar nicht zu euerm tollen Erfolg gratuliert«, sagte Wiggins anerkennend. »War einfach klasse, dass ihr die beiden wieder eingesammelt habt. Also, auf euer Wohl!«

»Ich hab gar nichts gemacht«, wiegelte Kroll ab. »Anja ist auf die Idee mit dem Schreberbad gekommen. Ich bin nur hinter Toni hergelaufen.«

»Ausgerechnet«, protestierte Anja. »Ich bin nur froh, dass ich nicht allzu sehr im Weg rumgestanden habe. Ihr seid ein tolles Team, und ich bin jetzt einfach nur happy, dass die Sache gut ausgegangen ist.«

»Also auf uns!«, schlug Wiggins vor.

KARFREITAGMORGEN

Kroll ging gegen neun Uhr ins Präsidium. In den Fluren und Büros herrschte nicht die übliche rege Betriebsamkeit. Schließlich war an einem Feiertag nur die Notbesetzung anzutreffen und er gehörte wohl dazu.

Wiggins saß an seinem Schreibtisch und blätterte in einer Akte, während neben ihm ein großer Pott Kaffee dampfte und den kargen Raum mit einem angenehmen Aroma füllte. »Ich nehme an, du hast Anja gestern noch sicher nach Hause gebracht«, begrüßte er seinen Kollegen.

»Aber so was von sicher. Da hätte kein böser Verbrecher eine Chance gehabt!«

»Stand dieser Stalker wieder vor der Tür?«

Kroll schüttelte den Kopf. »Ne, ich glaube, das hat sich auch erledigt. Hoffe ich zumindest.«

Er wechselte das Thema. »Gibt es etwas Neues von Max?«

Wiggins schüttelte den Kopf. »Sein Zustand ist unverändert ernst, aber nicht schlimmer geworden. Die Ärzte versuchen verzweifelt, diesen Keim in den Griff zu bekommen, aber bislang haben sie nichts gefunden. Alle warten auf die erlösende Nachricht, dass endlich ein Medikament anschlägt. Keiner weiß, wie lange das noch dauert.«

»Und, was machen wir jetzt?«, fragte Kroll beiläufig, während er sich an der Kaffeemaschine zu schaffen machte.

Wiggins blätterte wieder in der Akte. »Ich glaube, wir haben zwei Anhaltspunkte. Zunächst müssen wir überprüfen, wer alles wusste oder, besser gesagt, wissen konnte, dass sich Johannes mit Silke trifft, und dann müssen wir natürlich im Auge behalten, wie unsere Geschichte mit Ritter Harras weitergeht. Viele Möglichkeiten gibt es da nicht mehr.«

»Gut«, bestätigte Kroll. »Immer der Reihe nach. Fangen wir mal mit Johannes und Silke an.«

Wiggins ließ sich in seinen Bürostuhl zurückfallen und kaute an einem Bleistift. »Wenn mich nicht alles täuscht, hat Johannes die gute Silke seinem Freund Ludwig ausgespannt. Wir können also nicht davon ausgehen, dass sie das vielen Leuten erzählt haben. So etwas hängt man doch nicht an die große Glocke.«

»Ludwig hat vielleicht mit seinem Vater darüber gesprochen«, dachte Kroll laut nach.

»Wir müssen dieser Spur endlich mal nachgehen«, blieb Wiggins beharrlich. »Bei dieser Person stellen sich inzwischen zu viele Fragen. Wir brauchen schließlich mal Antworten.«

Kroll knallte seinen Kaffeepott auf den Schreibtisch und griff nach seiner Jacke. »Schauen wir mal bei Georg vorbei. Der und sein Freund sind doch immer bestens informiert. Die können uns auch erzählen, mit wem Johannes so alles über seine Liebesabenteuer geredet hat.«

Georg saß gemeinsam mit seinen Eltern, seinem kleinen Bruder und Paul Holzhund an dem großen Küchentisch im Haus der Familie Schießer. Paul und Georg schienen, zumindest in diesen Tagen, unzertrennlich zu sein. Kroll und Wiggins wurden freundlich empfangen und gebeten, in die Küche mitzukommen. Sie setzten sich dazu und nahmen das Angebot einer Tasse Kaffee gern an.

Die Polizisten erkundigten sich, ob die Jungen schon erfahren hätten, was mit Johannes und Silke passiert war. Die beiden nickten stumm. Kroll konnte beobachten, dass Georgs Vater dies mit einem milden Lächeln kommentierte, wohingegen Georgs Mutter alles andere als einen entspannten Eindruck machte.

»Und darf man fragen, woher ihr das erfahren habt?«, fragte Wiggins in einem leicht genervten Ton.

Georg tauchte verlegen sein angebissenes Brötchen in den Kaffee. Er suchte kurz Blickkontakt mit seinem Vater und schaute dann beschämt auf seinen Teller. »Wir haben heute schon mit Johannes telefoniert«, gestand er leise. »Und dabei hat er uns alles erzählt.«

»Und warum habt ihr bei Johannes angerufen?«, fragte Kroll erstaunt. »Einfach so? Weil ihr euch mal nach dem Wetter erkundigen wolltet?«

»Wir wollten ihm sagen, dass wir sein Handy haben, und haben ihn gefragt, ob wir es ihm bringen sollen«, murmelte Paul mit kaum hörbarer Stimme.

Wiggins schien vom Glauben abzufallen. »*Ihr* habt Johannes' Handy? Ist das euer Ernst? Könnt ihr uns mal bitte freundlicherweise erklären, wie ihr an Johannes' Handy gekommen seid?«

Georg und Paul sahen sich an. Offensichtlich waren

sie sich nicht einig, wer die Geschichte weitererzählen sollte. Schließlich entschied sich Georg, wieder das Wort zu ergreifen. »Also, der Onkel von Paul ist doch so ein Theologe. Und Paul hat sich gedacht, wir sollten lieber doch einmal nachfragen, ob in der Bibel etwas von Abnehmen drinsteht. Ich hätte das ja nie im Leben für möglich gehalten.«

»Und dabei habt ihr von Johannes dem Täufer erfahren«, half ihnen Kroll auf die Sprünge.

Georg nickte. »Wir wissen natürlich, dass Johannes an jedem Donnerstag im Fitnessstudio die Eisen fliegen lässt, wie er sich immer ausdrückt. Also sind wir da hin.«

Paul entschloss sich, jetzt das Wort zu übernehmen. »Es war so gegen halb zehn, als wir beim Fitnessstudio in der Stadt angekommen sind. Wir haben zuerst geguckt, ob wir Johannes' Fahrrad finden. Das war direkt vor dem Eingang angekettet. Dann haben wir unsere Fahrräder auch angeschlossen und wie durch Zufall hat sich Georg noch mal umgesehen. Und dann ist uns der Schreck in die Glieder gefahren, als wieder der Mann um die Ecke kam. Wir sind dann sofort abgehauen.«

»Welcher Mann?«, fragte Kroll aufgeregt.

»Der ZZ Top«, flüsterte Paul.

»Kann mir mal bitte jemand erklären, wovon die Kinder die ganze Zeit reden?«, wurde jetzt Georgs Vater ungeduldig.

»Bitte, Herr Schießer«, versuchte Kroll ihn zu beruhigen. »Das ist eine lange Geschichte und ich weiß nicht, ob wir so viel Zeit haben. Ich bin mir aber ganz sicher, dass

Ihnen unsere beiden Freunde gleich alles erzählen werden. Also, Georg, was ist dann passiert?«

»Wir haben uns hinterm Haus versteckt und erst einmal durchgeatmet. Wir haben natürlich versucht, Johannes anzurufen, aber da war immer besetzt.«

Georg sah Kroll mit einem Blick an, der die Verzweiflung der Jungen am gestrigen Abend erahnen ließ. »Wir haben dann versucht, Sie anzurufen, aber es ist keiner drangegangen.«

Kroll bekam ein schlechtes Gewissen. Das musste der Anruf gewesen sein, der ihn erreichte, als er mit Anja auf dem Sofa lag.

»Wir haben dann unseren ganzen Mut zusammengenommen und sind hoch ins Studio. Aber Johannes war nicht mehr da. Dann habe ich noch mal versucht, Johannes anzurufen, aber in der Umkleidekabine klingelte nur das Handy. Es lag mitten auf der Bank.«

»Habt ihr euch denn keine Sorgen gemacht?«, wollte Wiggins wissen.

»Zuerst ja«, antwortete Paul verlegen. »Aber dann haben wir uns auf Johannes' Handy mal die Rubrik ›Anrufe‹ näher angesehen. Und da war mindestens 20 Mal der Name Silke drauf. Da war uns natürlich alles klar.«

»Wir sind dann zum Schreberbad«, meldete sich wieder Georg. »War wirklich nicht schwer zu erraten.«

»Warum nicht schwer zu erraten?«, hakte Kroll nach.

Georg sah wieder auf seinen Teller. »Silke hatte das in einer SMS vorgeschlagen.«

Paul beeilte sich weiterzuerzählen, bevor die Polizisten

Gelegenheit hatten, das heimliche Lesen der fremden Post zu kommentieren. »Dort haben wir sie dann im Schwimmbad gesehen. Wir haben nur über den Zaun geguckt, dann sind wir wieder abgehauen.«

»Habt ihr noch jemanden gesehen?«

Die Thomaner schüttelten synchron die Köpfe.

Kroll brauchte einen Moment, um die neuen Informationen zu ordnen. »Wer wusste noch von Silke und Johannes?«

»Keine Ahnung«, sagte Paul. »Bestimmt nicht viele. So lange ging das ja noch nicht.«

»Und was ist mit Ludwig?«, wollte Wiggins wissen. »Wusste der von den beiden?«

Paul kaute auf seiner Unterlippe, während er überlegte. »Na ja. Silke wird schon mit ihm Schluss gemacht haben. Da bin ich mir ganz sicher. Aber ob sie Ludwig gleich was von ihrem Neuen erzählt hat, keine Ahnung.«

»Auf der anderen Seite«, ergänzte Georg, »war es jetzt auch nicht das supergroße Geheimnis, dass die was miteinander hatten. Die haben in letzter Zeit doch nur zusammen abgehangen.«

Kroll stand auf und ging zum Fenster. »Tut mir doch mal einen Gefallen, Jungs. Ruft bei Ludwig an und fragt, ob er etwas von der Beziehung wusste.«

»Kein Problem«, sagte Georg und verließ die Küche.

Georgs Vater versuchte, die Gesprächspause, die nach Georgs Weggang entstanden war, zu überbrücken. »Wir wissen gar nicht, was wir von der ganzen Angelegenheit halten sollen. Auf der einen Seite ist ja noch nichts Schlimmes passiert, aber so richtig ruhig schlafen können wir, ehrlich gesagt, auch nicht. Wäre es nicht sinnvoll, dass man die Eltern einmal umfassend informiert? Ich meine, schließlich sind es ja unsere Kinder.«

Kroll war über Wiggins' spontane Antwort überrascht. »Wir werden sehr kurzfristig einen Elternabend einberufen, da können Sie sich ganz sicher sein. Seien Sie sich aber auch sicher, dass wir die Angelegenheit sehr ernst nehmen.«

Georgs Vater war bemüht, den richtigen Ton zu finden. »Bitte, verstehen Sie mich nicht falsch, aber bislang sind Sie immer einen Schritt zu spät gekommen.«

Kroll hatte keine Lust, um den heißen Brei herumzureden oder nach Rechtfertigungen zu suchen. »Da haben Sie leider recht!«

Als Georg zurückkam, richteten sich sofort alle Augen erwartungsvoll auf ihn. »Also, Ludwig war sich nicht so sicher. Aber er sagte, er sei ja schließlich nicht blind. Das mit Johannes und Silke habe er sich schon denken können, wie die sich zuletzt verhalten haben. So richtig interessiert hat es Ludwig aber nicht. Ich glaube, der hat schon wieder etwas Neues am Start. Ludwig ist nie lange solo.«

Wiggins war beunruhigt. Er griff Kroll in den Arm, als dieser den Motor des Dienstwagens anlassen wollte. »Warte doch mal!«

Kroll sah seinen Partner fragend an.

»Überleg doch mal, was wir alles gegen Ludwigs Vater haben: Ludwig hat ihm doch mit Sicherheit von Johannes und Silke erzählt. Der musste doch nur einen von den beiden verfolgen. Außerdem war dieser bärtige Typ vor dem Fitnessstudio. Soll das ein Zufall sein? Der Typ gehört zu Dr. Fleischer, das ist sicher. Fleischer hat ihm im Wald Geld gegeben und der Typ war in der Thomaskirche, kurz bevor die Sache mit den Lilien entdeckt wurde. Wenn du mich fragst, reicht das für einen Durchsuchungsbeschluss.«

»Und was sollen wir da finden?«, entgegnete Kroll. »Einen Knochen von Bach oder die Badekappe von Silke? Was bedeutet das schon, dass der eventuell von dem neuen Liebesglück wusste. Jeder hätte Johannes nachlaufen können. Schließlich wusste der halbe Chor, dass Johannes donnerstags ins Studio geht.«

»Einspruch!«, unterbrach ihn Wiggins. »Der hatte Johannes ein schönes schwarzes Kostüm zurechtgelegt. Das hätte Johannes nicht anziehen können, wenn er in die Disco gegangen wäre. Der Täter wusste schon, dass Johannes schwimmen gehen wollte, und da war die Geschichte mit Silke bestimmt ganz hilfreich.«

Wiggins machte eine Pause, um zu sehen, wie sein Kollege reagierte. »Soll das etwa ein Zufall sein, dass der bärtige Wurzelsepp ausgerechnet kurz vor der Schwimmbadaktion vor dem Fitnessclub auftaucht? Ne, Kroll! Wir müssen jetzt so langsam mal was unternehmen.«

Kroll ließ den Motor an. »Also gut, fahren wir zu Dr. Fleischer und reden mal mit ihm. Aber lass das bitte mich machen. Jetzt ist ausnahmsweise einmal Fingerspitzengefühl gefragt.«

»Ich wusste gar nicht, dass du weißt, was das ist«, raunzte Wiggins ein wenig eingeschnappt.

Dr. Fleischer öffnete den Polizisten die Wohnungstür. Er trug gebügelte Markenjeans und Slipper. Seinen schlanken Oberkörper bedeckte ein dunkelgrünes Poloshirt. Seine frisch gescheitelten Haare waren noch nass. Kroll vermutete, dass er gerade aus der Dusche kam.

Er hielt seinen Ausweis in die Höhe. »Mein Name ist Kroll, Hauptkommissar Kroll, und das ist mein Kollege, Hauptkommissar Wiggins. Entschuldigen Sie bitte, dass wir Sie heute stören müssen, aber hätten Sie einen Moment Zeit für uns?«

Die Polizisten hatten erwartet, dass Ludwigs Vater nach dem Grund des Besuches fragen würde oder zumindest erstaunt oder überrascht war. Aber keine dieser Reaktionen war zu erkennen. Er bat die Polizisten mit einer Selbstverständlichkeit herein, als sei ein schon lange angekündigter Besuch erschienen.

»Darf ich Ihnen etwas anbieten, vielleicht einen Kaffee oder Tee?«, fragte er, nachdem er die Polizisten ins Wohnzimmer geführt hatte.

Kroll lehnte dankend ab und eröffnete das Gespräch. »Sie können sich ja bestimmt denken, warum wir gekommen sind. Sie haben sicher schon von den jüngsten Ereignissen im Zusammenhang mit dem Thomanerchor gehört.«

»Ja, natürlich. Ich lese ja auch die Zeitung. Da sind schon eigenartige Dinge passiert.« Mit einer einladenden Handbewegung bat er die Kommissare, sich zu setzen.

»Wir sind leider nicht die Einzigen, die hier ermitteln«, fuhr Kroll fort. »Wir haben Helfer aus dem Chor und die haben Dinge in Erfahrung gebracht, denen wir einfach nachgehen müssen.«

Dr. Fleischer lächelte. »Sie meinen bestimmt die beiden Jungs, die mich beim Joggen mit ihren Fahrrädern verfolgt haben.«

»Genau die meinen wir«, ging Wiggins dazwischen, wobei er bewusst einen Blickkontakt mit Kroll vermied. »Die Jungs wollen gesehen haben, dass Sie gestern Morgen einem älteren Mann mit einem weißen Vollbart Geld gegeben haben.«

Dr. Fleischer goss sich stilles Mineralwasser in ein Glas. »Ja, das ist richtig.« Er schien keine Veranlassung zu sehen, sein Verhalten erklären zu müssen.

Wiggins wurde ungeduldig. »Das Merkwürdige an der Sache ist nur, dass genau dieser Mann, unmittelbar nachdem er das Geld von Ihnen bekommen hat, in die Thomaskirche gefahren ist und als er die Kirche wieder verlassen hat, war alles voller Lilien.«

Dr. Fleischer stellte sein Wasserglas auf einen Untersetzer aus Zinn. Er war immer noch freundlich. Wiggins Anspielungen brachten ihn nicht aus der Ruhe. Er sah dem Polizisten in die Augen. »Und wann soll der bärtige Mann die Lilien gekauft haben? Sie sagten doch gerade, er sei unmittelbar nach unserem Treffen in die Thomaskirche gefahren.«

»Das bedeutet gar nichts«, zischte Wiggins. »Die Blumen kann er ja schließlich auch schon vorher gekauft haben.«

»Das ist natürlich richtig«, kommentierte Dr. Fleischer und wandte sich demonstrativ wieder Kroll zu.

Kroll versuchte, die Schärfe aus dem Gespräch zu nehmen. »Es wäre wirklich sehr hilfreich für uns, wenn Sie die Sache aufklären könnten.«

»Das will ich gern tun«, sagte Dr. Fleischer, immer noch Kroll zugewandt. »Fangen wir mal bei dem Mann mit dem weißen Vollbart an. Das ist mein Fahrer. Nicht mehr und nicht weniger. Er ist übrigens ein alter Rocker und irgendwann hat er sich mal entschieden, das Outfit der Band ZZ TOP anzunehmen. Nicht immer ganz passend für seine Position, aber mich stört es nicht.« Er lächelte. »Als ich noch so rumrennen durfte, wie ich wollte, sah ich auch anders aus als jetzt.«

Er schenkte sich Wasser nach. »Wissen Sie, ich habe mich eigentlich nie richtig um Ludwig gekümmert. Das werfe ich mir vor. Meine Karriere hat mich um die halbe Welt geführt und das Familienleben ist dabei mehr als auf der Strecke geblieben. Die Menschen, die mir am nächsten standen, waren mir nicht so wichtig wie andere Personen, die eigentlich nur für das Geschäft Bedeutung hatten. Das gilt natürlich ganz besonders für Ludwig.« Er wurde nachdenklich. »Mein Karrierestreben hat mich für viele Sachen blind gemacht. Aber das ist mir leider erst viel zu spät bewusst geworden.«

Er machte eine kurze Pause. »Ich habe dem Thomanerchor sehr viel zu verdanken. Der Chor war für ihn da, als ich nicht da war. Er hat meinem Jungen eine gute Erziehung, eine gute Bildung und noch vieles mehr gegeben, eigentlich alles, was er von mir hätte bekommen müssen.«

Dr. Fleischer lehnte sich in seinem Sessel zurück und schlug die Beine übereinander. »Ich hatte schon lange das Bedürfnis, mich erkenntlich zu zeigen. Ich wollte aber in dieser Beziehung meine Anonymität nicht aufgeben. Ich habe sehr schnell begriffen, dass Leipzig ein Dorf ist, und ich war mir nicht sicher, ob eine größere Spende mit der erforderlichen Diskretion behandelt werden würde.«

Kroll ahnte, worauf die Sache hinauslief. »Und dann haben Sie Ihren Fahrer gebeten, eine größere Summe in den Opferstock der Thomaskirche zu werfen.«

Ludwigs Vater nickte. »Es waren genau 10.000 Euro. Das können Sie gern nachprüfen. Ich denke nicht, dass die Thomaskirche jeden Tag eine Spende in dieser Größenordnung erhält.«

»Dann war es also ein Zufall, dass Ihr Fahrer kurz vor der Aktion mit den Lilien in der Kirche war?«, hakte Kroll nach.

»Absolut! Der hat mir sogar noch von den Blumen erzählt. Das ist ihm natürlich auch komisch vorgekommen.«

Er lächelte die Polizisten an, wobei er jetzt auch wieder Wiggins mit einbezog. »Sie können mir glauben, mein Fahrer ist ein absolut loyaler und zuverlässiger Mann, auch wenn er verboten aussieht.«

Kroll und Wiggins tauschten Blicke. Gut, dass ich auf die Bremse getreten bin, sagte Kroll ohne Worte seinem Kollegen.

Wiggins nahm das Gespräch wieder auf, die Aggressivität war jedoch vollständig aus seiner Stimme gewichen. »Und dann war es wahrscheinlich auch nur ein dummer Zufall, dass Ihr Fahrer vor dem Fitnessstudio war, als Johannes verschwunden ist.«

»Es interessiert mich nicht, was meine Mitarbeiter in ihrer Freizeit machen, aber es dürfte nicht allzu außergewöhnlich sein, dass jemand abends durch die Innenstadt geht.«

Kroll wollte das Gespräch beenden. »Na dann. Haben Sie vielen Dank, Herr Dr. Fleischer. Ich hoffe, wir haben Ihre knappe Freizeit nicht zu sehr beansprucht. Wir bräuchten natürlich noch Namen und Anschrift Ihres Fahrers.«

Dr. Fleischer gab ihnen die gewünschten Informationen. »Aber ich bitte Sie. Ich stehe gern zu Ihrer Verfügung, auch in der Zukunft.«

»Und? Hast du Ludwigs Vater immer noch im Verdacht?«, frotzelte Kroll, als sie wieder im Auto saßen. »Ist doch manchmal gut, dass dein Partner mit dem großen Taktgefühl die Kirche ein bisschen im Dorf lässt, bevor sein übereifriger Kollege gleich Hausdurchsuchungen bei hiesigen Wirtschaftsbossen veranlasst.«

Wiggins wollte sich nicht so leicht geschlagen geben. Er tippte auf seinem Handy. »Jetzt überprüfen wir erst einmal die Sache mit der Spende. Das hätte uns der liebe Herr Pfarrer doch sicherlich erzählt.«

Pfarrer Brecht nahm nach einem kurzen Klingeln ab.

Wiggins kam gleich zum Thema. »Guten Tag, Herr Pfarrer. Wir bräuchten mal eben schnell eine Auskunft von Ihnen. Befand sich an dem Tag, an dem die Lilien in der Thomaskirche lagen, eine größere Geldspende im Opferstock?«

Kroll beobachtete Wiggins, der eine längere Pause machte. Pfarrer Brecht gab eine ausführliche Auskunft.

»Und warum haben Sie uns das nicht erzählt? Immerhin ist die Geldspende in unmittelbarem Zusammenhang mit einer kriminellen Aktion aufgetaucht.«

Wiggins hörte noch eine Weile zu. Dann beendete er das Gespräch und wandte sich Kroll zu. »Dr. Fleischer, oder besser gesagt, sein Fahrer, hat tatsächlich 10.000 Euro in den Opferstock gequetscht.«

»Und warum hat uns der Herr Pfarrer bisher nichts davon erzählt?«

»Wollte er angeblich gerade machen«, feixte Wiggins.

»Wer's glaubt, wird selig.«

Wiggins wechselte das Thema. »Sag mir lieber, wie wir jetzt weitermachen.«

»Was war die nächste Aufgabe in der Harras-Sage?«

Wiggins holte wieder den Zettel aus der Innentasche seines Jacketts. »Die Aufgaben sind eigentlich alle ausgeführt. Die Aktion mit Johannes war die letzte. Jetzt kommt nur noch dieser Schlusssatz des Teufels: Erst dann könne er das Kind des Teufels töten und die Schuld sei erlassen.«

Kroll hielt den Wagen auf dem Parkplatz vor dem Präsidium an. »Das macht unsere Situation auch nicht einfacher. Die Aufgaben bis hierhin waren ja alle mehr oder weniger harmlos. Aber jetzt wird zum ersten Mal die Tötung eines Kindes angesprochen. Spätestens jetzt hört der Spaß für mich endgültig auf.«

Kroll ließ den Motor wieder an. »Wir fahren gleich noch zu Callidus. Heute Abend will ich alle Mütter der Thomaner sprechen. Ist schließlich Feiertag, da müssten die ja Zeit haben.«

KARFREITAGABEND

Der große Probensaal des Alumnats war bis auf den letzten Platz gefüllt. Obwohl der Alumnatsleiter bei den telefonischen Einladungen darauf hingewiesen hatte, dass es völlig ausreichend sei, wenn nur die Mütter der Thomaner erscheinen würden, waren mehr als ein Viertel der anwesenden Personen Männer.

Dr. Callidus hatte mit zwei einfachen Tischen ein kleines Podium aufgebaut, hinter dem Kroll, Wiggins, er selbst und auch der Thomaskantor Platz nahmen. Anja Gans hatte sich zu den Eltern gesetzt.

Der Geräuschpegel im Saal war hoch. Die Eltern unterhielten sich angeregt untereinander, ein Zeichen für große Unruhe.

Als Dr. Callidus sich erhob, wurde es schlagartig still. »Liebe Eltern der Thomasser! Zunächst möchte ich mich für die kurzfristige Einladung entschuldigen und Ihnen aber gleichzeitig danken, dass Sie trotz der Kürze der Zeit so zahlreich erschienen sind.«

Er drehte sich mit einer ausladenden Handbewegung zu Kroll und Wiggins. »Ich darf Ihnen zunächst die Herren neben mir vorstellen, die Hauptkommissare Kroll und Wiggins.«

Kroll und Wiggins nickten kurz. Im Saal herrschte immer noch Totenstille. »Sie alle haben natürlich von den letzten Ereignissen im Chor erfahren. Selbstverständlich sind die Verantwortlichen bemüht, alles Erdenkliche zu tun, um diese Dinge aufzuklären. Die Kommissare Kroll und Wiggins leiten die Ermittlungen federführend und sind, so denke ich, auch schon ein gutes Stück vorangekommen. Die Polizei hat mich gebeten, Sie heute hierher einzuladen, um die weiteren Schritte abzustimmen und Sie auf den aktuellen Stand zu bringen.«

Er drehte sich wieder zu Kroll. »Ich denke, das kann Ihnen Herr Hauptkommissar Kroll jedoch alles besser erklären.«

Kroll erhob sich und kam ohne Umschweife gleich zum Thema. Er berichtete ausführlich von den ersten Ermittlungen an Bachs Grab und verschwieg auch nicht die Schwierigkeiten, die sie anfangs bei diesen ungewöhnlichen Ermittlungen hatten, und dass sie im Dunkeln getappt waren, bis sie endlich auf die Geschichte mit der Harras-Sage gekommen waren. Kroll las die Sage vor und gab sich viel Mühe, die Parallelen zum aktuellen Fall deutlich aufzuzeigen. Er kam immer wieder auf die jeweiligen Aufgaben in der Sage zu sprechen und handelte die jüngsten Ereignisse sorgfältig ab. Ein vereinzeltes Nicken im Publikum verriet ihm, dass die Zuhörer ihm folgten.

Nachdem er die ungewöhnlichen Geschehnisse um das Verschwinden von Johannes erzählt hatte, bat er die anwesenden Eltern ausdrücklich, ihm Fragen zu stellen. Im Nu schnellten viele Arme nach oben. Kroll sah eine Frau mittleren Alters, die in der zweiten Reihe saß, an und bat sie mit einem Nicken, ihre Frage zu stellen.

»Was ich nicht verstehe, Herr Kommissar, ist, welchen

Sinn das alles machen soll. Gut, die Übereinstimmungen mit dieser Sage sind nicht zu übersehen, aber worauf soll das hinauslaufen?«

Kroll hörte sich die Frage mit großem Interesse an und hielt bewusst den Blickkontakt mit der Mutter aufrecht. Bevor er antwortete, machte er eine kleine Pause. »Wir sind uns ziemlich sicher, dass hinter sämtlichen Taten der familiäre Hintergrund der Sage steckt. Wäre Ritter Harras nicht mit Hilfe des Teufels nach Leipzig zurückgekehrt, hätte seine Frau wohl ein Kind von einem anderen Mann empfangen.«

»Wir reden also über ein Kuckuckskind?«, ertönte der Zwischenruf eines männlichen Besuchers.

»Davon gehen wir aus«, bestätigte Kroll nüchtern.

Dem Gemurmel war deutlich anzuhören, dass die Verunsicherung im Saal groß war. Kroll tat, als würde er dies nicht bemerken, und ließ die nächste Frage zu.

»Herr Kommissar Kroll, könnten Sie uns bitte einmal erklären, welche konkreten Schlüsse Sie aus der ganzen Angelegenheit ziehen? Mir kommt das alles doch sehr spanisch vor.«

»Gern«, versuchte Kroll, beruhigend zu wirken. »Wir glauben, dass der leibliche Vater eines sogenannten Kuckuckskindes auf sich aufmerksam machen will. Er sieht offensichtlich keine Möglichkeit, mit seinem Sohn in Kontakt zu treten. Die Harras-Sage kommt ihm da wie gerufen. Er hat jetzt die Aufmerksamkeit, die er braucht, und er hat durch die insgesamt vier Aktionen sein Druckpotenzial erheblich erhöht. Außerdem hat er durch den

Zettel in der Thomaskirche ja noch ausdrücklich selbst auf die Sage hingewiesen. Er möchte jetzt die Mutter aus der Reserve locken und zu einer Reaktion zwingen. Offensichtlich geht er davon aus, dass ihm selbst niemand glauben wird, vor allem nicht sein Sohn.«

»In der Harras-Sage ist als Nächstes von der Tötung eines Kindes die Rede!«, ertönte wieder ein Zwischenruf.

»Das ist ja genau das, was ich meine«, nahm Kroll die Bemerkung aus dem Publikum wieder dankbar auf. »Der Täter lehnt sich nun zurück und denkt: Also gut. Bis hierhin bin ich jetzt gegangen. Jetzt bist du dran, Mutter. Erzählst du unserem Sohn endlich, wer sein richtiger Vater ist, oder muss erst ein großes Unglück passieren?«

»Glauben Sie, dass tatsächlich ein Kind in Gefahr ist, oder blufft der Täter nur?«, meldete sich wieder ein Zwischenrufer.

»Diese Frage kann ich Ihnen leider nicht beantworten. Wir als Polizei müssen natürlich immer den sichersten Weg gehen. Das heißt, wir bereiten uns auf alle Eventualitäten vor.«

Ein Vater stand auf und reckte den Arm nach oben. Kroll sah sich gezwungen, ihn zu Wort kommen zu lassen. »Also jetzt mal ehrlich, Herr Kommissar. Ihre Theorie ist ja gut und schön. Aber sie setzt doch immer voraus, dass der sogenannte Täter tatsächlich davon ausging, dass die Parallelen zur Harras-Sage auch entdeckt werden. Aber das war nun eher Zufall. Die Geschichte kennt doch kaum jemand.«

»Immerhin hat uns der Täter selbst auf die Spur mit der Sage gebracht«, konterte Kroll.

»Aber vielleicht war das doch nur ein Dummer-Jungen-Streich«, blieb der Vater hartnäckig.

»Ich bin mir ganz sicher, dass wir hier nicht über harmlose Jungenstreiche reden«, entgegnete Kroll bestimmt und drehte sich demonstrativ in eine andere Richtung.

An eine geordnete Diskussion war jetzt nicht mehr zu denken. »Ist das nicht alles eine heillose Übertreibung mit den Kuckuckskindern?«, rief wieder ein Vater.

»Von wegen, mein Guter!«, ereiferte sich eine Frau in einem ausladenden violetten Kleid. »Zehn Prozent aller Kinder sind Kuckuckskinder. Das sagt die Statistik!«

Wieder stieg der Geräuschpegel an, als eine lebhafte Diskussion entbrannte, die Kroll nur durch mehrmaliges Bitten um Ruhe wieder einfangen konnte. »Wir sollten versuchen, die ganze Unterredung sachlich fortzuführen. Wir können sehr gut verstehen, dass Sie das Ganze sehr bewegt. Aber es macht keinen Sinn, dass jetzt alle durcheinanderreden. So kommen wir doch nicht weiter.«

Kroll nippte an seinem Wasserglas und ließ den Blick über die Reihen der Eltern schweifen. Langsam schienen sich alle wieder zu beruhigen. »Die Statistik mit den zehn Prozent ist mir auch bekannt. Aber diese Zahlen sind nicht beweisbar. Ich habe zufällig gestern in der Zeitung gelesen, dass nach neueren Erkenntnissen nur ungefähr ein Prozent der Kinder in Deutschland Kuckuckskinder sind.«

Einer der Anwesenden hatte offensichtlich ein Handy mit Internetzugang. »In Deutschland leben zurzeit

13,5 Millionen minderjährige Kinder. Bei einer Quote von einem Prozent macht das immerhin 135.000!«, brüllte er los.

»Oder *einen* im Thomanerchor!«, rief jemand, worauf schallendes Gelächter ausbrach.

Kroll war froh, dass sich die aufgeladene Situation entspannte. Er nutzte die relative Ruhe, um auf sein eigentliches Anliegen zu kommen. »Ich wende mich jetzt bewusst an die Mütter, die hier im Raum sind. Es ist für uns wichtig, dass wir wissen, wer das sogenannte Kuckuckskind ist. Bitte …, ich weiß, dass es für die betroffene Person nicht einfach ist, aber Sie müssen uns jetzt helfen.« Er stand auf und verteilte vorbereitete Zettel im Auditorium. »Ich möchte nochmals an Ihre Mithilfe appellieren. Auf den Zetteln steht meine Handynummer drauf. Sie können mich Tag und Nacht anrufen. Selbstverständlich sichern wir Ihnen die größtmögliche Diskretion zu.«

SAMSTAGMORGEN

Der Morgen erwachte im strahlenden Sonnenlicht. Keine Wolke versperrte den Blick auf den blauen Himmel. Die Wettervorhersage hatte gestern bestimmt von einem ausgeprägten Hochdruckeinfluss gesprochen. Anja hatte, wie immer, die Vorhänge in ihrem Schlafzimmer nicht zugezogen, sodass die ersten Sonnenstrahlen den Raum mit einem warmen Licht durchfluteten. Sie lag mit dem Rücken zum Fenster, das obere Ende der Bettdecke hatte sie unter ihren Kopf gelegt, der restliche Teil schlängelte sich um ihren nackten Körper, wobei ein Bein auf und das andere unter der Decke lag.

Kroll lag neben ihr, den Kopf auf den angewinkelten Arm gestützt. Er sah sie an und wartete nur, bis sie aufwachen würde. Wann hatte er zuletzt so einen Morgen erlebt? Es kam ihm wie eine Ewigkeit vor. Aber bevor sein Kopf sich ernsthaft mit dieser Frage beschäftigen konnte, verscheuchte er die Gedanken schnell, er wollte einfach nur die Gegenwart genießen und nicht in der Vergangenheit herumstochern.

Anja rümpfte die Nase und drehte ihren Kopf kurz ins Kissen. Er dachte, sie würde aufwachen, aber an dem ruhigen und gleichmäßigen Atmen erkannte er, dass sie weiterschlief. Er bewegte sich nicht, verharrte in seiner Stellung und sah sie einfach nur an. ›I want you to be, the first thing that I see …‹, erklang eine ihm bekannte Melodie in seinen Gedanken, von welchem Interpreten sie war, wusste er nicht mehr.

Anja blinzelte ein paar Mal, dann öffnete sie langsam die Augen. Ihr erster Blick traf Kroll. Sie streifte eine lange Haarsträhne aus ihrem Gesicht und lächelte. Dann zog sie Kroll zu sich und gab ihm einen langen Kuss. Während sie sich umarmten, hob sie die Bettdecke an und legte sie langsam über Kroll. Er schmiegte sich an sie, ihre Körper berührten sich und Kroll spürte, wie ihm immer wärmer wurde.

Als Anjas Handy klingelte, saßen sie schon in der kleinen Küche und frühstückten. Kroll dachte an den wundervollen Morgen und erwischte sich bei dem Gedanken, dass er dem Anrufer dankbar war, dass er nicht schon eine Stunde früher angerufen hatte.

Anja lächelte ihn Entschuldigung heischend an und gab ihm noch einen Kuss im Gehen.

Kroll hatte sich eigentlich vorgenommen, während des Telefonates unter die Dusche zu gehen, Anjas förmlichem Tonfall war jedoch anzumerken, dass keine gute Freundin angerufen hatte, wie er zunächst vermutet hatte. Er suchte Anjas Blick, und sie gab ihm mit weiten Augen und ernster Miene zu verstehen, dass der Anruf alles andere als eine Plauderei unter alten Freundinnen war.

Kroll ging zu ihr und versuchte, mehr über das Telefonat zu erfahren.

»Zunächst finde ich es richtig, dass Sie sich gemeldet haben, ich denke, die Information ist sehr wichtig … Nein, natürlich kann ich nicht meine Hand dafür ins Feuer legen, dass die Sache geheim bleibt ..., aber dieser Kommissar Kroll tut sicher sein Möglichstes, ich denke, wir sollten ...«

Anja wurde von der Anruferin unterbrochen. Sie machte ein angestrengtes Gesicht. »Nein, ich halte es für keine gute Idee, die Sache abzublasen. Wer soll denn die Verantwortung übernehmen, wenn tatsächlich etwas passiert? Und haben Sie mal an Ihren Jungen gedacht? Vielleicht wird es auch langsam Zeit, ihm reinen Wein einzuschenken. Ich glaube, er hat ein Recht zu erfahren, wer sein richtiger Vater ist.«

Die Anruferin machte eine Pause. Offensichtlich schien sie über Anjas letzte Worte nachzudenken. Kroll zeigte Anja den gehobenen Daumen, um ihr zu signalisieren, dass er mit ihrer Argumentation einverstanden war.

Er hörte, dass die Anruferin weiterredete. Anja hörte konzentriert zu. »Ich kann Sie wirklich gut verstehen ... Natürlich ist das auch für Sie keine leichte Entscheidung ... Ich weiß auch nicht, wie Ihr Sohn reagieren wird, aber ich kenne ihn recht genau. Er ist ein guter Junge und er liebt Sie über alles. Ich bin mir ganz sicher, dass Ihr Verhältnis zu Ihrem Kind nicht unüberbrückbar zerstört wird.«

Wieder entstand eine Pause. »Ich denke, Sie hatten bestimmt Ihre Gründe, warum Sie damals so gehandelt haben ... Garantieren kann ich Ihnen natürlich nichts, es ist nur meine ehrliche Einschätzung.«

Anja sah Kroll hilflos an. »Ich mache Ihnen jetzt mal einen Vorschlag. Ich setze mich mit diesem Kommissar

Kroll in Verbindung und frage ihn, ob er zu einem ganz zwanglosen Gespräch bereit ist, heute Mittag in einem Café oder so. Ich werde natürlich keine Namen nennen. Vielleicht kann der Kommissar die ganze Sache irgendwie außerhalb des Protokolls behandeln. Ich melde mich dann wieder, okay?«

Kurze Zeit später legte Anja auf.

»Wer war's?«, fragte Kroll direkt.

»Du hast doch gehört, dass ich der Anruferin strikte Diskretion zugesagt habe«, antwortete Anja, wobei Kroll nicht wirklich wusste, ob sie das ernst meinte oder ihn nur ein wenig auf die Folter spannen wollte.

»Komm schon, Anja. Du weißt doch, dass du mir das erzählen musst.«

Anja überlegte einen Moment. Sie biss sich auf die Unterlippe. »Heidi Fleischer.«

»Das hätte ich jetzt nicht vermutet«, war Kroll überrascht. »Als Wiggins und ich bei ihr waren, war sie ziemlich souverän.«

»Ist sie aber nicht. Sie steht jetzt zwischen allen ihren Männern. In erster Linie macht sie sich natürlich über Ludwig Gedanken. Dann sind da noch der richtige Vater des Kindes und natürlich der ehrenwerte Herr Dr. Fleischer und nicht zuletzt ihr jetziger Lebensgefährte. Sie sitzt zwischen allen Stühlen. Sie ist absolut fertig. Weiß überhaupt nicht, was sie machen soll. Deshalb hat sie sich auch an mich gewandt.«

»Moment, einen Moment mal«, versuchte Kroll, sich zu sammeln. »Das heißt dann ja, dass Dr. Fleischer gar nicht der leibliche Vater von Ludwig ist.« Er schüttelte den Kopf. »Darauf wäre ich jetzt nicht gekommen.«

»Ich auch nicht«, gab ihm Anja recht.

Kroll legte seinen Arm um sie. »Das hast du ganz toll gemacht.«

»Was unternehmen wir jetzt?«

»Das Wichtigste ist, dass wir rund um die Uhr auf Ludwig aufpassen. Das hat absolute Priorität. Dem Jungen darf auf keinen Fall etwas passieren.«

»Und wie stellst du dir das vor?«

»Wir müssen Ludwig aus der Schusslinie nehmen. Er darf unter keinen Umständen mit seinem leiblichen Vater in Kontakt kommen.«

»Das ist leicht gesagt«, stöhnte Anja. »Wir wissen doch noch gar nicht, wer sein leiblicher Vater ist. Sie will die ganze Geschichte nicht an die große Glocke hängen und ich kann das gut verstehen. Bitte …, sie vertraut mir.«

Kroll dachte einen Moment nach. »Ruf sie an. Wir treffen uns in einer Stunde in dem Café gegenüber der Thomaskirche. Sie soll dafür sorgen, dass Ludwig auf keinen Fall das Haus verlässt. Lass uns erst mal mit ihr reden. Dann sehen wir schon weiter.«

Er nahm sein Handy in die Hand. »Wiggins wird sicherheitshalber vor dem Haus warten.«

Kroll und Anja hatten bereits in dem Café Platz genommen, als Heidi Fleischer hereinkam. Sie hatte sich seit der letzten Begegnung mit Kroll und Wiggins in ihrem Haus nicht verändert, zumindest äußerlich. Dies konnte aber auch daran liegen, dass sie es äußerst geschickt verstand, sich dezent zu schminken. Nachdem sie Kroll und Anja begrüßt hatte, setzte sie sich zu ihnen an den Tisch. »Vielen Dank, dass Sie sich Zeit für mich genommen haben.« Sie sah Kroll mit einem verzweifelten Blick an. »Können Sie mir versprechen, dass Sie das, was ich Ihnen jetzt erzähle, vertraulich behandeln …, zumindest, bis ich mit Ludwig gesprochen habe?«

Kroll nickte. Als die Bedienung kam, bestellte sie sich einen grünen Tee.

Anja sah sie mitfühlend an. »Am besten, Sie erzählen uns die ganze Geschichte von Anfang an.«

»Alles begann während des Studiums. Wir haben beide in München studiert, ich Literatur- und Theaterwissenschaften, Franz Jura und BWL. Wir haben uns auf einer Studentenparty kennengelernt.« Sie lächelte. »Es war Liebe auf den ersten Blick. Er war so ganz anders als die Männer, die ich vor ihm getroffen hatte. Er sah gut aus, er war intelligent und sportlich und vor allem, er war sehr höflich und zurückhaltend, nicht so ein Draufgänger. Ich hatte das Gefühl, dass alle Frauen auf der Party ihn anhimmelten, aber er interessierte sich nur für mich. Warum, ist mir bis heute nicht klar.«

Die Bedienung stellte den Tee auf den Tisch.

»Wir führten eine gute Beziehung, obwohl wir eigentlich so verschieden waren und auch so unterschiedliche Freunde hatten, ich mit meinen Theaterleuten und er mit seinen zukünftigen Schlipsträgern. Aber das machte uns nichts aus. Er kam sogar bei meinen Freunden gut an, was mich selbst überraschte.«

Heidi Fleischer nippte nachdenklich an ihrem Tee. »Dann machte er seine Examen und hatte wenig Zeit für mich. Ich war zu blöd zu kapieren, dass es in dieser Zeit etwas Wichtigeres gab als unsere Beziehung und dass es nur vorübergehend war. Und dass er unmenschlichen Stress hatte. Das war so egoistisch von mir«, wiederholte sie. »Ich dachte, er würde sich nicht mehr für mich interessieren und dass sowieso alles aus wäre.«

»Und dann ist es passiert«, sagte Anja leise.

Heidi Fleischer nickte. »Es war an einem Samstagabend. Ich hatte ihn angerufen und gebeten, mit auf die Geburtstagsfeier einer Freundin zu kommen. Aber er hatte mal wieder keine Zeit für mich. Wieder mal! Zum hundertsten Mal! Ich war einfach nur sauer und frustriert. Für mich war an diesem Abend definitiv alles beendet. Auf dieser Feier habe ich dann viel zu viel getrunken, das war eigentlich nicht meine Art, aber ich war einfach nur fertig. Und dann war da dieser Kommilitone. Er hat sich den ganzen Abend um mich gekümmert und irgendwie bin ich dann in seinem Bett gelandet.«

Sie lächelte freudlos. »Schon am nächsten Morgen kam ich mir absolut beschissen vor, so wie noch nie vorher in meinem Leben.«

Sie sah Kroll und Anja an und wartete vergeblich auf eine Reaktion. »Dann ging es mir wie vermutlich allen Frauen in so einer Situation. Ich kam mir vor wie in einem falschen Film. Man hofft inständig, dass nichts passiert ist. Dann blieb die Periode aus und ich habe immer noch gehofft. Als auch die nächste Periode nicht kam, bin ich zum Arzt gegangen, und dann hatte ich die traurige Gewissheit. Noch am selben Abend stand Franz vor meiner Tür. Mit einem riesigen Blumenstrauß. Daran hing ein großer Zettel, auf dem stand: ›Bitte verzeih mir‹. Er hatte den größten Prüfungsstress hinter sich gebracht und gab mir zu verstehen, dass er wieder Zeit für mich hatte. Jetzt kam ich mir natürlich noch schlechter vor, aber ich ließ es mir nicht anmerken.«

Die Erinnerungen schienen Heidi Fleischer wieder in die Vergangenheit zu versetzen. Zwischen ihren Augenbrauen bildete sich eine tiefe Falte. Ihr Lippenstift hatte sich durch das häufige Befeuchten mit der Zunge schon verwischt. »Irgendwann konnte ich meine Schwangerschaft nicht mehr verheimlichen. Ich war ungefähr im fünften Monat, als er mich darauf ansprach. Und dann habe ich ihm erzählt, dass ich ein Baby bekomme. Er war total aus dem Häuschen vor Glück und ich habe es einfach nicht gewagt, ihm die Wahrheit zu erzählen. Ich habe Franz gesagt, das Kind sei von ihm.«

»Hat er denn keinen Verdacht geschöpft?«, fragte Kroll irritiert. »Immerhin hatten Sie sich in den letzten Monaten ja nicht gesehen.«

»Es war ja nicht so, dass wir in den letzten Monaten überhaupt keinen Kontakt hatten. Vielleicht zwei, drei Mal im Monat hatte er schon Zeit für mich und ab und zu haben wir dann auch miteinander geschlafen. Er hatte sicherlich Wichtigeres im Kopf, als sich diese Termine zu merken. Außerdem hat er mir vertraut.«

In Heidi Fleischers Augen sammelten sich Tränen. Anja ergriff ihre Hand, die auf dem Tischtuch Kreise malte.

»Ich glaube, niemand kann sich vorstellen, was ich durchgemacht habe. Als ich im sechsten Monat war, hat er mir einen Heiratsantrag gemacht. Ich war so glücklich und gleichzeitig so verzweifelt. Ich habe Franz vorgelogen, ich müsse die Schwangerschaft abbrechen, weil das Kind ein Down-Syndrom habe. Aber er bestand auf eine Untersuchung durch einen zweiten Arzt. Einen Monat später haben wir geheiratet, im kleinen Kreis. Die große Feier wollten wir nach der Geburt nachholen.«

Heidi Fleischer machte eine Pause und holte tief Luft. Sie sah sich im Raum um, um den sich ankündigenden Tränenausbruch in den Griff zu bekommen. Ihr Make-up war verwischt. »Die Situation war letzten Endes auch der Grund für das Scheitern unserer Ehe. Ich konnte es einfach nicht ertragen, mit einem Mann zusammenzuleben, den ich so böse hintergangen hatte. Er war der beste Ehemann der Welt. Er hat mich auf Händen getragen und ich habe ihn belogen. Wenn wir miteinander geschlafen hatten, fing ich auf einmal völlig unmotiviert an zu heulen. Können Sie sich vorstellen, wie das bei einem Mann ankommt, vor allem, wenn Sie keine Erklärung liefern können?«

Sie musste sich erneut sammeln. »Die Geschichte stand immer zwischen uns, jeden Tag, jede Stunde, und nur ich war diejenige, die die Gründe kannte. Irgendwann war dann sogar Franz' Geduld erschöpft. Als es gar nicht mehr anders ging, haben wir uns dann getrennt und wurden schließlich geschieden. Ich glaube, seine Auslandsaufenthalte hat er nur gemacht, um Abstand zu gewinnen.«

Sie sah Kroll und Anja wieder an. Ihre Geschichte war zu Ende.

»Wäre es nicht einfacher gewesen, reinen Tisch zu machen?«, fragte Anja, bemüht, nicht vorwurfsvoll zu klingen.

»Das habe ich mich auch schon oft gefragt. War ich zu feige? Habe ich zu lange gewartet? Die Geschichte hatte irgendwann eine eigene Dynamik entwickelt, die ich nicht mehr aufhalten konnte. Wie ein Strudel, der einen unaufhörlich nach unten zieht. Glauben Sie mir. Es ging dabei nicht um mich. Ich hatte mir die Sache eingebrockt und ich hätte auch die Suppe ausgelöffelt, so bitter sie auch war. Aber da waren doch noch Franz und vor allem Ludwig. Ich hatte einem Vater den Sohn genommen und einem Sohn den Vater. Wissen Sie, was das bedeutet?«

Es entstand eine Pause, weil die letzte Frage unbeantwortet verhallte.

Kroll beschloss, vorsichtig zum Tagesgeschäft zurückzukommen. »Frau Fleischer, ich möchte mich zunächst bedanken, dass Sie sich uns anvertraut haben. Das ist nicht nur so dahergesagt, ich weiß, das war nicht einfach für Sie. Ich denke, wir sollten jetzt einmal zusammen überlegen, wie wir weiter vorgehen.«

Heidi Fleischer wischte sich die Tränen mit einem Taschentuch ab. Sie schien erleichtert zu sein, dass sie ihre Geschichte jemandem hatte erzählen können, vermutlich zum ersten Mal in ihrem Leben. »Danke.«

»Sie haben uns um Vertraulichkeit gebeten und wir haben Ihnen versprochen, dass wir uns auch entsprechend verhalten. Aber im Vordergrund steht jetzt Ludwig. Wir nehmen die Ereignisse der letzten Tage sehr ernst und sind bereit, von unserer Seite her alles zu tun, um ihn zu beschützen. Aus polizeilicher Sicht müssten wir Ludwig ab sofort Personenschutz geben und eine Fahndung nach seinem biologischen Vater veranlassen. Und ich persönlich halte die Maßnahmen nicht für übertrieben.«

»Wie viel Zeit habe ich?«, fragte Heidi Fleischer verunsichert.

Kroll überlegte einen Moment. »Ich müsste die erforderlichen Schritte sofort veranlassen. Das ist kein Problem. An einem Samstag haben wir nur Notbesetzung in der Führungsebene. Da wird noch niemand nachfragen. Aber spätestens morgen müsste ich schon eine Erklärung abgeben, warum ich so einen Aufwand betreibe. Mein Staatsanwalt arbeitet auch am Wochenende und der Fall schlägt sehr hohe Wellen.«

Anja nahm Heidis Hand in die ihre. »Ludwig ist jetzt 14 Jahre alt. Glauben Sie nicht, er hat ein Recht, die Wahrheit zu erfahren? Wäre die Gelegenheit nicht gerade günstig?«

Heidi Fleischers Gesicht und ihre Lippen waren vom Weinen aufgequollen. »Also gut. Sie haben bestimmt recht. Geben Sie mir noch den heutigen Tag. Ich werde mit Ludwig reden. Wahrscheinlich ist es wirklich an der Zeit.«

Sie kramte ihr Portemonnaie aus der Handtasche.

»Lassen Sie mal, den Tee bezahlen wir. Gehen Sie zu Ihrem Jungen.«

»Aber eins müssen Sie uns natürlich noch sagen«, hielt Kroll sie auf, nachdem sie ihre Jacke angezogen hatte. »Wer ist der leibliche Vater von Ludwig?«

Heidi Fleischer zögerte nur kurz. »Sein Name ist Benedikt Papst.« Das Wortspiel zum aktuellen Oberhaupt der Katholischen Kirche rang ihr ein Lächeln ab. Ein Zeichen ihrer Erleichterung. »Bitte glauben Sie mir. Seit dem *Ereignis* in München habe ich nichts mehr von ihm gehört. Ich weiß nicht, was er macht, wer er jetzt ist und wo er wohnt. Das Einzige, was ich weiß, ist, dass er damals mit mir in München Theaterwissenschaften studiert hat. Ich würde Ihnen gern mehr erzählen, wenn ich mehr wüsste. Aber ich habe ihn nicht ein einziges Mal mehr gesehen.«

»Ich kann sie gut verstehen«, gestand Anja, als sie wieder allein waren.

Kroll rieb sich seinen Drei-Tage-Bart. »Vielleicht geht ja alles gut aus. Sie macht jetzt einen Schritt, den sie wahrscheinlich schon viel früher hätte machen müssen.«

SAMSTAGMITTAG

Als Kroll ins Büro kam, war die Suche nach Benedikt Papst schon voll im Gange. Wiggins sah von seinen Papieren, die auf dem Schreibtisch lagen, auf.

»Konntest du schon was in Erfahrung bringen?«, fragte ihn Kroll.

Wiggins verzog das Gesicht. Sein Blick war jetzt auf den Monitor seines Computers gerichtet. »Wird nicht so ganz einfach. Das fängt schon beim Wohnsitz an. Benedikt Papst war zuletzt in Burghausen gemeldet, in der Leibnitzstraße. Ich habe mich bereits mit dem Vermieter in Verbindung gesetzt. Er ist dort vor über einem Jahr ausgezogen, weil er die Miete nicht mehr bezahlen konnte.« Wiggins zuckte mit den Schultern. »Seitdem ist er wie vom Erdboden verschluckt, zumindest hat er sich nirgendwo mehr gemeldet. Weiß der Teufel, wo der jetzt steckt.«

»Klingt nach Recherche im Obdachlosenmilieu«, stöhnte Kroll frustriert.

»Glaub ich nicht«, entgegnete Wiggins. »Der war doch eher so ein Künstlertyp. Der hatte zwar kein Geld, war aber doch weit von der Obdachlosigkeit entfernt. Ich vermute eher, dass der bei einer Frau oder einem Freund untergeschlüpft ist.«

»Ist die Fahndung raus?«

»Klar, habe ich sofort eingeleitet«, antwortete Wiggins. »Das Problem ist nur, dass wir kein aktuelles Foto von dem

Burschen haben. Wir haben natürlich das Foto vom Einwohnermeldeamt, aber das ist jetzt schon acht Jahre alt und du kennst ja die Qualität von diesen Ausweisfotos.«

Er gab Kroll das ausgedruckte Bild. Darauf war ein Mann zu erkennen, den Kroll auf Mitte 40 schätzte. Die Person hatte ein rundliches Gesicht ohne besondere Auffälligkeiten, das Haar war korrekt gescheitelt. Am unteren Bildrand war der Kragen eines Oberhemdes zu erkennen. Benedikt Papst hatte sich offensichtlich bemüht, auf dem Passfoto einen akkuraten Eindruck zu machen.

»Wer weiß, wie der jetzt aussieht. Vielleicht hat der heute einen Vollbart und schulterlange Haare. So viel zur Fahndung«, bemerkte Wiggins leicht frustriert.

Kroll sah sich das Foto lange an. »Vielleicht haben wir ja Glück.«

»Die Kollegen in Burghausen habe ich natürlich noch mal direkt angesprochen«, sagte Wiggins. »Die wollen sich in der Nachbarschaft und den einschlägigen Kneipen umhören. Ich fürchte, wir brauchen jetzt wirklich etwas Glück.«

Kroll sortierte die Aktenstapel, die sich auf ihren Schreibtischen angesammelt hatten. »Lass uns noch mal die Berichte durchgehen. Vielleicht haben wir ja etwas übersehen.«

»Habe ich schon 100 Mal gemacht«, bemerkte Wiggins mit einem kleinen Seitenhieb auf Kroll, den Akten normalerweise nur recht wenig interessierten. »Schau dir doch auch noch einmal den Bericht der Spusi von der Weingeschichte im Garten des Alumnates an. Da ist eine Sache, die mich irgendwie beschäftigt. Die haben dort Reifenspuren gefunden, die keiner richtig zuordnen kann, nicht mal unsere Oberexperten.«

Er gab Kroll die graue Akte.

Kroll setzte sich an seinen Schreibtisch und blätterte in den Seiten, den Kopf auf seine Hand aufgestützt. »Reifenspuren, schmal wie von einem Kinderwagen«, murmelte er vor sich hin. »Aber die Spurbreite passt nicht. Die Räder stehen zu nah beieinander.« Er sah Wiggins fragend an. »Was kann das sein?«

»Ich habe die Kollegen schon angerufen. Die meinen, es könnte von einem Puppenwagen sein, so wie ihn kleine Mädchen haben. Aber für einen Puppenwagen sind die Abdrücke zu tief. So richtig passt das auch nicht.«

»Vielleicht haben unsere Freunde vom Chor in dem Kinderwagen eine Kiste Bier transportiert«, orakelte Kroll.

»Dann würde das mit dem Gewicht hinkommen«, lächelte Wiggins. »Aber so richtig vorstellen kann ich mir das auch nicht.«

Das Klingeln von Krolls Handy riss sie aus ihren Gedanken. Kroll drückte auf die grüne Taste, beendete aber schon nach kurzer Zeit das Gespräch wieder. »Das war Heidi Fleischer. Die ist total aus dem Häuschen. Wir sollen unbedingt sofort vorbeikommen.«

»Mach das allein«, sagte Wiggins. »Ich geh lieber die Akten zum 101. Mal durch.«

Heidi Fleischer erwartete Kroll schon am Gartentor. »Jetzt gucken Sie mal, was hier mitten in unserem Vorgarten liegt.« Sie eilte auf die Wiese und blieb mitten im Garten abrupt stehen. Kroll folgte ihr. Im Gras lag eine knöcherne Hand.

»Ich würde mich nicht wundern, wenn das die Hand von Johann Sebastian Bach ist«, staunte Kroll.

»Haben Sie eine Ahnung, seit wann die hier liegen könnte?«

»Das kann ich Ihnen ziemlich genau sagen«, versicherte Heidi Fleischer zu Krolls Überraschung. »Ich bin direkt nach unserem Treffen im Café nach Hause gefahren. Da war unser Hund noch im Garten. Ich habe ihn dann reingeholt. Diese Hand kann erst danach in den Garten gelegt worden sein. Unsere Jacky lässt keinen Knochen liegen, und mag er noch so alt sein. Da bin ich mir absolut sicher!«

»Also in der letzten halben Stunde«, überlegte Kroll laut. »Haben Sie etwas angefasst?«

»Nein, ich habe Sie sofort angerufen.«

Kroll nahm sein Handy und informierte die Spurensicherung. Er forderte auch Beamte an, die die Nachbarn befragen sollten.

»Ist Ihnen irgendetwas aufgefallen, haben Sie irgendjemanden gesehen?«, fragte er nach dem Telefonat.

Heidi Fleischer schüttelte den Kopf. »Nein. Können wir reingehen?«

»Ich nicht«, erwiderte Kroll. »Ich muss hier warten, bis die Kollegen von der Spurensicherung da sind. Nicht, dass noch ein Hund aus der Nachbarschaft sich an unserem Fund zu schaffen macht.«

»Ich geh schon rein und setze uns einen Kaffee auf.«

Die Kollegen von der Spurensicherung erledigten ihre Arbeit gründlich und mit langjähriger Routine. Kroll, der wusste, dass er nur im Weg stehen würde, ging die Straße entlang. Er wollte nachdenken und verspürte wenig Lust, die Einladung von Frau Fleischer zum Kaffee anzunehmen. Die soll lieber endlich mit ihrem Sohn reden, als mit mir Kaffee zu trinken, war seine wenig einfühlsame Meinung.

Er war schon an der Linde vorbeigegangen, die, wie viele andere Bäume, in einer Baumscheibe aus den Platten des Gehweges herausragte. Dann drehte er sich wieder um, sah sich die Baumscheibe genauer an und lief wieder zum Haus der Familie Fleischer zurück. Wenig später stand er mit dem Leiter der Spurensicherungsabteilung erneut vor dem Baum. »Diese schmalen Schleifspuren da, könnten das nicht die gleichen wie am Alumnat sein, diese Puppenwagenspuren?«

Sein Kollege warf sich auf die Knie und sah sich die länglichen Abdrücke genauer an. »Verdammt, Kroll. Du solltest die Abteilung wechseln. Ich denke, für unsere Truppe wärst du eine gute Verstärkung.«

Kroll wartete, bis sich der Beamte in dem weißen Overall wieder aufgerichtet hatte. Gemeinsam starrten sie gebannt auf die linienförmigen Spuren. »Das kann doch kein Puppenwagen sein. Wir suchen doch nicht nach einem fünfjährigen Mädchen, das seinen Puppenwagen durch die Gegend schiebt.«

»Wiggins hat uns auch schon darauf angesprochen. Wir

haben einfach kein Vergleichsmaterial. Das kann doch alles Mögliche sein. Vielleicht hat irgendjemand in Marke Eigenbau sich ein Wägelchen gebastelt. Ein Schweißgerät kriegst du doch heute in jedem Baumarkt. Was sollen wir da machen? Wir können lediglich die Infos abgleichen, die wir haben.«

»Ich weiß, ich weiß das doch«, versuchte Kroll, seine Ungeduld zu zügeln. Er wollte es unbedingt vermeiden, dass er den Eindruck erweckte, den Mitarbeitern der Spurensicherung Vorwürfe zu machen. »Für uns sind diese Abdrücke nur sehr wichtig. Kannst du da noch mal in die Spur gehen?« Er lächelte besänftigend. »Wer, wenn nicht du, könnte uns sonst helfen?«

Der Mitarbeiter der Spurensicherung verabschiedete sich grinsend und ging wieder zum Haus der Familie Fleischer. Kroll blieb vor dem Baum stehen und verharrte eine Zeitlang nachdenklich. Er sah sich noch einmal die Abdrücke im Erdboden an, dann ließ er seinen Blick über die gepflegten Vorgärten in der Nachbarschaft streifen.

Vor einem Garten stand ein älterer, untersetzter Herr mit rundlichem Gesicht, der den Gehweg fegte, vermutlich, um für das bevorstehende Osterfest alles in beste Ordnung zu bringen. Er trug eine abgewetzte braune Cordhose, eine graue Jacke und einen Pepita-Hut. Der Mann konnte nicht sehen, dass Kroll auf ihn zuging, weil er ihm den Rücken zugekehrt hatte. Kroll hörte, dass er bei der Arbeit eine Melodie summte. Ihm kam die Melodie bekannt vor. Er tippte dem Mann leicht auf die Schulter. Der erschreckte sich nicht, sondern drehte sich langsam um und lächelte Kroll freundlich an. »Kann ich etwas für Sie tun?«

»Die Melodie, die Sie gerade so vor sich hin gesummt haben«, begann er zögernd, nachdem er sich vorgestellt hatte. »Die kommt mir irgendwie bekannt vor. Was war das für ein Lied?«

Der alte Mann musterte ihn. Er versuchte, Krolls Alter zu schätzen. »Ach, junger Mann. Das ist doch so ein uralter Schinken. Den habe ich zum ersten Mal gehört, als ich mit meiner Frau in Italien war. Gleich nach der Wende. Und jetzt kriege ich die Melodie nicht aus dem Kopf.« Er stützte sich auf den Besen und lehnte sich leicht zurück. Er nahm die Pose eines Opernsängers ein und malte mit dem freien Arm einen Halbkreis. »Wenn bei Capri die rote Sonne im Meer versinkt …«, sang er inbrünstig, aber doch so gedämpft, dass die Nachbarn es nicht hören konnten.

Kroll schlug sich mit der Hand vor den Kopf und schloss kurz die Augen. »Aber weshalb jetzt! Warum ist Ihnen gerade jetzt diese Melodie wieder eingefallen?«

»Sie werden es kaum glauben«, lächelte der Mann, »vor 'ner halben Stunde ist hier so ein bärtiger Mann mit einem Leierkasten vorbeigelaufen und der hat genau dieses Lied gespielt, und jetzt hat sich diese Melodie irgendwie wieder in meinen Kopf gefressen. Kennen Sie das? Eigentlich finde ich das Lied gar …«

Kroll hörte dem Mann nicht mehr zu, der direkt vor

ihm stand und redete. Die Spuren ... der Leierkasten ... Benedikt Papst ... Papst Benedikt ... Hochwürden. Plötzlich schien sich ein Puzzle in seinem Kopf zusammenzusetzen. Diesmal rannte er wieder zum Haus der Fleischers. Der Leiter der Spurensicherung war immer noch im Vorgarten beschäftigt. »Die Spuren«, schrie Kroll, »könnten die von einer Drehorgel stammen?«

Der Beamte in dem weißen Overall überlegte einen Moment. »Ich weiß jetzt nicht genau, wie breit die Abdrücke in concreto sind. Aber vom Gewicht her wäre das absolut plausibel. Das wäre zumindest eine Erklärung für die Tiefe der Abdrücke.«

Das reichte Kroll. Er nahm sein Handy und informierte Wiggins. »Der Leierkastenmann! Die Abdrücke sind von einer Drehorgel! Benedikt Papst ist Hochwürden. Informier sofort die Fahndung. Die sollen nach dem Leierkastenmann suchen!«

Wiggins fragte nicht nach. Ihm war sofort klar, dass Kroll recht hatte. Diese Übereinstimmungen konnten nicht zufällig sein.

Kroll ging ins Haus. »Wo ist Ludwig?«, fragte er hektisch, nachdem er Heidi Fleischer im Wohnzimmer entdeckt hatte.

»Der ist mit seinem Rad in die Stadt gefahren«, erklärte Heidi Fleischer, wobei sie vorgab, dass Krolls Unruhe sie überraschte.

»Sie haben also noch immer nicht mit ihm geredet?«, wurde Kroll laut.

»Er wollte doch nur in die Stadt. Er ist dort mit Freunden verabredet. Soll ich so eine wichtige Sache etwa mit ihm zwischen Tür und Angel besprechen?«

»Was?«, Krolls Stimme überschlug sich. Er sah Heidi Fleischer verständnislos an. Sie versuchte tatsächlich, sich zu rechtfertigen.

»Was soll denn schon passieren? Am helllichten Tag, mitten in der Stadt. Ich habe ihm gesagt, er soll um sechs wieder daheim sein. Dann wollte ich mit ihm reden. Und außerdem ist er ja nicht allein.«

»Mit wem hat er sich verabredet?«

»Mit Paul und Georg.«

Kroll telefonierte kurz. »Paul und Georg sind nicht in der Stadt. Die sind beim Fußball!«

Danach informierte er Wiggins.

»Können Sie mir bitte Ludwigs Handynummer geben?«, fragte er ungeduldig, nachdem er aufgelegt hatte.

Er tippte die Nummer, die Heidi Fleischer ihm genannt hatte, in sein Handy. Kurze Zeit später ertönte aus dem Obergeschoss ›Highway to Hell‹ in zunehmender Lautstärke.

»Das ist sein Handy«, seufzte Heidi Fleischer. »Er hat es in seinem Zimmer liegen lassen.«

Kroll eilte die Treppe hinauf. Es war nicht schwer, das Handy ausfindig zu machen. Er warf der Mutter, die ihm gefolgt war, einen entnervten Blick zu und ging die Nachrichten durch, die Ludwig zuletzt bekommen hatte. Es dauerte nicht lange, bis er fündig wurde. »Hier ist eine von Silke.«

»Das ist seine ehemalige Freundin«, unterbrach ihn Frau Fleischer.

Kroll las die Nachricht vor. »Ich würde gern noch mal mit dir reden. Ich warte um zwei vorm Karstadt auf dich. LG Silke.«

Kroll checkte die Rufnummer des Absenders. Er rief dort an – bekam aber nur die Meldung, dass die Nummer nicht bekannt sei.

Er sah auf die Uhr. »Halb drei. Mist! Ich fahr ins Präsidium«, sagte er, schon im Gehen. »Dort werden wir alles Erforderliche veranlassen.«

Nachdem er das Haus verlassen hatte, ließ sich Heidi Fleischer auf das Sofa fallen. Sie weinte bitterlich, weil sie sich große Sorgen und noch größere Vorwürfe machte.

»Habt ihr schon was?«, fragte Kroll seinen Kollegen, der gerade den Hörer auf die Gabel legte. »Die Fahndung nach Ludwig Fleischer und diesem Benedikt Papst läuft auf Hochtouren. Wir haben wohl dem einen oder anderen Kollegen das Wochenende versaut. Bis jetzt hat sich aber noch niemand gemeldet.«

»Um mein Wochenende kümmert sich auch kein Schwein«, bemerkte Kroll unbeeindruckt.

Ludwig Fleischer war verunsichert. Den Mann, der ihm in dem Café gegenübersaß, kannte er nicht. Er hatte sich als Silkes Onkel ausgegeben und erzählt, dass sie im Café auf ihn warten würde. Natürlich war er misstrauisch gewesen, aber der Mann hatte ihm gesagt, dass sich Silke nicht in aller Öffentlichkeit mit ihm treffen wollte, er könne sich ja denken, warum. Sie habe ihm noch eine SMS geschickt, aber er habe nicht geantwortet. Der Mann wollte ja auch nur mit ihm in das Café gehen, also in einen öffentlichen Raum, in dem viele Leute saßen. Was sollte da schon passieren?

Jetzt hockte er da an dem runden Tisch und wunderte sich, dass Silke immer noch nicht gekommen war. »Ich glaube, ich gehe jetzt besser.« Er lächelte verlegen. »Silke hat es sich dann doch wohl anders überlegt. Also.«

»Bleib noch einen Moment sitzen!«, befahl der Mann in strengem Ton. »Ich möchte dir noch ein paar Fragen stellen.«

Ludwig stand auf. »Es ist besser, wenn ich jetzt gehe.«

»Setz dich hin!«, war die Aufforderung jetzt noch deutlicher.

Ludwig gehorchte. Er hatte Angst. Es war ein Fehler gewesen, mit dem unbekannten Mann in das Café zu gehen. Aber nun war es zu spät. Er sah sich um. Der Raum war voller Menschen. Das beruhigte ihn ein wenig.

Sein Gegenüber wurde betont freundlich. »Entschuldige bitte. Ich kann mir vorstellen, dass dir unser Treffen hier sehr suspekt vorkommt. Aber ich stelle dir nur ein paar Fragen und dann kannst du gehen. Versprochen.«

Ludwig versuchte ein Lächeln.

»Hat deine Mutter mit dir gesprochen?«

Ludwig konnte den Sinn der Frage nicht verstehen. »Ich verstehe nicht …, meine Mutter? Gesprochen? Worüber?« Er schüttelte verständnislos den Kopf.

»Über deine Familie«, versuchte der Mann, ihm auf die Sprünge zu helfen.

Kroll rannte ungeduldig im Büro auf und ab. Sie warteten auf die erlösende Nachricht, dass die Fahndung Erfolg hatte, aber die wollte nicht kommen. Als sein Handy klingelte, schöpfte er kurz Hoffnung, die sich aber im Nu wieder zerschlug, als er auf dem Display den Namen des Reporters Günther Hirte las. Er verdrehte die Augen und drückte auf die grüne Taste. »Günther, es ist im Moment gerade sehr schlecht. Wir haben hier richtig Stress.«

»Ich wollte nur kurz hören, ob es bei euch etwas Neues gibt.«

»Nein, es gibt nichts Neues. Also dann …, sei mir bitte nicht böse.«

»Immer muss ich die Arbeit für euch machen. Aber im Ernst. Ich habe da eine Info, die vielleicht für euch interessant ist.«

Kroll wurde hellhörig. »Was für eine Info?«

»Ich weiß aus sicherer Quelle, dass Dr. Baumjohann Mittwochabend diesem Dr. Fleischer von Porsche einen Besuch abgestattet hat. In seiner Wohnung.«

Kroll stand auf dem Schlauch. »Wer ist denn Dr. Baumjohann?«

Er sah Wiggins fragend an. Seinem Kollegen schien der Name etwas zu sagen. Wiggins weitete erwartungsvoll die Augen.

»Das weißt du nicht?«, war der Reporter überrascht. »Das ist doch *der* Laborarzt in Leipzig. Der hat zwölf Fachärzte, die nur für ihn arbeiten. Baumjohann macht alle Untersuchungen, was Blut und sonstige Flüssigkeiten angeht. Der arbeitet für alle Krankenhäuser, für die meisten Ärzte und auch für euch. Wegen Promille und so.«

Kroll war jetzt klar, warum Wiggins so interessiert war. »Und weißt du, warum dieser Dr. Baumjohann Fleischer besucht hat?«

»Keine Ahnung. Ein bisschen Arbeit muss ja auch noch für euch bleiben. Also, vergiss bitte nicht, von wem die guten Infos gekommen sind. Du kannst dich jetzt wieder hinlegen.«

»Tschüs, Günther. Und danke.«

Wiggins tippte nervös mit den Fingern auf die Schreibtischplatte. »Das Institut von Dr. Baumjohann macht auch Vaterschaftstests. Er arbeitet viel fürs Amtsgericht.«

»Jetzt mal langsam, Wiggins«, versuchte Kroll, die Information einzuordnen. »Du meinst also, Dr. Fleischer hat untersuchen lassen, ob Ludwig sein Sohn ist?«

»Was denn sonst? Ich glaube nicht, dass die sich zufällig getroffen haben.«

»Wenn das stimmt …«

»… weiß Fleischer jetzt, dass er nicht der Vater von Ludwig ist«, fiel Wiggins seinem Kollegen ins Wort.

»Vielleicht ist alles doch ganz harmlos«, wiegelte Kroll ab. »Möglicherweise kennen die sich nur privat. Die gehören doch beide zur Leipziger High Society. Die haben bestimmt schon 100 Mal zusammen gegolft.«

»Eben drum«, entgegnete Wiggins trocken.

Das Telefon auf Wiggins' Schreibtisch klingelte. Er nahm ab und legte nach kurzer Zeit wieder auf. »Die Fahndung hat den Leierkastenmann gefunden. Sie bringen ihn gerade ins Präsidium.«

Benedikt Papst stand vor dem vergitterten Fenster im Vernehmungszimmer und starrte hinaus. Seine Drehorgel stand einsam in der Ecke. Als Kroll und Wiggins hereinkamen, stürmte er auf die Polizisten zu. »Haben Sie Ludwig gefunden?«

Kroll und Wiggins setzten sich schweigend an den Vernehmungstisch. Kroll deutete mit der Hand auf den freien Platz auf der anderen Seite. ›Hochwürden‹ setzte sich eilig hin.

Kroll schaltete das Aufnahmegerät, das auf dem Tisch stand, an und erledigte die Formalien, indem er das Datum, den Anlass der Vernehmung und die Personalien von Benedikt Papst diktierte.

»Ich dachte eigentlich, Sie würden uns erzählen, wo sich Ludwig befindet«, griff Kroll ›Hochwürdens‹ letzte Bemerkung auf.

»Ich, wieso ich?« Benedikt Papst war entsetzt. »Woher soll ich wissen, wo der Junge ist?«

»Wir können anhand der Spurenlage beweisen, dass Sie heute am Wohnhaus der Familie Fleischer waren, dass Sie den Wein im Alumnat vergiftet haben und noch einiges mehr«, sagte Wiggins in sachlichem Ton. »Reicht das, oder soll ich noch mehr erzählen?«

»Das kann auch ich gern tun«, ergänzte Kroll. »Wir wissen natürlich schon längst, dass Sie der leibliche Vater von Ludwig sind, und wir wissen auch, dass Sie mit dem

Nachspielen der Harras-Sage gerade diesen Umstand aufdecken wollten. Und das ist Ihnen ja auch ganz gut gelungen. Nur ist jetzt Ludwig verschwunden!«

Benedikt Papst schnappte nach Luft. »Sie glauben wirklich, dass ich … Ludwig … meinen eigenen Sohn. Ich wollte ihn doch nur beschützen, deshalb war ich heute vor dem Haus.«

Krolls Hoffnung, schnell herauszufinden, wo Ludwig war, schien sich zu zerschlagen. In ihm kam eine Mischung aus Wut und Ungeduld auf. Er versuchte mühsam, sich zu beruhigen. »Also gut. Fangen wir ganz am Anfang an.«

Auch Benedikt Papst musste sich zusammenreißen. Die Sorge um seinen Sohn ließ ihm keine Ruhe. Ihm war aber klar, dass er nicht weiterkommen würde, wenn er nicht kooperierte. Er atmete tief durch. »Ja, ja, ich gebe ja alles zu. Ich bin doch andauernd in der Thomaskirche, immer, wenn ich in Leipzig bin. Und da habe ich diesen Grabstein von dem Ritter Harras gesehen. Zuerst hat mich nur interessiert, warum ein Ritter in der Thomaskirche verewigt ist. Und dann bin ich in die Stadtbibliothek und hab mich schlaugemacht. Und mir war sofort klar: Die Geschichte passt.«

»Wir fanden das alles andere als lustig«, warf Wiggins ein. »Vor allem die Aktion mit dem Wasserspender. Wissen Sie eigentlich, dass einer der Jungs jetzt gerade im Krankenhaus um sein Leben ringt? … Und keiner kann sagen, wie das ausgeht.«

Benedikt Papst sah betroffen zu Boden. Seine Stimme

war leise. »Ich wusste doch gar nicht, dass das so gefährlich ist. Ich dachte, vielleicht kriegen ein paar Kinder Bauchschmerzen. Aber mehr auch nicht. Ich habe schon so oft verdorbenes Fleisch gegessen und außer ein bisschen Übelkeit war da nichts.«

Er sah die Polizisten Hilfe suchend an. »Als mir klar wurde, was das für eine Scheißaktion war, habe ich doch sofort aufgehört. Ich war einfach nur bescheuert.«

»Was heißt das – Sie haben aufgehört?«, fragte Kroll.

›Hochwürden‹ sah die Kommissare abwechselnd an. Seine Stimme war jetzt wieder fester. Er redete so, als würde er vom letzten Einkauf im Supermarkt erzählen. »Ich habe das Grab von Bach aufgemacht, der Mist mit dem Wasserspender im Kasten und der Wein gehen auch auf mein Konto. Dann habe ich aufgehört. Wie gesagt, ich hatte ein schlechtes Gewissen.«

»Und wer hat die Knochenhand im Vorgarten der Familie Fleischer deponiert?«, fragte Wiggins.

»Das war natürlich ich. Ich hatte doch gesagt, ich wollte Ludwig warnen. Deshalb habe ich das gemacht. Noch mal. Ich habe nach der Weingeschichte aufgehört. Das müssen Sie mir glauben!«

»Warnen, wovor denn?«, hakte Wiggins nach.

Benedikt Papst sah die Polizisten abwechselnd verständnislos an. »Aber das liegt doch auf der Hand ... Ich habe nach der Aktion mit dem Wein nichts mehr getan, also hat ein anderer weitergemacht ... und so ein kranker Typ ist doch bestimmt gefährlich.«

Kroll stand auf und ging zum Fenster. »Sie wollen uns

also weismachen, dass Sie aufgehört haben, nachdem Sie den Wein im Garten des Alumnates mit Unkraut-Ex vergiftet hatten.«

Er breitete die Arme aus und wurde lauter. »Und dann kam der große Unbekannte und hat die Sage einfach weitergespielt. So aus Spaß. Muss ja weitergehen! Und, was glauben Sie, wer sollte das sein?«

Benedikt Papst zuckte mit den Achseln. »Keine Ahnung.«

»Und warum sind Sie nicht zu uns gekommen, als Sie gemerkt haben, dass jemand Ihre Sage weiterspielt?«

»Wer hätte mir denn geglaubt? Einem Leierkastenmann? Und dann diese Geschichte: Ich Vater von Ludwig und nicht der Porscheboss. Ihr hättet mich doch alle ausgelacht.« Er wedelte mit dem Zeigefinger. »Ne, meine Herren. Den Auftritt wollte ich mir sparen.«

Wiggins zeigte keinerlei Regung. »Sie waren also heute Mittag vor dem Haus der Familie Fleischer und haben die Hand von Bach in den Vorgarten geworfen.«

»Die hatte ich in dem Leierkasten versteckt. Und ich habe sie nicht geworfen, sondern bin über den Zaun gestiegen und habe sie vorsichtig hingelegt.« Er sah die Polizisten hilflos an. »Ich habe doch gesagt, dass das nur eine Warnung war. Ich dachte, wenn die die alten Knochen finden, dann sind sie vorsichtiger.«

Seine Stimme wurde bitter. »Vor allem seine Mutter! Aber die lässt den Jungen dann auch noch allein mit dem Fahrrad wegfahren. Die hat sich nie richtig um Ludwig gekümmert.«

Kroll kommentierte die letzte Aussage nicht. »Haben Sie noch etwas gesehen, ich meine, etwas Verdächtiges?«

Benedikt Papst schüttelte den Kopf. »Nur, dass Ludwig mit dem Fahrrad weggefahren ist. Ich habe mich hinter einem Baum versteckt.«

Wiggins gab Kroll einen kurzen Klaps. »Können wir mal kurz rausgehen?«

»Ich glaube ihm«, erklärte Wiggins, als sie im Flur standen. »Denk doch an den Hinweis von Günther Hirte. Wer sagt uns denn, dass nicht Dr. Fleischer die Sache fortgeführt hat?«

Kroll überlegte. »Traust du ihm das zu?«

»Immerhin war sein ZZ Top-Fahrer in der Thomaskirche, kurz bevor dort einer Blumen verteilt hat.«

Sie gingen wieder in das Verhörzimmer. »Herr Papst, wir müssen Sie leider hierbehalten. Die Vergiftung des Wasserspenders ist alles andere als ein Kavaliersdelikt. Wir reden hier über gefährliche Körperverletzung, zumindest bislang. Sie haben keinen festen Wohnsitz, also besteht Fluchtgefahr.«

›Hochwürden‹ verstand die Welt nicht mehr. »Mich einsperren?« Er lächelte unsicher und zweifelte sichtbar an Krolls Worten. »Das können Sie doch nicht machen.«

Kroll war emotionslos. »Die Preise für gefährliche Körperverletzung sind hoch. Das kann Ihnen bis zu zehn Jahren betreutes Wohnen einbringen. Und wenn Max etwas passieren sollte, reden wir noch über ganz andere Dinge. Da schau ich mir nicht an, wie Sie sich mit Ihrer Drehorgel vom Acker machen.«

Die Polizisten gingen hinaus und winkten die Beamten heran, die auf dem Flur warteten. »Der Herr dort ist vorläufig festgenommen.«

Dr. Karl Friedrich Baumjohann war ein reicher Mann und er gab sich keine Mühe, dies zu verbergen. Sein großes Grundstück lag im Leipziger Vorort Markranstädt, ein Ufergrundstück am Kulkwitzer See, direkt am Ortseingang. Sein weißes Haus erinnerte im Baustil an eine römische Villa: Große, hohe Fenster, ein Flachdach, Stuckverzierungen an der Traufe und im Eingangsbereich ein überdimensionales Vordach, das auf sechs Säulen ruhte. Um den gepflegten, saftig-grünen Rasen hätte den Hausherrn wohl jeder englische Fußballverein beneidet. Der Rasen wurde durch einen Weg aus weißen Natursteinplatten, die zum Hauseingang führten, durchschnitten.

»Halbgott in Weiß«, bemerkte Wiggins zynisch.

Sie drückten auf die Klingel, und kurze Zeit später hörten sie dunkles Hundegebell, das von zwei riesigen Deutschen Doggen herrührte, die in rasender Hast auf sie zurannten. Vor dem Gartentor blieben sie stehen und verbellten die Polizisten, bis ein lauter Pfiff ertönte. Die Hunde legten sich vor das Gartentor und ließen die Polizisten nicht aus den Augen.

Die weiße Haustür öffnete sich und es war unschwer zu erraten, dass der Hausherr sich persönlich bemühte. Für seine Verhältnisse trug er wohl die lockere Wochenendkleidung, Jeans, Jackett, ein hellblaues Oberhemd, im Kragen ein Halstuch. Ein kugelförmiger Bauch schob sich nach vorn, spannte das Hemd, ohne das Jackett zu zerteilen, vermutlich eine Maßanfertigung. Dr. Baumjohann war ein älterer Herr, sicherlich jenseits der 60, hatte weiße Haare und war von großer, kräftiger Statur.

Er begrüßte die Polizisten mit einem kurzen Nicken und blieb hinter dem verschlossenen Gartentor stehen. »Bitte?«

Kroll zeigte ihm seinen Ausweis. »Mein Name ist Hauptkommissar Kroll und das ist mein Kollege, Hauptkommissar Wiggins.«

Dr. Baumjohann rang sich ein aufgesetztes Lächeln ab. »Was kann ich für Sie tun?«

»Können wir das vielleicht drinnen besprechen?«, fragte Kroll.

Der Arzt holte automatisch eine Fernbedienung aus der Tasche seines Jacketts und wenig später ertönte ein Summen. Die Polizisten drückten das Tor auf und betraten den parkähnlichen Garten. Die Hunde blieben beim Kommando ›Platz!‹ auf dem Boden liegen.

»Wir gehen am besten in mein Arbeitszimmer«, schlug der Arzt vor, als sie das Haus betreten hatten. Sie gingen an der geöffneten Wohnzimmertür vorbei, und Kroll konnte einen kurzen Blick in die Stube werfen. Auf der Couch lag die Dame des Hauses und sah fern, auf dem Tisch vor ihr standen ein Sektglas und eine leere Champagnerflasche. Kroll warf Wiggins unbemerkt einen kurzen Blick zu.

Die Ausstattung des Arbeitszimmers ließ keinen Zweifel aufkommen, welcher Leidenschaft Dr. Baumjohann frönte. In der Ecke stand eine Golf-Turniertasche, aus der

Schläger hervorlugten. Auf dem Sideboard standen Pokale und an den Wänden hingen eingerahmte Fotos, auf denen der Arzt in Golfbekleidung seinem Hobby nachging. Auf den meisten Fotos war er im vertrauten Miteinander mit Prominenten abgebildet, überwiegend betagte Sportler und Schauspieler. Es war nicht schwer zu erraten, dass er sich nur auf den erlesensten und wahrscheinlich auch teuersten Golfplätzen tummelte. Er bat die Polizisten, sich an einen kleinen Besprechungstisch zu setzen, der vor dem wuchtigen Schreibtisch stand.

»Also, was kann ich für Sie tun?«, fragte er mit leicht genervtem Unterton.

»Sie kennen Dr. Fleischer, den Chef des hiesigen Porschewerkes?«, eröffnete Kroll eher beiläufig das Gespräch.

»Ist das etwa verboten? Oder hat Herr Dr. Fleischer ein Verbrechen begangen?«

Kroll tat, als hätte er die letzte Bemerkung überhört. »Kennen Sie ihn dienstlich oder privat?«

Der Arzt war durch die Frage irritiert, nutzte jedoch die Gelegenheit, von seinem Hobby erzählen zu können. »Wir haben schon unzählige Male gegeneinander Golf gespielt. Herr Dr. Fleischer ist ein hervorragender Golfspieler. Er hat das in Amerika gelernt, als er dort gelebt hat. Die Amis sind ja gleich ganz anders an diese Sportart herangegangen. Haben das völlig unverkrampft gesehen. Nicht so wie wir hier in Deutschland, wo der Golfsport jahrelang als Sport der Reichen und Schönen abgetan wurde und sich gegen eine Vielzahl von Neidern und Dummschwätzern zur Wehr setzen musste.«

Kroll, der leidenschaftliche Kampfsportler, konnte immer noch nicht nachvollziehen, warum viele Menschen das Golfspiel als Sport bezeichneten. Er musste an so manche Wettkampfvorbereitungen denken, nach denen er, völlig fertig und nass geschwitzt, in der Kabine saß und den Tränen nahe war. Aber er behielt seine Bedenken für sich.

Der Arzt erzählte immer noch von seinen sportlichen Erlebnissen. »Ich muss gestehen, dass Herr Dr. Fleischer ein kleines bisschen…«, er zeigte den geringen Leistungsabstand mit Daumen und Zeigefinger an, »… besser spielt als ich, aber bei seiner Ausbildung ist das ja nur verständlich. Die Trainer in den Vereinigten Staaten haben definitiv ein anderes Niveau.«

»Hatten Sie auch beruflich mit Dr. Fleischer zu tun?«, hakte Wiggins nach.

»Ich verstehe Ihre Frage nicht«, gab sich der Arzt unwissend.

»Dann werden wir mal konkreter. Ihr Institut führt doch unter anderem auch Vaterschaftstests durch. Hat Sie Ihr alter Golffreund Dr. Fleischer gebeten, eine Abstammungsuntersuchung durchzuführen?«

Dr. Baumjohann zögerte einen Moment. »Ich glaube, das unterliegt meiner ärztlichen Schweigepflicht. Derartige Fragen kann ich nur nach einer richterlichen Anordnung beantworten. Oder wurde ich von meiner Schweigepflicht entbunden?«

»Also ja«, wagte Kroll einen Schuss ins Blaue.

»Das haben jetzt Sie gesagt«, trotzte der Arzt und lehnte sich erwartungsvoll zurück.

Kroll versuchte, die Situation zu entspannen. Er gab sich versöhnlich. »Sie kennen doch bestimmt den Sohn von Dr. Fleischer, den Ludwig.«

Der Arzt nickte.

»Der Junge ist wie vom Erdboden verschluckt. Wir wissen, dass sein Verschwinden in unmittelbarem Zusammenhang mit den jüngsten Ereignissen im Thomanerchor steht. Davon haben Sie doch bestimmt gelesen.«

Der Arzt nickte wieder, diesmal etwas zögerlicher. Er war verunsichert.

»Herr Dr. Baumjohann. Wir machen uns große Sorgen um Ludwig. Wir müssen ihn schnell finden, weil wir mit dem Schlimmsten rechnen müssen. Wir haben keine Zeit, eine richterliche Anordnung zu besorgen. Es zählt jetzt jede Minute. Wir brauchen unbedingt diese Information!«

Der Arzt zögerte immer noch. Er stand auf und griff nach den drei Golfbällen, die auf einer silbernen Schale lagen. Geschickt ließ er sie in seiner mächtigen Hand rotieren.

»Sie bringen mich in eine sehr schwierige Situation, meine Herren.«

Die Golfbälle zirkulierten schneller. »Ich möchte Ihre Frage wie folgt beantworten: Wenn Sie mich fragen, ob ich es ausschließen kann, dass Dr. Fleischer mich um einen derartigen Gefallen unter Freunden gebeten hat, könnte ich das nicht tun.«

»Danke!«, sagte Kroll erleichtert.

»Darf ich Ihnen noch eine Frage stellen, so ganz allgemeiner Natur?«

»Selbstverständlich«, antwortete der Arzt.

»Um die Vaterschaft oder, besser gesagt, die fehlende Vaterschaft abzuklären, brauchen Sie doch DNA-Material vom Kind, von der Mutter und vom potenziellen Vater.«

»Das ist völlig richtig«, bestätigte Dr. Baumjohann.

»Für die Person, an die ich denke, war es sicherlich nicht schwer, DNA-Spuren von dem Kind und natürlich auch von sich selbst zu besorgen. Aber von der Mutter?«

Der Arzt wurde wissenschaftlich. »Sie haben vielleicht in der Presse die Geschichte über Kaspar Hauser verfolgt. Irgendjemand hat mal behauptet, der arme Wurm sei irgendein Abkömmling eines großen Herrschergeschlechts gewesen, sogar ein Erbprinz, den man beiseitegeschafft habe. Das konnte man anhand des Blutes, das man an seiner Kleidung gefunden hat, widerlegen. Ich rede gerade über den Anfang des 19. Jahrhunderts.«

Wiggins begriff, worauf Dr. Baumjohann hinauswollte. »Sie meinen also, es ist heute medizinisch kein Problem, DNA zu verwenden, die 10, 20 oder 30 Jahre alt ist?«

»Korrekt«, bestätigte der Arzt.

»Glaubst du, wir können jetzt sicher sein, dass Ludwig bei seinem Vater ist oder, besser gesagt, bei dem Mann, den er für seinen Vater hält?«, fragte Wiggins, als sie wieder im Auto saßen.

»Davon müssen wir ausgehen«, antwortete Kroll, der den Wagen noch nicht startete. Er schaute aus dem Fenster auf die Villa der Eheleute Baumjohann. »Ist doch schon komisch. Sobald man hinter die Fassaden guckt, bröckelt der feine Putz ab. Ein hoch angesehener Arzt, Asche ohne Ende, und seine Frau verfällt vor lauter Frust und Einsamkeit dem Alkohol.«

Wiggins lachte unvermittelt laut auf. »Ich habe zurzeit das Gefühl, dass überall, wo wir hingucken, der Putz abbröckelt. Der einzig glückliche Mensch war eigentlich unser Leierkastenmann, ›Hochwürden‹. Aber den haben wir ja eingebuchtet.«

Kroll schaute weiter auf die Villa. Er hing seinen Gedanken nach.

»Was machen wir jetzt?«, versuchte Wiggins, Krolls Aufmerksamkeit zu gewinnen.

Kroll sah weiter aus dem Fenster. »Nichts. Wir haben doch Wochenende.«

»Meinst du das ernst?«

»Warum nicht? Dr. Fleischer krümmt Ludwig doch kein Haar. Die fahren wahrscheinlich gerade in irgendeinem Freizeitpark Achterbahn.«

»Warum veranstaltet Dr. Fleischer das alles? Ich meine, die Sache mit den Lilien und Johannes war ja auch nicht so ganz unkompliziert.«

»Aber nicht strafbar. Es ist nicht verboten, geknickte Blumen in eine Kirche zu legen. Und Johannes? Was hat er gemacht? Die Klamotten hat Johannes wiederbekommen, also nicht einmal Diebstahl. Vielleicht Nötigung, aber das muss dann wahrscheinlich ZZ Top auf seine Kappe nehmen.«

»Aber warum?«, wiederholte Wiggins seine Frage.

Kroll sah Wiggins jetzt an. »Naheliegend ist natürlich

der Unterhalt. Dr. Fleischer hat über zehn Jahre für ein Kind Unterhalt gezahlt, wozu er nicht verpflichtet war. Da kommt ein hübsches Sümmchen zusammen.« Kroll massierte sich die Schläfen. Er wirkte müde. »Aber die Kohle ist sicherlich nicht der Hauptgrund. Ich glaube, dass diese Sache auch den angeblichen Vater belastet. Das ist doch auch für ihn eine beschissene Situation. Der Umgang mit Ludwig hat doch immer so was von Täuschung an sich. Er gibt jetzt vor, der Vater zu sein, obwohl er es gar nicht ist. Das hält doch keiner auf Dauer durch. Ich glaube, er will endlich reinen Tisch machen oder, besser gesagt, er will, dass die Mutter jetzt reinen Tisch macht.«

»Die Arschkarte hat Ludwig«, bemerkte Wiggins lakonisch.

»Ich glaube, du kannst so eine Situation nur meistern, wenn alle Beteiligten vernünftig sind. Und das hoffe ich einfach mal. Der Fleischer wird sich auch weiter um Ludwig kümmern. Da bin ich mir ganz sicher. Und Ludwig ist alt genug, die Wahrheit zu ertragen. Ich glaube, die beiden brauchen sich auch gegenseitig.«

Wiggins klopfte sich mit beiden Händen auf die Oberschenkel. »Also Wochenende.«

Kroll ließ den Motor an. »Lass uns noch kurz bei Dr. Fleischer vorbeifahren. Liegt eh auf dem Weg zu mir.«

Auch nach dreimaligem Klingeln öffnete Dr. Fleischer nicht seine Wohnungstür. Die Polizisten wollten gerade wieder gehen, als er in Joggingkleidung um die Straßenecke bog. Er sah die Kommissare erstaunt an. »Nanu? Immer noch im Einsatz? Sie haben wohl nie Wochenende?«

»Dürfen wir einen Moment mit hochkommen?«, fragte Kroll.

Dr. Fleischer zögerte einen Augenblick. »Ich wollte eigentlich jetzt duschen.«

»Es dauert wirklich nur ein paar Minuten«, versicherte Kroll. »Es geht um Ludwig. Wir machen uns ein wenig Sorgen.«

Dr. Fleischer nickte und schloss die Tür auf.

Als sie in der Wohnung angekommen waren, bot er ihnen Wasser oder Kaffee an. Die Polizisten lehnten dankend ab. Dr. Fleischer holte sich eine Flasche Wasser aus der Küche und setzte sich auf die Lehne des Sessels im Wohnzimmer. »Also, meine Herren. Was kann ich für Sie tun?«

»Wissen Sie, wo Ludwig ist?«, stellte Kroll eine Gegenfrage.

»Ist Ludwig nicht bei seiner Mutter?«

»Nein, er ist nicht bei seiner Mutter. Er hat das Haus gegen Mittag verlassen und niemandem erzählt, wo er hinfährt«, erläuterte Wiggins.

Dr. Fleischer setzte die Wasserflasche ab und unterdrückte gekonnt ein Aufstoßen. Er lächelte. »Aber ich bitte Sie, meine Herren. Machen Sie sich wirklich Sorgen? Der Junge ist 14. Wir haben nicht einmal Abend. Haben Sie in diesem Alter Ihren Eltern immer erzählt, was Sie treiben?«

»Die Ereignisse der letzten Tage scheinen Sie nicht zu beunruhigen«, stellte Wiggins trocken fest.

Dr. Fleischer schüttelte den Kopf. »Ehrlich gesagt, nein. Es ist doch auch nichts wirklich Schlimmes passiert. Ich glaube einfach nicht, dass Ludwig in Gefahr ist.«

»Ich glaube Ihnen gern, dass Sie sich da ganz sicher sein können, Herr Dr. Fleischer. Gerade Sie haben keinen Grund, beunruhigt zu sein«, versuchte Kroll, sein Gegenüber zu provozieren.

Dr. Fleischer gab vor, ahnungslos zu sein. »Wie meinen Sie das?«

»Wir wissen, dass die letzten beiden Aktionen, also die Lilien in der Thomaskirche und die Sache mit dem Johannes, auf Ihre Kappe gehen.«

Dr. Fleischer stand auf und sah Kroll fest in die Augen. Er blieb dennoch gelassen. »Das sind ja ungeheuerliche Vorwürfe. Ich hoffe, das können Sie auch beweisen. Andernfalls würden Sie mich ja nicht grundlos verdächtigen. Ich nehme an, Sie hängen an Ihrem Job.«

Kroll erhob sich ebenfalls und sah aus dem Fenster. »Ja, ja, wir hängen an unseren Jobs, auch wenn die Wochenenden nicht frei sind. Aber Sie haben ja bestimmt auch keine 35-Stunden-Woche. So ist halt das Schicksal.«

Er drehte sich um und suchte den Blickkontakt mit dem Hausherrn. »Mit dem Schicksal ist das doch sowieso immer so eine Sache.« Er lächelte bitter. »Was ist Schicksal? Darüber streiten sich bestimmt die Philosophen. Vor ein paar Jahren hatten wir es einmal mit einem Bankdirektor zu tun, dessen Tochter entführt wurde. War das

Schicksal? Oder der Fluch des Geldes? Oder mangelnde Aufsicht? Wer weiß das schon.«

Kroll ging einen Schritt auf Dr. Fleischer zu. »Oder stellen Sie sich einmal vor, ein Vater, der seinen eigenen Sohn über alles liebt, der für ihn vermutlich sein letztes Hemd geben würde, erfährt auf einmal, dass der Junge gar nicht sein Sohn ist. Nennt man so etwas auch Schicksal?«

Krolls letzte Bemerkung ging nicht spurlos an Dr. Fleischer vorbei. Er ließ sich langsam in den Sessel sinken. »Sie wissen also Bescheid. Ich habe mir schon gedacht, dass Sie das irgendwann herausfinden würden.«

Er stellte die fast leere Wasserflasche auf den flachen Wohnzimmertisch. Seine selbstbewusste Art war vollständig verflogen. Die schweißnassen Haare klebten an Stirn und Wangen. »Sie wissen ja gar nicht, worüber Sie reden. Sie haben ja nicht die geringste Ahnung, was das bedeutet.«

»Versuchen Sie doch mal, es uns zu erklären«, forderte Kroll ihn in sanftem Ton auf.

Dr. Fleischer schaute zur Decke, um sich zu beruhigen. Er rang sichtlich um Fassung. »Ich will gar nicht schlecht über meine Frau reden. Sie hat mich wahrscheinlich nur ein einziges Mal betrogen. Das ist lange her. Vermutlich ist das schon vielen Ehemännern passiert. Aber mit so schwerwiegenden Folgen hat sie mit Sicherheit nicht gerechnet. Es ist einfach eine beschissene Situation für alle, und keiner weiß, wie man damit umgehen soll. Deshalb hat meine Frau dieses Geständnis bestimmt auch so lange vor sich hergeschoben. Man kann es einfach nicht richtig machen, weil so unendlich viel zerstört wird. Aber Ludwig ist jetzt bald 15 Jahre alt. Auch er hat ein Recht, die Wahrheit zu erfahren.«

Dr. Fleischer stand auf, ging zu einer gläsernen Vitrine und goss sich einen Schottischen Whisky ein. Er genehmigte sich einen kräftigen Schluck, was in seiner Sportkleidung, die er immer noch trug, eigenartig aussah. Er stellte das Glas zur Seite und ließ sich wieder in den Sessel fallen. »Es ist eine lange Geschichte. Haben Sie überhaupt Lust, sich das alles anzuhören?«

Kroll setzte sich in den Sessel auf der anderen Seite des Tisches. »Bitte, Herr Dr. Fleischer. Wir haben viel Zeit.«

Dr. Fleischer atmete tief durch. »Der Verdacht kam irgendwie schon sehr früh auf, weil Ludwig mir überhaupt nicht ähnlich sieht. Wissen Sie, wie oft ich darauf angesprochen wurde? Ich habe mir anfangs gar nichts dabei gedacht. Ich wollte die Wahrheit auch nicht sehen. Ich hatte panische Angst davor. Aber Heidi hat sich auch manchmal komisch verhalten. Als ich im Ausland war, hatte ich immer über Skype mit Ludwig geredet. Dann hat sie mir das auf einmal verboten, und ich wusste gar nicht, warum. Es gab eigentlich viele Situationen, die komisch waren, die ich mir aber mit billigen Ausreden selbst erklärt habe, einfach, um der Wahrheit aus dem Weg zu gehen.«

Er rieb sich die Augen. »Aber irgendwann habe ich diesen inoffiziellen Test bei Dr. Baumjohann machen lassen. Das Ergebnis war natürlich ein Schock. Ich hatte immer noch gehofft, oder besser gesagt, gebetet, dass die Untersuchung bestätigen würde, dass ich wirklich Ludwigs Vater bin. Aber es war leider ganz anders, wie Sie wissen. Ich war tagelang nicht in der Lage, auch nur einen klaren Gedanken zu fassen. Auch nicht bei der Arbeit. Ich habe meinen Mitarbeitern erklärt, dass ich unter Migräne leide, und die haben mir das zum Glück geglaubt.«

In seinen Augen sammelten sich Tränen. »Auf einmal läuft das ganze Leben mit deinem Kind an dir vorbei, wie in einem Film. Angefangen von der Geburt. Ich war noch nie so glücklich wie in dem Moment, als der Kleine zum ersten Mal geschrien hat. Und die Sorgen! Ludwig war gerade ein halbes Jahr alt, da hatten die Ärzte den Verdacht, dass er einen Herzfehler hatte. Er musste zwei Wochen zur Beobachtung im Krankenhaus bleiben. Wir haben Tag und Nacht an seinem Bettchen gesessen. Ich hätte mir am liebsten mein Herz herausgerissen und es unserem Kind gegeben.«

Dr. Fleischer sah Kroll und Wiggins an. Sein Blick war leer. »Wir haben ihm das Schwimmen beigebracht, das Fahrradfahren, ihm geholfen, die Schule und alles andere auch zu meistern. Er ist ein wirklich guter Junge geworden, der selbstbewusst, hilfsbereit und vor allem anständig durchs Leben geht.«

Kroll wartete einen Moment, bis Dr. Fleischer sich wieder gesammelt hatte. »Wo ist Ludwig jetzt? Bitte, Herr Dr. Fleischer. Sie müssen uns das sagen.«

Dr. Fleischer starrte auf den Boden. »Bitte gehen Sie jetzt«, stammelte er.

SAMSTAGABEND

Kroll war überrascht, Staatsanwalt Reis zu dieser Zeit in den Fluren des Präsidiums zu treffen. Der Staatsanwalt wartete geduldig vor dem Kaffeeautomaten, bis das Gerät das kaum genießbare Gebräu mit lautem Zischen in den weißen Plastikbecher gespuckt hatte.

»Hallo, Herr Reis. Sie hier und nicht auf dem Golfplatz?«, frotzelte Kroll.

Der Staatsanwalt wusste, dass Krolls Bemerkung nicht ernst gemeint war. »Da war ich gestern, mein lieber Freund. Und rate mal, mit wem ich danach im Clubhaus so gefühlte 20 Biere trinken musste, um eine wutentbrannte Seele zu beruhigen?«

»Keine Ahnung. Sie wissen doch, dass mir Ihre Kreise, also die gehobene High Society, völlig fremd sind. Ich denke, auf dem Golfplatz rennen viele wutentbrannte Seelen rum.« Kroll lächelte provokant. »Na ja, und unter den Golfern sind ja bestimmt viele unzufriedene Gemüter, sonst würden die ja einen richtigen Sport betreiben, ich meine, einen mit Bewegung wie zum Beispiel ...«

»Vorsicht, mein lieber Freund«, unterbrach ihn der Staatsanwalt. »Bei allem, was ich gestern für dich getan habe, solltest du reumütig vor Dankbarkeit erstarren.«

»Ich?«, war Kroll erstaunt. »Was habe ich mit Ihrem Frustsaufen zu tun?«

Der Staatsanwalt nippte an seinem Becher und verzog

das Gesicht. »Na, dann überleg mal. Ich sage nur: Ist der Bericht über das prügelnde Anwaltskind schon geschrieben?«

Auf Krolls Gesicht legte sich ein Lächeln. »Sie meinen doch nicht etwa …? Also, das kann ich ja kaum glauben. Sie konnten tatsächlich Herrn Dr. Maschek zur Vernunft bringen?«

»Mehr noch. Ich konnte ihm sogar klarmachen, dass es besser für ihn ist, die Anzeige zurückzuziehen.«

»Wie haben Sie denn das geschafft?«, fragte Kroll.

Der Staatsanwalt nippte noch einmal angeekelt an seinem Kaffee und schüttete ihn dann in den Ausguss der Maschine. »Das war gar nicht so einfach. Ich hatte ein Weißbier und Maschek orderte unaufhörlich Rotwein und dazu Cognac. Natürlich nur von der allerfeinsten Sorte, mindestens 200 Jahre alt, aber dafür bestellte er wie am Fließband. Mich hat er auch pausenlos zu einem Kurzen eingeladen, wahrscheinlich setzt der die als außergewöhnliche Aufwendungen noch von der Steuer ab. Zum Glück stand hinter mir zufällig eine von diesen südländischen Palmen, in die ich das teure Zeug immer gegossen habe, wenn der Herr Rechtsanwalt gerade woandershin geguckt hat. Also, um es abzukürzen: Irgendwann hatte er begriffen, dass es auch für seinen Sohn besser ist, wenn die ganze Geschichte nicht an die große Glocke gehängt wird.«

Kroll nickte dem Staatsanwalt mit einem Gefühl der Anerkennung und der Erleichterung zu. »Also, das meine ich jetzt ganz ehrlich: Vielen Dank! Auch wenn das doof klingt: Ich weiß, es ist Ihnen hoch anzurechnen, dass Sie wegen mir einen Abend mit diesem Kotzbrocken verbracht haben.«

»Da widerspreche ich dir jetzt nicht. Komm, wir gehen in euer Büro.«

»Dort mach ich uns erst mal einen vernünftigen Kaffee.«

Kroll brachte den Staatsanwalt auf den neuesten Stand ihrer Ermittlungen. Er erzählte von dem Vaterschaftstest bei Dr. Baumjohann, von den Ereignissen in Ludwigs Elternhaus, von seinem rätselhaften Verschwinden und vom letzten Besuch bei Dr. Fleischer.

»Sieht nicht so aus, als müssten wir uns große Sorgen machen«, dachte der Staatsanwalt laut nach. »Aber wir sollten trotzdem die Augen offen halten. Nicht, dass wir die Situation falsch einschätzen und es passiert noch etwas. Wir können nicht vorsichtig genug sein.«

»Die Fahndung nach Ludwig läuft natürlich noch«, stimmte ihm Kroll zu. »Aber wir haben zurzeit nicht den geringsten Anhaltspunkt, wo der Junge sein könnte.«

»Was ist denn mit diesem Chauffeur, diesem Weißbart?«

»Auch wie vom Erdboden verschluckt.«

Heidi Fleischer rannte aufgeregt zu Ludwigs Handy, das durch einen vertrauten Klingelton den Empfang einer SMS meldete.

›Es wird Zeit für die Wahrheit. Wir sehen uns im Völkerschlachtdenkmal, in der Krypta!‹

Sie hatte das Völkerschlachtdenkmal noch nie als so mächtig empfunden. Ohne Frage war der 91 Meter hohe Komplex, der größte Denkmalbau Europas, ein beeindruckendes Monument, aber an diesem Abend kam es ihr noch größer und vor allem noch bedrohlicher vor als bei den vielen Besuchen zuvor, bei denen sie ihren Freunden aus dem Westen bei gelöster Stimmung das Denkmal im Rahmen einer Tour zu Leipzigs Sehenswürdigkeiten gezeigt hatte.

Sie ging langsam auf das Gebäude zu, wobei sie sich Mühe gab, regelmäßig und tief zu atmen. Die zwölf Meter hohe Figur des Erzengels Michael, dem Schutzpatron der Soldaten, die sie bislang nur eher beiläufig wahrgenommen hatte, wirkte zum ersten Mal einschüchternd. Sie las den Schriftzug ›Gott mit uns‹ über der Skulptur, der sie ein wenig beruhigte. Steh mir jetzt bitte bei, lieber Gott, erwischte sie sich selbst beim Beten. Gebetet hatte sie schon lange nicht mehr, abgesehen von den Konzerten und Gottesdiensten in der Thomaskirche, die sie aber eher wegen Ludwig und den Thomanern und nicht wegen einer gläubigen Einkehr besucht hatte.

Sie stand vor der Tür zur Krypta, der großen Ruhmeshalle, die zum Gedenken der 120.000 gefallenen Soldaten errichtet worden war. Erst auf den zweiten Blick fiel ihr das DIN-A4-Blatt an der schweren Tür auf, das in einer Klarsichtfolie mit Klebeband befestigt war. ›Wegen

Umbauarbeiten heute geschlossen: Wir bitten um Verständnis!‹

Sie drückte die Türklinke herunter und war überrascht, dass sich die Tür öffnen ließ.

In der Krypta war es dunkel. Nur eine Fackel, die in der Mitte des Raumes stand, spendete spärliches, flackerndes Licht. Die Umrisse der großen Schicksalsmasken, deren brechende Augen den sich nähernden Tod symbolisierten, waren schemenhaft erkennbar. Sie wirkten unheimlich. Sie spürte, wie ihr ganzer Körper anfing zu zittern, wusste aber nicht, ob dies an der Kälte oder ihrer Angst lag.

Zögerlich sah sie sich um. Sie schien allein zu sein. Sie fasste ihren ganzen Mut zusammen und ging zu der Fackel. Nichts regte sich.

»Hallo! Ist hier jemand?«, es kam nur ein Krächzen aus ihrem Mund. Das Sprechen fiel ihr schwer. Ihr Hals war staubtrocken.

Dann wartete sie einen Moment und sah sich ängstlich um. Nichts regte sich.

Jetzt fass deinen ganzen Mut zusammen. Es geht schließlich um deinen Sohn, dachte sie. »Ludwig!«, rief sie jetzt lauter.

Wieder keine Reaktion. Das Gefühl, dass sie allein in der großen Halle war, nahm ihr ein wenig die Angst. Wenn jemand hier wäre, hätte er sich doch bestimmt schon gemeldet. Aber was sollte das Ganze?

Sie bückte sich vorsichtig und griff nach der Fackel in einem Ständer. Den Geruch des Petroleums nahm sie nur beiläufig wahr. Sie ging auf eine der großen Masken, die von jeweils zwei auf ihr Schild gestützten Kriegern bewacht wurde, zu und versuchte, den Zwischenraum zu erleuchten. Nichts.

Dann bemerkte sie, dass sie an der Wand vor sich ihren Schatten sehen konnte. Sie hielt einen Moment inne. Jemand musste hinter ihr sein. Sie drehte sich furchtsam um und sah in den Lichtkegel einer Taschenlampe. Mehr als das sie blendende Licht konnte sie nicht erkennen. Sie wartete.

»Hallo, Heidi«, ertönte eine Stimme, die sie lange nicht mehr gehört hatte.

Sie zuckte zusammen, sammelte sich aber schnell wieder. »Franz! Kannst du mir bitte einmal erklären, was der Scheiß hier soll? Ich hatte dir ein bisschen mehr Niveau zugetraut als dieses Theater.«

Die Stimme von Franz Fleischer blieb ruhig und sachlich. »Nett, dass du über Niveau sprichst. Hat es vielleicht Niveau, wenn man seinem Sohn sein ganzes Leben lang einen falschen Vater vorgaukelt und dafür noch Unterhalt kassiert?«

Heidi Fleischer reagierte gereizt. Ihre Ängstlichkeit war verflogen. »Dir geht es also ums Geld? Okay. Der Manager hat ja bestimmt schon alles ausgerechnet. Wie viel soll ich dir zurückzahlen?«

Franz Fleischer lachte bellend. »Zurückzahlen? Du hast immer noch nicht das Geringste begriffen! Ich hatte gehofft, dass du wenigstens im Laufe der letzten Jahre zur Vernunft gekommen bist. Aber du lebst ja immer noch in deiner Welt aus Lügen, Täuschung und Betrug. Wie lange muss man in einem Luftschloss wohnen, bis man selbst glaubt, das Fundament wäre aus Stein? Wie oft muss man sein Kind anlügen, bis die Lüge zur Wahrheit wird und die Wahrheit zur Lüge?«

Heidi Fleischer schien einen Moment nachzudenken. Aber sie beruhigte sich nicht. »Ja, klar! Das war zu erwarten! Du hast ja immer alles richtig gemacht. Der beste Student, die besten Examen, die besten Jobs. Natürlich hättest du an meiner Stelle das alles ganz toll hingekriegt. Mein lieber Junge, der Mann, den du für deinen Papa hältst, ist leider nicht dein Vater. Dafür habe ich hier einen Schauspieler, mit dem ich besoffen in die Kiste gegangen bin, der mich aber nicht weiter interessiert. Tut mir leid! Kann doch mal passieren, oder?«

Franz Fleischer blieb ruhig. »Zumindest wäre das die Wahrheit gewesen.«

»Die Wahrheit!«, wiederholte Heidi Fleischer ungläubig. »Die Wahrheit. Ich hatte die Wahl zwischen Pest und Cholera! Und wann soll man einem Kind diese Wahrheit erzählen? Mit einem Jahr? Wenn es zwei, drei, zehn oder vierzehn Jahre alt ist? Was meinst du?«

»Ich weiß es nicht. Aber du hast viel zu lange gewartet. Ludwig ist schon eine ganze Zeit kein Kind mehr.«

»Das ist es ja gerade. Ich habe den richtigen Zeitpunkt verpasst. Aber jeder Tag hat es schwerer gemacht.« Sie atmete tief durch. »Jeder Tag hat es schwerer gemacht …, jeder Tag!«

Heidi Fleischer stand immer noch im Licht der Taschenlampe. Sie ließ den Kopf hängen. Dann sah sie sich ruckartig um. »Kannst du mir vielleicht mal erklären, was das Ganze hier soll?«

»Weißt du, was ein Konklave ist?«

Sie lachte bitter. »Du willst hier jetzt aber keinen Papst wählen, oder?«

»Nein, bestimmt nicht. Aber wir gehen hier erst raus, wenn du mir versprochen hast, Ludwig endlich reinen Wein einzuschenken.«

»Das ist Freiheitsberaubung!«

»Du hast mich nicht verstanden. Ich habe gesagt, *wir* gehen hier nicht raus. Ich bin also auch ein Gefangener, genauso wie du.«

Das Licht der Taschenlampe ging aus. Franz Fleischer ging auf seine ehemalige Frau zu. Etwa zwei Meter vor ihr blieb er stehen und blickte auf die Fackel, die sie noch in der Hand hielt.

»Du hast es ja noch nie begriffen, dass es hier nur um unseren Jungen geht.«

»Unseren Jungen?«, wiederholte Heidi Fleischer ungläubig.

»Hörst du lieber *dein* Junge?«

Heidi Fleischer hielt einen Moment inne. Sie steckte die Fackel wieder in den Ständer und setzte sich auf die kleine Treppe zwischen den Schicksalsmasken.

»Bitte entschuldige. Ich bin in letzter Zeit ein wenig durch den Wind.«

Franz Fleischer spürte, dass sich auch sein Puls langsam wieder beruhigte. »Ich fürchte, daran bin auch ich nicht ganz unschuldig. Tut mir leid«, seufzte er verlegen.

»Ich nehme an, Ludwig geht es gut?«, fragte sie in einem Ton, der die Antwort schon vorgab.

»Ein sehr vertrauensvoller Mitarbeiter von mir kümmert sich schon den halben Tag um ihn und hält mich auf dem Laufenden. Ludwig ist gerade in unserem Werk und fährt einen Porsche auf dem Testgelände. Das hat er sich immer schon gewünscht.«

Heidi Fleischer nickte. »Da findet den natürlich niemand.«

»Glaubst du etwa, ich hänge an die große Glocke, dass der minderjährige Sohn des Chefs mit einem 500.000 Euro teuren Auto rumdüst? Das macht man doch diskret.«

Heidi Fleischer wurde nachdenklich. »Ludwig ist schon so groß geworden. Er ist eigentlich gar kein Kind mehr. Weißt du, dass er mich schon überragt?«

Franz Fleischer setzte sich neben sie auf die Treppenstufe. »Das ist mir nicht entgangen.« Er drückte den Zeigefinger vor seine Brust. »Du bist mir immer bis hierhin gegangen und Ludwig kommt da schon weiter.«

Heidi Fleischer verzog den Mund zu einem Lächeln. »Ludwig braucht dich, Franz. Ich weiß, wie sehr er an dir hängt. Du bist sein Ein und Alles. Er liebt dich, wie ... wie einen richtigen Vater. Er könnte es nicht ertragen, wenn du nicht mehr für ihn da wärst. Ich weiß das, ich bin doch seine Mutter.«

In ihren Augen sammelten sich Tränen. »Das hat doch die ganze Sache so schwer gemacht. Auch für mich! Er ist so furchtbar stolz auf dich. Er erzählt jeden Tag von dir.«

Sie ließ sich leicht zur linken Seite fallen und versuchte, sich bei ihm anzulehnen. Franz Fleischer rückte ein Stück weg. Er war bemüht, die kleine Distanz beizubehalten.

Heidi Fleischer konnte ihre Tränen jetzt nicht mehr zurückhalten. »Ich bin an allem schuld! Das weiß ich doch genau. Von dem Tag an, wo ich die blöde Affäre mit dem Schauspieler hatte, habe ich alles falsch gemacht.«

Sie sah ihm in die Augen. »Kannst du mir versprechen, dass Ludwig nicht meinen Fehler ausbaden muss? Ich weiß, es ist sehr viel verlangt, aber …«

Franz Fleischer stand auf und stellte sich vor sie. »Ich werde immer für ihn da sein. Das verspreche ich dir. Ich kann einfach nicht aufhören, Ludwig zu lieben. Das geht doch gar nicht mehr. Wie sollte ich das denn abstellen? Selbst, wenn ich es wollte. Ich bin doch keine Maschine.«

Er machte eine kleine Pause und schaute ihr eindringlich in die Augen. »Aber eines möchte ich klarstellen: Zwischen uns wird alles bleiben wie bisher. Die Gräben, die du aufgerissen hast, lassen sich nie wieder zuschütten, nie mehr. Wir beschränken unseren Kontakt auf das Nötigste, schon wegen Ludwig, aber mehr auch nicht. Behalte die Kohle, aber tritt nie wieder in mein Leben!«

Sie wischte sich mit dem Ärmel die Tränen aus dem Gesicht und nickte stumm, während sie ihre Augen auf den Boden gerichtet ließ. »Lass uns gehen, ja?«

Er drehte sich um und eilte zum Ausgang. Sie folgte ihm.

OSTERSONNTAGMORGEN

Der Morgen des Ostersonntages begann mit einer guten Nachricht. Max Hamann war auf dem Weg der Besserung. Die Ärzte hatten endlich ein Medikament gefunden, das seinen Zustand deutlich verbesserte. Er war zwar immer noch schwach und musste die Feiertage im Krankenhaus verbringen, aber er würde wieder gesund werden. Da waren sich die Ärzte ganz sicher.

Anja und Kroll saßen in der kleinen Küche in Krolls Wohnung und genossen ihr Langschläferfrühstück. Anja schlürfte entspannt ihren Kaffee. Sie lächelte. »Ach, Kroll, du kannst dir gar nicht vorstellen, wie erleichtert ich über den Anruf von Callidus bin. Ich musste so oft an den armen Max denken. Auf diese Nachricht habe ich so sehnsüchtig gewartet, das kannst du dir gar nicht vorstellen. Ich glaube, jetzt wird alles gut.«

Er erwiderte ihr Lächeln, während er auf seinem Brötchen kaute. »Alles wird gut, ganz bestimmt.«

»Was ich mich die ganze Zeit schon frage«, wechselte Anja das Thema, »der Dr. Fleischer, kriegt der jetzt eigentlich viel Ärger, ich meine, von euch.«

Kroll überlegte, während er Anja und sich Kaffee einschenkte. »Ich bin kein Richter, aber allzu schlimm wird es schon nicht werden. Es ist nicht verboten, Blumen in einer Kirche zu verteilen. Die Sache mit Johannes war da schon ein bisschen schärfer, aber letzten Endes kann man ihm nicht viel vorwerfen. Die Klamotten hat er ja nicht einmal geklaut. Die hat Johannes schließlich ganz schnell zurückbekommen.« Er zuckte mit den Schultern. »Vielleicht reden wir hier über Nötigung. Aber ob sich darum jemand kümmert, wer weiß. Reis klagt ihn bestimmt nicht an und ich glaube auch nicht, dass von Johannes oder seinen Eltern eine Strafanzeige kommt.«

»Aber er hat euch doch die ganze Zeit an der Nase herumgeführt«, hakte Anja nach. »Ist das denn erlaubt?«

Kroll lehnte sich entspannt zurück, unterdrückte ein leichtes Gähnen und verschränkte seine Arme hinter dem Kopf. »Ach, weißt du, mein Schatz, wenn alle Leute nur deshalb ins Gefängnis müssten, weil sie versucht haben, uns an der Nase herumzuführen, dann müsste man die Gefängnisse wegen Überfüllung schließen!«

OSTERSONNTAGABEND

Kroll zündete die Kerzen an, die auf Anjas Esszimmertisch standen. Wiggins goss den Rotwein, den er anlässlich des Osterfestes mitgebracht hatte, in drei große Weingläser.

»Kommst du bald?«, rief Kroll in Richtung Küche. »Wir sind so weit.«

»Ich auch«, antwortete Anja, bevor sie mit einem riesigen Römertopf das Esszimmer betrat. Sie stellte den Topf auf die Untersetzer und hob den Deckel an. Ein einmaliger Duft erfüllte den Raum. »Das ist Agnello al Forno. Das Lamm wurde über zwei Stunden auf kleiner Flamme gegart, bevor ich die Kartoffeln dazugegeben habe. Alles ist hauchzart. Riecht ihr den Rosmarin?«

»Das ist ja Weltklasse!«, stellte Wiggins begeistert fest. Er nahm sein Glas in die Hand und stieß mit Anja und Kroll an. Der satte Klang der Gläser rundete die gemütliche Atmosphäre ab.

»Ein altes Rezept meiner Großmutter«, bemerkte Anja nicht ohne Stolz. »Ganz einfach, aber krisensicher, selbst für eine Köchin wie mich.«

»Die alten Rezepte sind doch immer noch die besten«, befand Kroll. »Ein moderner Koch hätte da jetzt wahrscheinlich noch gefüllte Kastanien, blanchierte Bananen und gegrillte Wachteleier reingepackt. Einfach grauenhaft.«

»Apropos alte Rezepte«, warf Wiggins ein. »Der Gottesdienst heute Morgen war wirklich schön. Ich fand es richtig gut, dass die Thomaner doch noch gesungen haben.«

»Mit kleiner Besetzung und ganz, ganz wenigen Proben«, ergänzte Anja. »Unser Thomaskantor ist Perfektionist und die Jungs sind absolute Profis. Manchmal ist es auch gut, dass die Stücke sich ab und zu wiederholen. Bach sei Dank! Der Mann, oder besser gesagt, seine Musik, ist einfach unsterblich, und deshalb hören die Leute ihn immer wieder gern, ach, Quatsch: Sie lieben ihn!«

»War Ludwig eigentlich auch in der Kirche?«, fragte Wiggins.

»Der saß mit seiner Mutter ziemlich weit vorn«, antwortete Anja.

»Sein Vater, oder anders ausgedrückt, Herr Fleischer, war nicht da?«, hakte Wiggins nach.

Anja schüttelte den Kopf. »Mein Eindruck ist, die alte Familie wird nicht wieder auferstehen. Aber Herr Fleischer wird weiter für Ludwig da sein, da bin ich mir sicher. Und das ist das Wichtigste.«

Sie nippte nachdenklich an ihrem Rotwein. »Aber wir haben etwas erlebt, was vielleicht genauso wichtig ist: Den Sieg der Ehrlichkeit über die Lüge und vor allem den Triumph der Liebe, die stärker ist als alles andere.«

Sie stellte ihr Weinglas auf das weiße Tischtuch und sah Kroll und Wiggins nachdenklich an. »Die Liebe geht sogar so weit, dass man ein Kind so lieben kann wie sein eigen Fleisch und Blut, obwohl es gar nicht sein leibliches Kind ist. Ist das nicht wunderbar?«

Kroll dachte bei dem Stichwort Liebe an seine Gefühle

für Anja, fand es aber nicht passend, seine Empfindungen mit dem zu vergleichen, wovon Anja gerade so einfühlsam gesprochen hatte.

Wiggins half ihm aus der Patsche. Er hielt sein Glas in die Höhe. »Die Liebe ist die größte aller Tugenden. Das steht schon in der Bibel.«

ENDE

*Weitere Titel finden Sie auf den
folgenden Seiten und im Internet:*

WWW.GMEINER-SPANNUNG.DE

Kommissare Kroll und Wiggins ermitteln:

1. Fall: Messewalzer
ISBN 978-3-8392-1126-7

2. Fall: Goldkehlchen
ISBN 978-3-8392-1380-3

3. Fall: Totgetrieben
ISBN 978-3-8392-1690-3

4. Fall: Predigerblut
ISBN 978-3-8392-1921-8

5. Fall: Weiße Mäuse
ISBN 978-3-8392-2421-2

WWW.GMEINER-VERLAG.DE
Wir machen's spannend

© bobmachee / stock.adobe.com

Ralph Grüneberger
Leipziger Geschichten
Kurzgeschichten
251 Seiten; 12 x 20 cm
Paperback
ISBN 978-3-8392-2608-7
€ 12,00 [D] / € 12,40 [A]

Wir lesen von drei Tötungsdelikten und einem Suizid, von zaghafter Liebe und roher Gewalt. Geschichten über Männer und Frauen, diese eint, dass ihr Leben plötzlich auf dem Kopf steht, ihr Horizont im Niemandslicht liegt. Menschen entzweien sich in den Zeiten der Wiedervereinigung, verlieren ihre Fassung. Mehr Schein als Sein wird zunehmend zum Lebensinhalt. Diese 17 Leipziger Geschichten, geprägt von den Schicksalen derer, die sich ebenso wenig aufgaben wie ihre dem Verfall preisgegebene Stadt, zeigen, man kann Gewinner und Verlierer in einem sein.

GMEINER SPANNUNG

WWW.GMEINER-VERLAG.DE
Wir machen's spannend

Gregor Müller
Völkerschau
Zeitgeschichtlicher
Kriminalroman
250 Seiten; 12 x 20 cm
Paperback
ISBN 978-3-8392-2649-0
€ 12,00 [D] / € 12,40 [A]

Leipzig 1898: Eigentlich hat Kriminalcommissar Joseph Kreiser mit dem verschwundenen Afrikaner aus dem Zoo schon alle Hände voll zu tun. Dieser sollte dort in der Völkerschau zu bestaunen sein. Doch dann wird kurz darauf die Leiche des Industriellen Carl August Georgi im Lindenauer Vergnügungslokal Charlottenhof gefunden. Besteht ein Zusammenhang zwischen den beiden Fällen? In einer von Umbruch geprägten Zeit sucht Kreiser nach Antworten und stößt dabei auf menschliche Abgründe.

GMEINER SPANNUNG

WWW.GMEINER-VERLAG.DE
Wir machen's spannend

DIE NEUEN Lieblingsplätze

ISBN 978-3-8392-2628-5 — SCHWARZWALD

ISBN 978-3-8392-2615-5 — DONAU PASSAU – WIEN

ISBN 978-3-8392-2620-9 — LAHNTAL

ISBN 978-3-8392-2635-3 — zwischen NORD- UND OSTSEE

ISBN 978-3-8392-2618-6 — IN UND UM PASSAU

ISBN 978-3-8392-2623-0 — REGENSBURG UND OBERPFALZ

ISBN 978-3-8392-2630-8 — TÖLZER LAND – TEGERNSEE – SCHLIERSEE

ISBN 978-3-8392-2631-5 — VOGELSBERG UND WETTERAU

ISBN 978-3-8392-2632-2 — VON DER EIFEL BIS IN DIE ARDENNEN

ISBN 978-3-8392-2405-2 — ROMANTISCHER RHEIN BINGEN – BONN

ISBN 978-3-8392-2622-3 — OSTFRIESISCHE INSELN

ISBN 978-3-8392-2545-5 — WEINVIERTEL

ISBN 978-3-8392-2629-2 — SPREEWALD

ISBN 978-3-8392-2634-6 — WESERMARSCH UND JWD

GMEINER KULTUR

WWW.GMEINER-VERLAG.DE
Mensch, Kultur, Region